Du und ich
und das
Haus am Meer

Liebesroman

Bibliografische Information der Deutschen Nationalbibliothek:
Die Deutsche Nationalbibliothek verzeichnet diese Publikation in der
Deutschen Nationalbibliografie; detaillierte bibliografische Daten sind im
Internet über http://dnb.dnb.de abrufbar.

Umschlagsgestaltung: Jo Berger
Umschlagabbildung: Shutterstock © *aslysun 376732819*
Korrektorat & Lektorat: Susanne Pavlovic, Textehexe
Herstellung und Verlag: BoD – Books on Demand, Norderstedt

ISBN: 978-3-7460-9257-7

Anna hat sich Hals über Kopf in den attraktiven Italiener Leonardo verliebt und folgt ihm in sein Haus am Meer an die kalabrische Küste. Die Liebe, die Landschaft und die Menschen bezaubern sie. Doch Annas Mutter ist mit der Entscheidung ihrer Tochter überhaupt nicht einverstanden. Und nicht nur sie, auch Annas Exfreund Marc versucht mit allen Mitteln, Anna wieder für sich zu gewinnen.

Doch weder er, die Dorfbewohner noch Leonardo und Anna haben damit gerechnet, dass dieses Haus am Meer für das frischverliebte Paar unerwartete Überraschungen bereithält.

Jetzt

Hätte mir jemand erzählt, wie die Dinge sich entwickeln würden, ich hätte ihn gefragt, wo man das Zeug kaufen kann, das er einnimmt.

Jetzt sitze ich hier, drehe ein Weinglas in der Hand und lächle leise in mich hinein. Ich frage mich, wie ich das alles finden soll: Skurril vielleicht? Ein bisschen unwirklich? Aber auch zu schön, um wahr zu sein? Warum ausgerechnet uns so etwas passiert?

Keine Ahnung. Aber die eigentliche Frage ist: Warum passiert uns das? Und warum passiert es überhaupt?

Dabei fing alles so harmlos an. Aber spätestens am zweiten Tag dämmerte uns, dass bei dem Schild etwas nicht mit rechten Dingen zugehen konnte. Stellen Sie sich vor, Sie …

Nein. Besser, Sie lernen die Geschichte von Anfang an kennen.

Es begann in Strongoli.

Neuanfang

Leonardo Joshua Gilardino nahm seinen Koffer in Empfang und drückte dem Taxifahrer etwas mehr als den vereinbarten Betrag in die Hand.

Mit einem »Addio« sprang der Mann in den Wagen und brauste davon. Entgegen der italienischen Mentalität hatte der Mann auf der dreistündigen Fahrt vom Flughafen nach Marina de Strongoli nur die nötigsten Worte mit ihm gewechselt und einen betrübten Gesichtsausdruck aufrechterhalten. Wohl ein Grund, warum Leonardo das Trinkgeld hatte großzügiger ausfallen lassen.

Seltsamer Kauz. Leonardo drehte sich um und fuhr sich mit den Fingern durch die Haare. Wie doch die Zeit verging. Jetzt stand er als erwachsener Mann in dem Ort, den er mit zwölf Jahren hatte verlassen müssen. Seine Eltern waren in jenen Tagen nach Deutschland gezogen, um dort zu arbeiten. Das kleine Haus hatten sie nicht verkauft, warum auch immer. Da stand es nun, sein Elternhaus, und leuchtete weiß in der Sonne. Der Zahn der Zeit hatte an einigen Stellen die Kalkfarbe von den Mauern genagt, und der Holzzaun vor dem kleinen Vorgarten sah frisch gestrichen aus, nun, zumindest bis zur Hälfte. Die Tür musste einmal hellblau gewesen sein, vereinzelte Farbreste hingen noch an dem Holz. Natürlich war sie hellblau gewesen, die Lieblingsfarbe seiner Mutter. Das helle Blau und das leuchtende Violett der Bougainvillea bildeten einen wunderbaren Kontrast. Direkt neben der Haustüre streckte die Kletterpflanze ihre jahrzehntealten Zweige in Richtung Sonne und blühte, als gäbe es kein Morgen mehr.

Und er dachte, er hätte alles erlebt, was es zu erleben gab. Wie man sich doch täuschen konnte. Die Morgensonne blendete ihn, sie hatte bereits jetzt, Mitte März, eine unglaubliche Kraft.

Sein Haus. In Italien. Direkt am Meer. In seinen Gedanken formulierte er diese Worte, als müsse er sich bewusst machen, dass er tatsächlich hier stand. Sein Haus. Gott, fühlte sich das gut an. Erlebte er das wirklich?

Eigentlich hatte er genug Zeit gehabt, sich darauf einzustellen. Nun, so war das eben mit Planung und der Umsetzung. Die Realität fühlt sich immer anders an. Jetzt war er hier, das leere Haus wartete und die Eindrücke überrollten ihn. Am liebsten würde er sofort alle begrüßen, die er von früher kannte, zum Meer hinunter laufen oder in der Taverne ein kühles Bier trinken. Aber für Letzteres war es noch zu früh. Wo sollte er nur anfangen?

Unvermittelt wurde die Tür aufgerissen und Davide eilte auf ihn zu, sein Freund und Nachbar aus Kindertagen.

»Hey, das wird aber langsam Zeit, Leonardo Joshua Gilardino. Herzlich willkommen. Wir haben schon gewartet. Steh nicht rum. Komm rein. Komm. Warte, ich trage den Koffer. Sofia!«, rief Davide über die Schulter. »Leonardo ist da.«

Offenbar hatte er Leonardos vollen Namen nicht

vergessen, hatte sogar *Joshua* betont und dabei spitzbübisch gegrinst. Als Kinder hatten sie sich über seinen Zweitnamen lustig gemacht. Leonardo hatte diesen Namen nie gemocht, aber seine deutsche Mutter Johanna hatte darauf bestanden. Zum einen, weil er Großmut, Heil und Rettung bedeutete, und das konnte ja nie verkehrt sein; zum anderen, weil er angeblich in den Flitterwochen im Südwesten der USA unter einem Joshua-Tree gezeugt worden war. Sein Vater jedoch hatte ihm in einer geschwätzigen Stunde verraten, sie wären niemals dort gewesen, Johanna hätte lediglich einen Film gesehen, in dem ein frischverliebtes Paar ein Kind unter ... und so weiter.

Er trug also den Namen eines Agavengewächses.

Hinter seinem Freund erschien Sofia, und es folgten, im Schutz von Mamas Rücken, zwei Jungs, die etwa fünf und zehn Jahre alt waren. Der gute Davide und seine Frau hatten zugesagt, das Haus herzurichten. Dass sie ihn auch empfangen würden, soweit hatte er nicht gedacht.

»Ciao, Leonardo«, strahlte Sofia, kam auf ihn zu und umarmte ihn, »Spero che tu stia bene?«

»Ciao, Sofia.« Er füllte den Raum neben ihren Wangen mit Luftküssen. »Hervorragend, danke. Das ist ja eine spitzenmäßige Begrüßung.«

Sie war eine schöne Frau geworden. Noch immer trug Sofia ihr Haar lang und schwarz. Sie wirkte auf ihn wie das kleine Mädchen von damals, nur eben etwas älter. »Die Fahrt war etwas anstrengend. Hätte nicht mit so vielen Baustellen gerechnet, und der Taxifahrer war sichtlich genervt.«

»Haha, wohl eher müde. Morgens um fünf auf der Autobahn zu sein, ist ja auch unmenschlich. Und ja, sie bauen im Moment wie die Blöden. Scheint so, als gibt es Geld für alles, worauf wir verzichten könnten. Wie eine dreispurige Autobahn zum Beispiel. Aber jetzt bist du da. Lass dich drücken.« Sie umarmte ihn erneut. In der Zwischenzeit hatte sich der kleinere Spross von Davide und Sofia nach vorne getraut und sah ihn mit großen Augen an.

»Das ist Matteo«, sagte Sofia und legte eine Hand auf Matteos Schulter. »Na, wie sagt man?«, forderte sie ihn auf Italienisch auf.

»Buone vacanze.«

Leonardo musste lachen und wuschelte ihm durch die Haare. Der Stöpsel war zu niedlich. Er hatte ihm schöne Ferien gewünscht. »Grazie, Matteo. Aber ich bleibe für immer.«

Sofia übersetzte für ihn, Matteo lief rot an, drehte sich um und verbarg sein Gesicht am Bauch seiner Mutter.

»Was stehen wir hier rum«, rief Davide und schnappte sich den Koffer. »Kommt. Lasst uns reingehen.«

Wenige Minuten später saß Leonardo auf seiner Terrasse und blickte auf das Meer. Seine Terrasse. Sein Haus. Sein Tisch. Es war noch der alte Tisch von damals. Als Kind hatte er oft hier gesessen. Holz verdarb nicht. Es wurde schöner. Es lebte und alterte und formte im Laufe der Jahre sein Wesen.

Hier zu sein war irgendwie unwirklich. Wie in einem wunderbaren Traum, nur, dass er nicht im kalten Deutschland aufwachen würde, nicht ins Büro musste und keine Routinen mehr zu programmieren brauchte. Unwirklich. Paradiesisch.

»Wie lange ist es her, Leonardo?«, Davide schenkte Kaffee nach. Leonardo wäre ein kühles Bier lieber gewesen, aber das würde er am Abend nachholen können.

»Neunzehn Jahre.« Leonardo rührte sich zwei gehäufte Löffel Zucker in den starken Kaffee. So liebte er ihn, den italienischen Kaffee. Stark und süß. Nicht die taube Brühe aus der Büromaschine. Nie wieder.

Sofia brachte Brot, Salami, Käse und Oliven. Für die Kinder Marmelade und Honig. »Ich erinnere mich, wie du mir damals nachgestiegen bist.« Sie lächelte verschmitzt und zwinkerte ihrem Mann zu.

»Da war ich zehn, Sofia. Das zählt nicht. Außerdem hast du bereits damals Davide schöne Augen gemacht, wenn ich mich recht erinnere.« Er lächelte amüsiert, legte sich eine Scheibe Salami auf das noch ofenwarme Ciabatta und biss hinein.

»Du warst neun«, korrigierte sie. »Tja, mein Lieber. Du hattest zwar die hübscheren Locken, aber er war ein Jahr älter und hat mir Muscheln geschenkt.« Liebevoll drückte sie Davides Hand.

»Will auch Muscheln«, tönte Matteo und zeigte strahlend seine marmeladenverschmierten Finger.

»Leck das ab«, befahl sein größerer Bruder Luca, was Sofia veranlasste, ihren verklebten Sohn kurzerhand hochzuheben und mit einer Entschuldigung im Bad zu verschwinden.

»Du musst das Haus neu kalken«, bemerkte Davide und betrachtete stirnrunzelnd die Fassade.

»Stimmt. Ich muss so einiges tun. Aber ihr habt mir schon sehr viel geholfen. Danke dafür, Davide.«

»Keine Sache«, winkte dieser ab. »Das bisschen Gartenarbeit ...«

»Klar. Und die Möbel abgedeckt und entstaubt, Fenster geputzt, die Terrasse hergerichtet. Und«, er klopfte auf das Holz des Tisches, »wohl auch den Tisch geschliffen. Wie soll ich das wiedergutmachen?«

Davide öffnete den Mund für eine Erwiderung, kam jedoch nicht mehr dazu. Matteo rannte mit Freudengeheul an ihnen vorbei, und Luca sprang auf und folgte ihm hinunter zum Strand.

»Sie dürfen jetzt Muscheln suchen. Der Entdecker der schönsten bekommt einen Lutscher.« Sofia begann den Tisch abzuräumen.

»Und der andere?«, wollte Leonardo wissen.

»Der auch. Aber einen kleineren.«

»Das nenne ich Erziehung. Sollte es bei mir mal

so weit sein, werde ich dir jede Menge Fragen stellen, Sofia.« Bewundernswert, mit welcher Leichtigkeit und Ruhe die beiden mit ihren Kindern umgingen.

»Apropos Kinder ...« Davide zündete sich ein Zigarillo an und blies den Rauch langsam in die Luft. »Wann kommt deine Anna?«

»Anfang April.« Gedankenverloren drehte Leonardo die Kaffeetasse in der Hand. Anna. Wie sehr er sich auf ihre Ankunft freute. Sie kannten sich noch nicht lange, aber die Zeit hatte genügt, um zu spüren, dass er mit ihr den Rest seines Lebens verbringen wollte. Mit diesem Lächeln, das jede dunkle Wolke vertreiben konnte. Mit rotem Haar, das kurz und keck ihr herzförmiges Gesicht rahmte und morgens lustig in alle Richtungen abstand. Er lächelte in sich hinein, sah sie vor sich, wie sie noch vor wenigen Tagen barfuß durch seine Wohnung getanzt war. Er wollte Anna glücklich machen. Ja, das wollte er. Dieser Gedanke machte ihn glücklich.

»Das sind ja noch fast zwei Wochen!«, rief Sofia aus und hob die Hände. »Eine Ewigkeit für Frischverliebte. Wie hältst du das aus und was machst du bis dahin?«

»Aufräumen«, lachte er. »Das Nest gemütlich machen und ...«, Leonardo lehnte sich zurück und seufzte, »mich bei meinem neuen Arbeitgeber vorstellen. Gearbeitet wird zwar erst ab Juli, aber ich habe am Montag einen Termin mit ihm.«

»Denke, du hast alles richtig gemacht, Leonardo.«

Davide nickte und nippte an seiner Tasse. »In Deutschland alles verkaufen, ein bisschen Geld mitbringen und trotzdem nicht der Illusion verfallen, sich erst hier auf die Suche nach einem Job zu machen. Du kommst und hast ihn schon. Das ist klug. Nicht so, wie viele denken, sie könnten mit ein paar Kröten in der Tasche auswandern, und müssten dann in Panik verfallen, wenn das Geld zur Neige geht.«

»Was redest du für einen Unsinn?«, echauffierte sich Sofia, »Leonardo ist doch kein Auswanderer! Er ist hier geboren.« Sie stemmte die Fäuste in die Hüften und warf ihrem Mann einen verständnislosen Blick zu. Etwas sanfter fuhr sie an Leonardo gewandt fort: »Trotzdem alles richtig gemacht. Und wenn du keine Arbeit gefunden hättest, wir hätten dir eine besorgt. Basta.«

Herrlich, wie ihre Augen blitzten, wenn sie verärgert war. Oder so tat, als wäre sie es. Es war wie früher, nur, dass sie alle ein kleines bisschen älter waren. Eine Welle durchströmte ihn. Sie fühlte sich an, wie sich Glück vielleicht anfühlen mochte.

»Wie habe ich euch vermisst.«

Gegen Mittag verabschiedeten sich seine Freunde. Leonardo atmete auf, als er die Tür hinter ihnen schloss. So lieb ihm Davide und Sofia waren, so dringend brauchte er einen Moment für sich, um endgültig anzukommen. Er lehnte sich an die Tür, spürte das Holz im Rücken und ließ seinen Blick schweifen. Nach so langer Zeit erschien ihm seine eigene Anwesenheit an diesem vertrauten Platz unwirklich, beinahe wie ein Traum.

Der Koffer stand unangerührt mitten im Wohnzimmer. Leonardo stieß sich von der Tür ab und schlenderte gemächlich an dem Koffer vorbei durch die Räume. Das Auspacken hatte keine Eile. Ein wirklich kleines Haus, dachte er, aber Stein auf Stein erbaut. Es besaß ein recht geräumiges Wohnzimmer, in dem ein Sofa, ein Sessel und ein runder Tisch Platz fanden. An der Wand ohne Fenster befand sich der Kamin, daneben lagen ordentlich gestapelte Holzscheite. Ob er die am Abend brauchen würde? Danke, Davide. Du hast an alles gedacht. Leonardo strich mit den Fingerspitzen über eine Kommode. Darüber hingen Bilder. Von ihm als Jungen, seinem Vater, seiner Mutter. Freunde. Sein erster Schultag. Leonardo wunderte sich. Warum hatten sie diese Fotografien zurückgelassen? Nahm man nicht gerade solche Erinnerungstücke mit, wenn man fortging?

Er ging weiter von Raum zu Raum. Wege, die er tausendmal gegangen war. Eine Wohnküche, ein Schlafzimmer, daneben das Bad. Er schob die Tür eines Zimmers auf, das ihm besonders viel bedeutete. Sein Kinderzimmer. Ein schmales Bett, ein Schreibtisch, ein kleiner Schrank. Nichts war verändert, nur aufgeräumter. Wie winzig. Früher war es ihm größer erschienen.

Sein Magen knurrte und holte ihn zurück in die Gegenwart. Er hatte schon wieder Hunger. Und er roch unangenehm. Kein Wunder. Seit drei Uhr morgens war er auf den Beinen und jetzt zeigte der Zeiger auf kurz vor zwei Uhr am Mittag. Zeit für eine Dusche. Leonardo öffnete den Koffer, griff sich Handtuch und Duschgel und zog noch im Wohnzimmer Schuhe, Shirt und Jeans aus.

Frisch geduscht und kaum eine halbe Stunde später fanden seine Füße den Weg zur Adolfas Bäckerei wie von selbst. Kaum war er über die zwei Stufen durch die offene Tür in den Verkaufsraum getreten, sprang eine dralle Frau mit Freudengeschrei hinter der Theke hervor und tippelte mit geöffneten Armen auf ihn zu: »Benvenuto, ragazzo mio! Benvenuto a indietro! Benvenuto. Benvenuto, il mio Leonardo.«

Sie zog seinen Kopf zu sich herunter und bedeckte sein Gesicht mit Küssen. Gerne hätte er ihren Gruß erwidert, aber sie presste sein Gesicht zwischen ihren Händen so fest zusammen, dass sich sein Mund zu einem Fischmaul formte. »Schfeumichauch ...«

Damals war sie die gigantische Frau hinter der Glastheke für ihn gewesen, heute reichte sie ihm gerade mal bis zum Kinn. Das hielt sie jedoch nicht davon ab, ihn an ihren bombastischen Busen zu drücken, während sie gleichzeitig lachte und weinte und ihm ständig mit ihren Fingern durch die Haare fuhr. Dann zwickte sie ihn in beide Wangen, trat einen Schritt zurück und bemerkte gefasst, dass jetzt Zeit für einen oder zwei Schnaps wäre. Widerspruch zwecklos. Seine Rückkehr musste schließlich gefeiert werden.

Während sie die Flasche aus einem Schrank holte und dabei verstohlen ihre Augen trocken tupfte, erzählte er in gebrochenem Italienisch von seiner Ankunft am frühen Morgen. Er musste sich anstrengen und fand nicht die richtigen Worte. Also stotterte er weiter, bis sie ihn unterbrach.

»Eh, Leonardo, rede Deutsch. Ich verstehe und ich spreche. Nicht Problem. Okay? Und jetzt trink. Salute!«

Das ließ er sich nicht zweimal sagen. Salute!

Adolfa di Agostino war ein bisschen grau geworden. Okay, ein bisschen rundlicher auch, aber ansonsten war es ganz genau die Adolfa, die ihm als Junge einen extra Keks gegeben hatte, wenn er höflich gewesen war, und einen vorwurfsvollen Blick, wenn nicht. Leonardo lächelte. Er war zu Hause. Jede Straßenecke, jedes Haus und das Aroma von frischem Brot in der Bäckerei verströmte Heimat. Und Adolfa di Agostino war und blieb eine echte italienische Mama. Und sie bereite das beste Ciabatta der Welt zu.

Am nächsten Morgen saß Leonardo beim ersten Licht der Sonne im Sand der Marina di Strongoli und fühlte sich verdammt jung. Ungefähr wie neun. Oder sieben. Dabei zählte er bereits einunddreißig Jahre. Das war für die einen sehr alt, für andere nicht. Für ihn war es das beste Alter für einen Neuanfang.

»Ciao, Leonardo, come stai?«.

Überrascht, zu dieser Zeit Gesellschaft zu bekommen, blickte Leonardo über die Schulter.

»Fabrizio? Fabrizio Baldini?« Du liebe Güte, der alte Baldo musste mittlerweile über sechzig Jahre sein.

Fabrizio schenkte ihm ein sonnengegerbtes Grinsen und schaffte es dabei, die Zigarette im Mundwinkel zu behalten. In der einen Hand hielt er einen Müllsack, in der anderen einen Stab mit einem Greifer am Ende. Die verbeulten Stoffhosen waren hochgekrempelt und die Füße steckten in speckigen Ledersandalen. Das ehemals bunte Hemd schien genauso alt zu sein wie der gute Baldo und war, wie damals, immer noch bis zum Bauchnabel aufgeknöpft.

Und immer noch schien er früh morgens den Strand aufzuräumen. Als wäre hier die Zeit stehengeblieben. Dass er dies auch sonntags tat, hatte Leonardo vergessen. So etwas vergaß man doch nicht, oder? Doch, Wochentage waren so Detailkram. Wenn man etwas vergessen durfte, dann so etwas. Dennoch, schoss ihm durch den Kopf, es gab vielleicht noch mehr, was er vergessen hatte. Er hatte jede Menge alte Erinnerungen aufzufrischen.

An diesem Punkt fiel Leonardo ein, dass Fabrizio ihn etwas gefragt hatte und er nichts Besseres zu tun hatte, als ihn anzustarren, als wäre der alte Mann Mister Spock auf Erdmission. Wie unhöflich. Leonardo schloss den Mund, öffnete ihn wieder und kam auf die Füße.

»Gut geht es mir. Nein, ganz fantastisch. Es ist schön, wieder hier zu sein, Fabrizio.« Er vollführte eine ausladende Bewegung mit den Armen.

»Si. So ist es. Wir freuen uns alle sehr. Komm. Begleite mich ein Stück, mein Junge. Es gibt viel zu tun. Du kannst einem alten Mann ein bisschen behilflich sein.« Dabei hob er den Sack ein Stück an und zwinkerte.

»Du sprichst Deutsch?«

»Immer. Du vergisst, Junge. Deine Mutter war deutsch. Und manchmal wir haben deutsche Touristen. Da bleibt man in Übung.«

»Ja, stimmt.« Leonardo bückte sich, hob ein Stück Papier auf und steckte es in den Müllsack.

Schweigend schlenderten sie eine Weile nebeneinander her und befreiten den Strand von zurückgelassenem Unrat. Wie zwei alte Freunde. Und irgendwie waren sie das ja auch.

»È un pezzo«, sagte Fabrizio.

»Ja«, nickte Leonardo, »es ist lange her. Viel ist geschehen.«

»Der gute Marcello! Viel zu früh ist er ... wie sagt man ... eingeschlafen. Dio l'abbia in gloria. Gott hab deinen Vater selig. Und deine Mutter auch. Aber jetzt bist du ja da und erweckst das kleine Haus wieder zum Leben. Das tust du doch, oder? Du bleibst. Du musst bleiben. Du bist ein Gilardino.«

Unwillkürlich stahl sich ein Lächeln auf Leonardos Lippen. Der Humor und die Besonnenheit seines Vaters schienen ihm in diesem Augenblick so nahe, als schlendere er mit ihm und Baldo gemeinsam am Strand entlang.

Sein Vater hatte viele Geschichten erzählt, und Leonardo hatte in jener Zeit zwar die Kraft in den Worten verspürt, sie jedoch nicht verstanden. Jetzt flüsterte der Wind die Worte:

Ein Dorf in der Sonne,
ein einfaches Haus,
der Gesang eines Brunnens unten im Hof.
Und ein Sitz aus Stein.
Und Lärm von Kindern,
ein Garten und Tage ohne Namen
geben mir die Gewissheit zu leben.

Erst jetzt verstand er.

»Ja, Fabrizio. Ich bleibe. Würde ich sonst die Mauern kalken wollen?«

»Mi fa piacere! Das freut mich. So, hier ist es gut.« Baldo stellte den Sack ab und deutete mit dem Kinn Richtung Wasser. »Ich meine, du bleibst jetzt eine Weile an dieser Stelle und sprichst mit dem Meer. Sonst ist es böse. Und denk dran: Folle di Strongoli. Wir alle.« Er klopfte ihm zweimal kräftig auf die Schulter, spuckte den verloschenen Zigarettenstummel in den Müllsack, schulterte den Beutel und schlurfte, ein italienisches Lied trällernd, gemütlich weiter.

Ja, Folle di Strongoli. Verrückt nach Strongoli. Wer einmal hier lebte, kam immer wieder zurück. Oder er ging nie fort. So wie der alte Baldo, dessen blaue Augen leuchteten und im Gegensatz zu Baldos Äußerem immer noch eine jugendliche Frische ausstrahlten. Nur ein paar mehr Lachfältchen waren hinzugekommen.

Leonardo sah ihm noch einen Moment hinterher, drehte sich dann zum Meer und schlüpfte aus den Flip-Flops. Vor ihm ragte ein hüfthoher Felsen aus dem Sand. Hier hatte er sich vor vielen Jahren im Kieselwerfen geübt. Sein Rekord waren sieben Sprünge gewesen. Das gelang nur, wenn das Meer ruhig und der Kiesel flach war.

Damals hatte Leonardo exakt dieses magische Gefühl verspürt, das ihn auch jetzt befiel. Nach so langer Zeit. Er hob einen Kiesel auf, warf und schaffte tatsächlich noch zwei Sprünge. Er nahm sich vor, demnächst seine damalige Bestmarke in Angriff zu nehmen.

Ach, wie hatte er das alles hier vermisst: das endlose Meer, die Ruhe, das monotone Schlagen der Wellen. In dieser unendlichen Weite, dort wo das Meer endete, der Himmel begann und die Sonne den Morgen begrüßte, hatten die Tage keine Namen. Hier hatte er im Alter von vier Jahren schwimmen gelernt. Als Siebenjähriger hatte er geglaubt, es gäbe keinen schöneren Ort auf der Welt, und mit neun hatte er sich vorgestellt, die Tochter des Gemüsehändlers zu heiraten, wenn er einmal groß wäre.

Leonardo seufzte entspannt, setzte sich, zog sein T-Shirt aus und legte es neben die Flip-Flops. Sein Blick wanderte nach unten, dort, wo das Wasser mit entschlossener Beständigkeit Kuhlen unter seine Fersen grub. Es fühlte sich fantastisch an. Er und der kühle Sand bildeten mit jedem Wellenschlag mehr und mehr eine Einheit. Wenn jetzt Wurzeln aus seinen Fersen wüchsen, dann, ja dann könnte er immer hier bleiben.

Na, was war denn das? Halb vom Seetang verborgen schimmerte etwas. Leonardo schob den Tang zur Seite und legte eine Muschel aus Perlmutt frei. Er hob sie auf, hielt sie hoch und drehte sie in der Hand. Wie leicht hätte man dieses Schmuckstück übersehen können. Vorsichtig säuberte Leonardo die Muschel mit Salzwasser und trocknete sie mit dem Shirt ab. Dann schloss er das Kleinod in seiner Hand ein. Es würde einen speziellen Platz bekommen. Ebenso, wie vieles in der letzten Zeit seinen Platz gefunden hatte.

Leonardo lächelte. Alles hatte seine Zeit und seinen Ort. Er warf einen Kiesel ins Wasser, schob die Hosenbeine der Jeans bis zu den Knien hoch und blinzelte gegen die aufgehende Sonne. Tatsächlich sollte er jetzt aufstehen und den kurzen Fußweg über den Strand, die leichte Anhöhe hinauf, zu seinem Haus nehmen, um das Schild fertigzustellen. Leonardo hatte die Formen und Farben vor seinem inneren Auge parat. Die Idee wartete nur noch auf die Umsetzung.

Schwungvoll sprang er auf, schlüpfte in die Flip-

Flops und atmete noch einmal tief ein, und wieder aus. Sein Blick schweifte über den kilometerlangen Strand. In der Ferne konnte er Fabrizio erkennen, und warme Temperaturen riefen die ersten Menschen ans Meer. Nicht lange, und es würden Sonnenschirme aufgeklappt und Handtücher ausgebreitet. Das schwere Aroma von Sonnenlotion würde den feinen Duft von Salz und Muscheln überlagern. Musik die Stille durchbrechen.

Genug der Stille für heute Vormittag, es gab Einiges zu tun. Er musste das Haus streichen. Und er wollte ein Schild malen. Für Anna.

Anna

Innerlich hin- und hergerissen, welche Kleidung sie auf dem Flug tragen sollte, hatte Anna Wahlberg verschiedene Kleidungsstücke probiert und sich dabei wie ein Teenager gefühlt.

Es war niemand mehr da, der ihr sagte, was sie zu tun hatte. Mit diesem Gefühl, eigenständig simple Fragen zu lösen, wie zum Beispiel ganz aktuell die der Kleiderwahl, hatte sie sich noch nicht arrangiert und wischte es wie ein lästiges Insekt fort.

Letztendlich hatte sie sich für einen legeren Zwiebellook entschieden. Turnschuhe, Socken, Jeans, T-Shirt, Sweatjacke, Jacke. Sollte es in Italien wesentlich wärmer sein als vermutet, wäre sie mit Shirt und Jeans gerade richtig gekleidet. Für die anschließende mehr als dreistündige Autofahrt ebenfalls. Oder sollte sie doch besser...

Das Handy schlug eine bekannte Melodie an. Was wollte denn ihre Mutter jetzt noch? Erst gestern hatte sie ihr einen Abschiedsbesuch abgestattet und es war eigentlich alles gesagt.

Anna lief über den Flur und fischte das Handy aus der Handtasche.

»Hi Mama, hast du was vergessen?«

»Hallo, meine Kleine. Nein, ich wollte nur noch mal deine Stimme hören, bevor du dich auf den Weg in dieses fremde Land machst, Katalonien oder so.«

»Kalabrien ist doch kein fremdes Land!.«

Dieser Anruf war ein Vorwand. Frau Wahlberg Senior versuchte den Trick mit der defekten Schallplatte. Der funktionierte manchmal, meistens jedoch nicht. Aber diese mikroskopisch kleine Wahrscheinlichkeit war für sie Grund genug, einen Umstimmungsversuch zu starten. Mal wieder.

»Für dich vielleicht nicht, meine Liebe. Italien ist nicht Deutschland und Katalabrien ist ziemlich weit weg. Du bist dir doch im Klaren, dass ich dich dort niemals besuchen kann. Die lange Autofahrt machen meine Beine nicht mehr mit, und in einen Flieger steige ich nicht. Habe ich noch nie getan. Aber das ist dir ja ebenfalls bekannt. Ach, wenn das dein Vater wüsste ...«

»Kalabrien. Nicht Kata.«

Du liebe Güte. Das und Ähnliches hatte sie sich am Vorabend bereits anhören dürfen. Mehrfach. Mit steigender Verzweiflung. Anna holte Luft und wollte weiterreden, aber ihre Mutter hatte offenbar sorgsam zurechtgelegte Worte und kam gerade richtig in Fahrt.

»Warum ausgerechnet Italien? Du hattest doch hier in Deutschland alles, was du brauchst. Aber na ja, du hörst ja sowieso nicht auf mich. Das hast du noch nie getan. Deine Mutter ist dir völlig egal.«

Jetzt schluchzte sie auch noch. Aber das war nicht echt. Ihre Mutter verfolgte damit das Ziel, ihren Worten den nötigen Nachdruck zu verleihen, wenn sie am Telefon schon auf die Vorführung der leidenden Mimik verzichten musste.

»Aber das kümmert dich nicht, ich weiß, ich weiß.

Nun, ich trage das, wie gesagt, mit Fassung. Eine Mutter muss ihr Kind ziehen lassen. Irgendwann. Auch wenn es ihr das Herz bricht.« Kurze Pause, langgezogener Seufzer, verhaltenes Schluchzen. »Also wünsche ich dir eine gute Reise nach Kolumbrien. Und komm gesund an. Und melde dich, wenn du gelandet bist.«

»Natürlich, Mama. Du musst mir das nicht zum tausendsten Mal sagen.« Anna schnaufte deutlich in den Hörer und schloss kurz die Augen. Dieses wehleidige Klagen war sie seit Jahren gewohnt. Eigentlich schon, seit sie auf der Welt war und einigermaßen geradeaus denken konnte. »Gleich, wenn ich angekommen bin, rufe ich an. Versprochen.«

»Ich meine ja nur. Aber schön, wenn du dran denkst. Das freut mein Herz, Anna. Am liebsten wäre es mir jedoch, wenn du hier bleibst, Herzchen. Du magst es dir nicht noch einmal überlegen? Nein?« Ihre Mutter legte eine kurze Pause ein. Wahrscheinlich erwartete sie, dass Anna jetzt das bekannte verunsicherte Verhalten zeigte und zurückruderte. Aber da hatte sie sich geschnitten, denn genau das würde Anna auf keinen Fall tun. Nicht viele Male war sie so klar und überzeugt von einer Sache gewesen. Na ja, zumindest die meiste Zeit. Mal sehen, welche Geschütze ihre Mutter noch auffuhr.

»Du wirst in Katalanien keinen Job finden. Schon mal darüber nachgedacht?

Und wenn, dann sitzt du irgendwo an der Kasse oder gehst putzen und verstehst kein Wort.

So einen Job, wie den, den du hattest, findest du bei den Spaghettis nicht.«

»Mama! Das sind keine Spaghettis und es heißt Kalabrien!« Anna unterdrückte gerade noch so einen unschönen Fluch. »Bitte werde jetzt nicht beleidigend. Zahnarzthelferinnen gibt es auch in Italien. Falls ich überhaupt einen Job suchen will.«

»Aber sie essen sie.«

»Die Zahnarzthelferinnen?«

»Stell dich nicht dumm. Spaghetti natürlich.«

»Das tun wir auch.«

»Das ist kein Argument.«

Anna verdrehte die Augen und schwieg. Da war jedes Wort zu viel.

»Weißt du«, begann ihre Mutter leiser, »Marc ist tieftraurig. Er leidet, der arme Mann.«

»Kann schon sein. Mir egal.«

Ja klar. Der und leiden. Obwohl, es konnte schon ziepen, so ein angekratztes Selbstwertgefühl.

»Warum lässt du einen solchen Prachtkerl sausen? Noch dazu für jemanden, der ihm nicht einmal ansatzweise das Wasser reichen kann. Ein kleines Haus ... Also bitte! Marc hat eine Villa, einen Porsche und einen Mercedes. Außerdem sieht er gut aus. Und er ist gepflegt. Und er ist Manager eines großen Unternehmens. Und er kann dir alles bieten, was du dir wünschst. Alles. Und ...«

Nanu? War ihr die Luft ausgegangen? Kein Wunder. Das waren ein bisschen viele Unds auf einem Haufen. Aber so war sie eben. Wenn sie etwas durchdrücken wollte, redete sie mit vielen Unds und vergaß dabei das Atmen.

»So, was wünsche ich mir denn? Es besteht ein Unterschied in dem, was du dir für mich wünschst, und dem, was ich mir erträume. Ich glaube, das habe ich dir gestern erklärt.«

»Eben. Du träumst. Dass ich so etwas erleben muss. Da zieht man sein Kind groß und will nur das Beste und dann so etwas. Was habe ich nur falsch gemacht?«

»Nichts. Aber du musst mich mein Leben leben lassen. Außerdem hatten wir das gest ...«

»Huch, solche Töne kenne ich ja gar nicht von dir? Der Mann scheint keinen guten Einfluss auf dich zu haben, meine Liebe. Ich fürchte, dein Unterbewusstsein weiß mehr, als du dir eingestehen magst. Sonst hättest du ihn mir vorgestellt. Das ist das Mindeste, was eine Mutter erwarten kann. Das sieht Marc übrigens genauso.«

Unglaublich. Hatte ihre Mutter etwa mit Marc über sie geredet? Das war ja nicht zu fassen!

»Ich denke, wir sollten das Gespräch an dieser Stelle beenden. Ich hab dich lieb, Mama. Außerdem habe ich beschlossen, glücklich zu sein. Selbst wenn es mit Leonardo nicht funktionieren sollte, werde ich nicht mehr nach Deutschland zurückkehren. Auch das habe ich dir gestern gesagt. Im Übrigen hat mein Unterbewusstsein sich jahrelang versteckt. Sonst hätte ich mich früher von Marc getrennt.«

Schweigen. Nanu? War die Leitung tot?

»Mama?«

»Ja, ich höre dich. Sehr gut sogar. Ich lasse dich also offenen Auges in dein Unglück rennen. Nun gut. Aber komm nicht an und bereue, wenn es schief geht.«

»Hör doch auf. Du wärst die Erste, die mir meinen Grießbrei kocht und Berge von Taschentüchern bereitlegt.«

»Sowieso.«

»Hab dich lieb, Mama.«

»Ich dich doch auch, Schnute. Du weißt, dass ich dir nur das Beste wünsche.«

»Ich weiß.«

Unwillkürlich musste Anna grinsen. Schnute. Diesen liebevollen Kosenamen hatte sie seit ewigen Zeiten. Im Grunde genommen verstand sie ihre Mutter nur zu gut. Sie wollte ihr einziges Kind in der Nähe wissen und nicht in einem anderen Land. Im Prinzip gab es keine fürsorglichere Frau als ihre Mutter, nur verstand Frau Wahlberg Senior es sehr gut, das hinter einer Maske aus Schroffheit zu verstecken, anstatt das Herz sprechen zu lassen.

Nach einem abschließenden Schniefen ihrer Mutter beendete Anna das Gespräch. Nicht ohne ihr wiederholt zu versichern, definitiv direkt nach der Landung, noch auf dem Rollfeld, anzurufen.

Ein Blick auf die Uhr sagte ihr, dass sie sich sputen musste. Eilig strich sie das bereits zusammengelegte Strandkleid glatt und legte es neben das Shirt in den Koffer. Fertig. Das schwarze Shirt …

Zärtlich fuhr sie mit den Fingerspitzen über den dünnen Stoff. Dieses Shirt würde sie für alle Zeit behalten. Auch wenn es irgendwann ausgeblichen und unansehnlich werden würde. Es erinnerte sie an ihre erste Begegnung mit Leonardo. War es wirklich erst wenige Monate her? Das Erste, was Anna von Leonardo wahrgenommen hatte, war eine gepflegte Hand, die ihr ein Taschentuch reichte. Sie hatte auf einer Bank im Fitness-Studio gehockt und vor sich hin gestiert. In genau diesem T-Shirt. Schwarz natürlich. Schwarz machte schlank. Und dann waren die Tränen geflossen und die Schultern hatten gezuckt und sie hatte nichts dagegen tun können, außer, das Taschentuch zu nehmen und sich erst die Augen trocken zu wischen und dann die Nase zu putzen. Der Mensch, der zu dieser Hand gehörte, hatte weiterhin stumm vor ihr gestanden. Sie hatte männliche Waden erkannt, an deren Ende Füße in weißen Socken steckten und die wiederum in grellgrünen Sportschuhen. Damals hatte sie keine Zeit gehabt, darüber nachzudenken, ob sein Schweigen der Höflichkeit geschuldet war, oder er nur nicht wusste, was er hätte sagen sollen. Sie war zu sehr mit sich und ihrem Schmerz beschäftigt gewesen. Zum Glück hatte sie das Studio zu einer Zeit besucht, zu der die meisten bereits auf dem Sofa lagen oder das Training beendet hatten. Die Waden aber waren geblieben. Erst, als sie das Tuch in ihrer Faust eingeschlossen hatte, hatte er zu sprechen begonnen. Eine Stimme wie keine andere. Weich und warm hatte sie geklungen und etwas an sich gehabt, das sie hatte aufhorchen lassen.

»Hallo. Ich bin Leonardo. Ist mit dir alles Okay?«

Vielleicht war es der Ton zwischen den Tönen gewesen. Nicht die Augen waren das Tor zu Seele. Es war die Stimme. Und diese Stimme konnte Farben malen. Anna erinnerte sich, wie sie ihren Blick von den Sportschuhen losgerissen und den Kopf angehoben hatte, sich ihre Blicke berührt hatten. Grün auf Grün. Seele auf Seele. Sie erinnerte sich, wie sich in der kurzen Zeitspanne eines Wimpernschlages der Vorhang gelichtet und sie gewusst hatte, was zu tun war. Das war vor einem halben Jahr gewesen.

Jetzt klappte Anna mit einer entschlossenen Geste den Koffer zu. Für ein ganzes Leben erschien es ihr etwas wenig, was sie dort hineingepackt hatte. Aber es war alles, was sie brauchte.

Wirklich alles? Obwohl sie es nicht gerne zugab, ihre Mutter hatte sie verunsichert. Die alte Angst, stets die falschen Entscheidungen zu treffen, überrollte sie mit aller Kraft. Eine typisch marc´sche Illusion. Trotzdem. Tat sie das Richtige? Was, wenn es nicht funktionierte? Was, wenn der Flieger abstürzen würde? Was, wenn …?

Die Klingel riss sie aus ihren Gedanken. Wer konnte das jetzt sein?

Vor ihrer Tür stand Erna Bojanowski, ihre Nachbarin. Eine nette alte Dame, die gerne Gott und die Welt mit ihren polnischen Gerichten beglückte. Offensichtlich so auch jetzt. Anna fiel ein Stein vom Herzen., hatte sie doch irgendwie mit dem Schlimmsten gerechnet.

»Ah, Frollein Wahlberg. Habe Ihnen zwei Stückchen Kuchen für die Weg gepackt, damit Sie in Flieger nicht Hunger leiden mussen. Ist ja nicht gut, das Essen in Flugzeug, ich meine. Bitte, nähmen Sie. Und wunsche gute Reise in warmes Land. Ah, Palmen, Sand und Sonne. Sie werden sich dackelwohl fuhlen. Spanien, Sie sagten?«

»Italien. Ja, ich werde mich pudelwohl dort fühlen«, lächelte Anna und nahm den in Alufolie gewickelten Kuchen entgegen. »Dankeschön, Frau Bojanowski, ich werde Sie vermissen.«

»Nicht Dackel? Nun, egal. Ich werde Ihnen auch vermissen, Frollein. Obwohl wir uns gekannt haben nur kurze Zeit. Sie sind so eine gute Frau. Ist ein glucklicher Mann, der Sie bekommt. Hach«, sie streckte die Hände in Richtung Decke und blickte nach oben, »wo Liebe hinfällt, nicht wahr? So, nun ich muss wieder an die Braten in Ofen. Tschuss, Frollein Wahlberg.« Damit verschwand sie geschäftig hinter ihrer Tür.

Anna stopfte schmunzelnd das Päckchen in die Handtasche, ging zum Fenster hinüber und sah hinaus. Der Himmel musste die nette Nachbarin geschickt haben. Jetzt fühlte sie sich etwas heiterer. Der Anblick der nassgrauen Straße allerdings ließ sie frösteln. Unwillkürlich verschränkte sie die Arme vor dem Körper.

Es war ein außergewöhnlich eisiger Aprilanfang und es regnete ohne Unterlass. Seit einer Woche hing eine dichte Wolkendecke über Heidelberg und spuckte dicke Tropfen, die, zum Teil mit Schnee vermischt, die Straßen in gefährliche Rutschbahnen verwandelten. Das allumfassende Grau stülpte sich über die Gemüter wie eine erdrückende Glocke. Der Winter dauerte zu lange. Man merkte den Menschen an, dass sie der kalten Jahreszeit überdrüssig waren. Mit gesenkten Köpfen und hochgezogenen Schultern eilten sie durch die Straßen und die herzlichen Grüße aus dem Sommer waren einem kurz angebundenen Kopfnicken gewichen.

Anna hasste die kalte Jahreszeit. Der Winter bedeutete in dieser Region nasse Kälte, Schneematsch und Salz. Und er erleichterte ihr den Abschied.

In fünfzehn Minuten würde das Taxi kommen und sie zum Flughafen bringen. Es war ihr schwergefallen, ihren geliebten Micra wegzugeben. Wenn sie darüber nachdachte, hatte ihr der Verkauf des Wagens mehr zugesetzt als die Trennung von Marc. Gut, sie hätte die Strecke nach Strongoli mit dem Auto zurücklegen können. Aber sechzehn Stunden Fahrt traute sie sich einfach nicht zu. Noch nicht. Sie war eine unsichere Fahrerin. Zumindest hatte Marc dies bis vor einem halben Jahr immer behauptet. Nicht nur, dass sie ihm geglaubt hatte, sogar froh war sie gewesen, einen Mann an ihrer Seite zu haben, der alle Entscheidungen traf und ihr sagte, wie sie ihr Leben zu leben hatte. Selbst die Wahl ihrer Kleider hatte er übernommen, ihr gesagt, in welchen Hosen sie nicht zu dicklich aussehen würde und dass sie besser Röcke trüge und

Highheels statt Sneackers. Obwohl sie auf Bleistift-
absätzen nicht richtig laufen konnte und ihre Fuß-
ballen wehtaten, hatte sie es getan. Dicklich! Genau
das hatte er gesagt. Also bitte. Mittlerweile war sie
empört über die herablassende Art, wie Marc Frau-
en, vorzugsweise sie, behandelt hatte. Dicklich. Bei
einer Körpergröße von einseinundsiebzig durfte
eine Frau siebzig Kilogramm wiegen und war sogar
noch schlank dabei.

Man musste einem Menschen nur oft genug sagen, dass er nichts taugte, nichts konnte, nichts
wert war. Steter Tropfen höhlte den Stein.

Zu dieser Zeit hatte sie sich schuldbewusst im
Fitness-Studio angemeldet, und beim Sex hatte sie
sich geschämt. Irgendwann, nach einem zermür-
benden Vortrag Marcs über das ordnungsgemäße
Zusammenlegen von Bettwäsche, hatte sie heulend
ihre Sporttasche gepackt und war ins Fitness-Studio
geflüchtet.

Und jetzt stand sie hier und verließ die Wohnung,
die sie erst vor fünf Monaten bezogen hatte. Sollte
ihre Mutter recht behalten? Vielleicht handelte sie
doch ein wenig überstürzt?

»Anna, das schaffst du«, sprach sie sich Mut zu
und wandte sich abrupt vom Fenster ab. Sie musste
sich beherrschen, nicht der alten Unsicherheit zu
verfallen. Sie griff zur Handtasche und ging in die
Küche. Am besten alle Unterlagen noch einmal
prüfen. Akribisch alles noch einmal durchgehen.
Das half ihr, die Fassung zu bewahren.

Die Abmeldung in Deutschland, die Flugtickets,

Personalausweis, Impfbuch, Führerschein, Reise-
krankenversicherung und dreihundert Euro. Zum
dritten Mal zog sie die Unterlagen aus ihrer Handtasche, legte sie fein säuberlich auf den Küchentisch, nickte und steckte sie wieder zurück. Es war
an alles gedacht. Das Bankkonto konnte sie von
Italien aus auflösen, und die Wohnung hatte bereits
einen Nachmieter. Ein junges Pärchen, gerade mal
Anfang zwanzig. Der Stromzähler und die Wasser-
uhr waren abgelesen. Hatte sie den Gaszähler auch
...? Ja, sie hatte.

Fahrig strich sie sich eine Haarsträhne aus der
Stirn, ging ins Schlafzimmer, griff sich den Koffer
und stellte ihn vor die Eingangstür. Der Woh-
nungsschlüssel lag auf dem Regal in der Diele.
Wenn sie jetzt die Tür hinter sich zuzog, käme sie
nicht mehr hinein. Aber genau das wollte sie ja,
oder? Nicht mehr zurückblicken. Ein neues Leben
beginnen. Mit Leonardo. Mit einer neuen Anna
Wahlberg.

Draußen hupte es. Das Taxi. Es ging los.

Anna griff den Koffer, schlüpfte in die Winterja-
cke und schulterte die Handtasche.

Dann zog sie die Tür hinter sich zu.

Für Dich

Vor ein paar Tagen war ein altes, ungefähr armlanges Stück Holz an den Strand geschwemmt worden. Leonardo hatte es aus dem Sand gefischt und mitgenommen. Das perfekte Objekt für sein Vorhaben.

Am selben Tag noch hatte er den Tisch auf der Terrasse mit einem alten Tuch bedeckt und das Brett gesäubert, geschliffen und poliert. Die letzten zwei Stunden hatte er damit verbracht, es künstlerisch auszugestalten. Muscheln und kleine, mit violettem Bast gebundene Lavendelsträuße zierten inzwischen die dunkle Oberfläche. Mittendrin leuchteten Zweige der Bougainvillea. Im Zentrum am unteren Rand hatte die Muschelschale ihren Platz gefunden. Anschließend malte er die Worte auf das Treibholz, die ihm am Herzen lagen. Jetzt zog er mit einer letzten Handbewegung den schwungvollen weißen Strich für das »t«.

Leonardo trat zwei große Schritte vom Tisch zurück und betrachtete das vollendete Werk.

»Gar nicht so übel«, sagte er und strahlte dabei wie ein Kind, das ungeduldig darauf wartete, ein Geschenk zu überreichen. Eines, das zu Anna passte. Worte, die das ausdrückten, was sie brauchte. Zumindest hoffte er das.

Wie spät war es eigentlich? Ach du Schreck! Es blieben ihm etwa viereinhalb Stunden, bis Annas

Flieger in Salerno landen würde. Er hatte eine Stunde Zeit, sich zu rasieren, zu duschen und ein frisches Shirt anzuziehen. Und das Schild über die Eingangstür zu hängen.

Eilig holte er Seile aus der Abstellkammer im Flur und befestigte diese an den Enden des Treibholzes. Dann schlug er einen Nagel mittig in die hölzerne Querverstrebung über der Tür, stieg auf einen Stuhl und hängte den Willkommensgruß auf. Er stieg vom Stuhl, ging bis zum Gehweg, stemmte die Hände in die Hüfte und legte den Kopf schief. Das Schild hing gerade und stach sofort ins Auge. Gut so.

Plötzlich klingelte es hinter ihm und jemand rief. »Ey, bist du unter die Künstler gegangen?«

Noch im Umdrehen fasste Leonardo sich an die Stirn. Mist. Er hatte vergessen, dass er bei Adolfa für heute Ciabatta bestellt hatte. Er sah sie buchstäblich vor sich, wie sie fingertrommelnd hinter der Theke gestanden und alle drei Minuten auf die Uhr geblickt hatte. Letztendlich hatte sie ihren Mann losgeschickt, bevor das gute Ciabatta vertrocknen würde.

Wie peinlich.

Toni di Agostino hatte ihn erreicht und stieg von einem klapprigen Fahrrad. Am Lenker hing ein Korb, aus dem er eine mit duftendem Brot gefüllte Papiertüte zog.

»Hier, halt mal.« Damit streckte er ihm die Tüte entgegen und hob eine rechteckige Schüssel heraus, deren Deckel den Blick auf den Inhalt verwehrte.

»Adolfa hat darauf bestanden, dir noch ein paar Oliven, Paprika und Tomaten einzupacken. Du weißt, sie legt sie selbst ein. Die beste Antipasti in Italien, sag ich dir. Und die Schärfste in Kalabrien. Aber ach, wem erzähle ich das? Dein Vater hat sie geliebt. Deine Mutter auch. Und du ebenfalls. Hier.« Toni griff sich die Tüte mit den Ciabattas und reichte ihm die Schüssel.

Leonardo nahm das schwere Keramikgefäß. »Tut mir leid. Ich hatte völlig vergessen, dass ...«

»Ja ja, schon gut.« Toni legte ihm das Brot auf die Schüssel und schob die Sonnenbrille über die Stirn. »Ich war sowieso auf dem Weg zu 16. Bei der alten Maria funktioniert der Wasserhahn in der Küche nicht mehr. Aber sag mal«, er deutete mit dem Kopf in Richtung Tür. »Für wen ist denn dieser Spruch gedacht?« Er kniff die Augen zusammen und las Wort für Wort vor. So als müsse er sie aussprechen, um sie zu verstehen. »*Komm herein und sei, wie du bist.*«

»Das«, sagte Leonardo lächelnd, »das ist für einen ganz wunderbaren Menschen. Aber wenn ich es so recht überlege, trifft es auf jeden zu.«

Toni schob die Brille auf seiner Nase nach oben. »Gute Worte, gute Worte. Ja, wer möchte das nicht. Gefällt mir, gefällt mir.« Er setzte sich auf sein Rad. »So, jetzt muss ich weiter. Arrivederci, Leonardo.« Winkend fuhr er los.

»Danke nochmal«, rief ihm Leonardo nach. »Und Grüße mir Adolfa.«

Toni hob die Hand zum Zeichen, dass er ihn gehört hatte, und versuchte ungelenk, mit einer Hand am Lenker, die Löcher in der Straße zu umfahren. Dabei schien es ihn nicht zu stören, dass der Reifen des Hinterrades fast keine Luft mehr hatte und schlingerte, anstatt rund zu laufen.

Mit dem Fuß schob Leonardo die Haustüre auf. Dabei fiel ihm ein, dass er dem Holz noch einen zweiten Anstrich schuldig war. Die Dose mit der hellblauen Farbe war zu seiner Verwunderung nach nur einem Auftrag leer gewesen. Und bis jetzt hatte er noch keine Zeit gefunden, die dreißig Kilometer zum Baumarkt nach Crotone zu fahren. In dem kleinen Farbengeschäft oben im Dorf gab es diesen Farbton nicht. Also würde er wohl wieder los müssen. Andererseits wollte er Anna sowieso Crotone zeigen. In der Altstadt gab es ein hervorragendes Restaurant. Vorher würden sie die Farbe besorgen, dann vielleicht am Castello di Carlo eine Weile aufs Meer sehen. Oder er könnte mit ihr die rote Sandsteinküste der Riserva Marina am Capo Rizzuto besuchen.

Aber nicht mehr heute. Sie hatten alle Zeit der Welt.

Der Duft Italiens

»Willkommen an Bord. Schönen Urlaub. Gleich hier vorne rechts.« Der smarte Flugbegleiter spulte die einstudierten Sätze ab, warf einen Blick auf die Bordkarte und deutete mit ausgetrecktem Arm in das Innere des Flugzeuges.

Anna bedankte sich höflich, steckte die Karte in die Jackentasche und zog im Vorbeigehen eine Zeitschrift aus einem der bereitliegenden Stapel. Da sie einen Platz im vorderen Bereich des Airbus hatte, war sie als eine der Letzten aufgerufen worden. Zum Glück. Es gab nichts Nervtötenderes, als auf einem der hinteren Plätzen zu sitzen und dem hektischen Treiben der anderen zusehen zu müssen, bis alles Handgepäck verstaut und die vierköpfige Familie sich endlich geeinigt hatte, wer neben wem saß.

Anna machte es sich am Fenster gemütlich. Sie freute sich, noch eine Ausgabe der aktuellen Frauenzeitschrift ergattert zu haben. Den letzten Passagieren blieb zumeist nur noch die Auswahl zwischen einer überregionalen Zeitung und dem Bordmagazin. Vor ihr nahm ein junges Paar seine Plätze ein. Neben ihr ließ sich ein Herr um die fünfzig in Anzug und Krawatte nieder. Wohl ein Geschäftsmann, ein Vielflieger. Er schob seine schwarze Tasche unter den Sitz, nickte ihr wortlos zu, schnallte sich an und schloss die Augen.

Das war ihr nur recht, so musste sie keine höfliche Konversation führen.

Anna blickte aus dem Fenster. Die Maschine rollte bereits in Richtung Startbahn, der Regen hatte aufgehört und die Sonne schickte vereinzelte Strahlen über das Rollfeld. Sogar ein Stückchen Blau konnte sie zwischen den grauen Wolken entdecken. Gerade so, als ob ihr der Himmel eine Tür öffnete.

Der Airbus schwenkte in Position, bereit zum Start. Anna liebte diesen Moment. Der Koloss aus Metall und Kabeln verhielt sich wie ein ungeduldiges Pferd. Schnaubend und mit gestrafften Zügeln sehnte es das Kommando des Reiters herbei, um endlich lospreschen zu können. Irgendwie faszinierend. So ein Flugzeug steckte voller Technik, die es steil in den Himmel steigen und sanft wieder sinken ließ. Das Brummen, Zischen, Sausen und Rumpeln verängstigte Anna nicht, sie liebte es. Sie wartete auf die Beschleunigung, die sie in den Sitz pressen würde. Ihr Herz klopfte vor Vorfreude. Dann ging es los. Der Kapitän gab Gas und der Vogel hob bei circa 230 Stundenkilometern seine Nase, das hatte ihr Marc auf dem Singapur-Flug erklärt, und war kurz darauf in der Luft. Anna presste ihre Stirn an das Fenster und sah zu, wie die Landschaft unter ihr immer kleiner wurde, bis sie in der Wolkendecke verschwand.

»Frank? Was war das?« Eine weibliche Stimme vor ihr überschlug sich fast.

»Nur das Triebwerk, Schatz. Das brauchen wir jetzt nicht mehr. Also wird es eingeklappt.«

»Bitte? Das brauchen wir nicht? Wie kommst du auf sowas?«

»Weil ich dir das bereits zum wiederholten Male erkläre. Stell dich nicht so an. Das wird ein ruhiger Flug.«

»Na, so sicher bin ich mir da nicht, wenn der Kapitän die Triebwerke einklappt. Wie soll das Flugzeug denn dann in der Luft bleiben?«

»Fahrwerk«, kläffte er, »Ich meinte das Fahrwerk. Du machst einen mit deiner idiotischen Panik völlig kirre.«

»Er hat also das Fahrwerk einge ...?«

»Ja! Herrgott ...«

Anna gluckste. Der Mann bemerkte knapp, genug von dem Gewinsel zu haben und schlug eine Zeitung auf.

Die arme Frau, dachte Anna, Flugangst muss etwas Entsetzliches sein. Ganz besonders mit so einem Armleuchter als Partner. Sie wünschte, sie könnte ihr helfen.

Als sie die Reisehöhe erreicht hatten, erklang das Ping der Anschnallzeichen und die Anzeige erlosch.

»Was war das jetzt schon wieder?«

Ach Gott, die Frau hatte tatsächlich Panik. Das konnte ja lustig werden.

»Mama, guck mal was ich gemalt habe«, erklang es vorne links.

»Oh, das ist aber sehr, sehr gut gezeichnet, Jan-Hendrik«, säuselte die gepflegte Mutter mit französischem Akzent. »Warum brennt denn das

Flugzeug? Und wer ist die Person, die keinen Fallschirm hat? Doch nicht etwa ich, haha?«

»Nein, das ist die Tante da«, er zeigte ungeniert mit dem Finger auf die Frau vor Anna. »Die hat nämlich vor lauter Schiss vergessen, den Fallschirm mitzunehmen. Und gebrannt hat es, weil der Doofi geraucht hat.«

Die Mutter tätschelte dem Flegel den Schopf und lobte die Ausgestaltung und Realitätstreue seiner Arbeit, während die Frau vor Anna immer tiefer in ihren Sitz rutschte.

Anna schnallte sich ab, beugte sich ein wenig über den vorderen Sitz und sprach die Verängstigte an. »Hallo, ich bin Anna. Fliegen Sie zum ersten Mal?«

»Ach was«, schnaubte Doofi, der sichtlich genervt die Zeitung zuschlug und sie über die Schulter ansah, »Das wird von Mal zu Mal schlimmer.«

Anna ignorierte ihn und bot der Frau ihre Hand. »Hallo, ich bin Anna«, wiederholte sie. »Und Sie sind …?«

Die Frau drehte sich um und versuchte ein Lächeln. Sie sah aus, als konzentriere ihre Blutversorgung sich ausschließlich auf die lebensnotwendigen Organe. Zögerlich ergriff sie Annas Hand.

»Behrens. Melanie Behrens«, presste sie zwischen den Lippen hervor.

»Hallo Melanie«, lächelte Anna und entschied spontan, zum vertraulichen Du überzugehen,

»du brauchst wirklich keine Angst zu haben. Piloten sind auch Väter oder Mütter, die zu ihren Familien zurück möchten. Außerdem soll das Wetter in Salerno herrlich sein. Nicht dieses kalte Mistwetter wie in Deutschland. Seid ihr auf Urlaubsreise?«

Anna wusste, Plaudern war eine der besten Maßnahmen bei Angstpatienten. Das kannte sie von ihrer Arbeit, denn vor einer Zahnbehandlung hatten viele Menschen Angst. Anna erinnerte sich, dass sie bei ihrem ersten Flug, der sie nach Singapur geführt hatte, ebenfalls bei jedem unbekannten Geräusch zusammengezuckt war. Geholfen hatte ihr damals eine ältere Dame, die sie die Hälfte der Zeit zugequatscht hatte. Marc war ihr keine große Hilfe gewesen. Er hatte sie verspottet und dann den Nachtflug komplett verschlafen. Auch dass sie zwischendurch ins Cockpit durfte, hatte er nicht mitbekommen. Die Szenerie, die sich auf den Vordersitzen abspielte, kam ihr demnach nicht ganz unbekannt vor.

Anna plauderte ein wenig mit Melanie über Urlaub im Allgemeinen und Italien im Besonderen und hörte erst damit auf, als die Stewardess nach den Getränkewünschen fragte. Bei der Gelegenheit beugte sich Anna über den immer noch schlafenden Sitznachbarn und bat im Flüsterton darum, den Piloten zu fragen, ob der überaus furchtsamen Dame eventuell ein Besuch im Cockpit gestattet würde. Die Stewardess verneinte. Auf so einem kurzen Flug würde das nicht gerne gesehen und außerdem ...

In diesem Moment rumpelte es kurz, es zog leicht in der Bauchgegend, dann war es wieder ruhig. Nichts Besonderes. Doch Melanie verschüttete ihr Getränk, schrie auf und schlug die Hände vor das Gesicht. Der Depp nuschelte ein genervtes:

»Du liebe Güte ...«, und verdrehte die Augen, anstatt seine Frau zu beruhigen.

Die Stewardess seufzte kurz, nickte Anna zu, drehte sich zu ihrer Kollegin um, raunte etwas und ging nach vorne. Wenige Minuten später kam sie zurück und fragte Melanie, ob sie interessiert an einem Besuch im Cockpit wäre. Ängstlichen Gästen würde das gelegentlich gestattet. Unsichere Blicke Richtung Idiot werfend, der ohne von der Zeitung aufzublicken abfällig »Was für ein Schwachsinn« murmelte, ließ sich Melanie in die Pilotenkanzel geleiten.

Anna beschloss, ihn nun endgültig für einen Hornochsen zu halten, setzte die Kopfhörer auf und sah sich einen Film an. In weniger als drei Stunden würden sie landen. Das neue Leben hatte schon begonnen.

Sie musste eingeschlafen ein. Ein Rumpeln und anschließendes Klatschen vieler Hände weckte sie. Anna zog die Kopfhörer ab. Ihre Lippen klebten trocken zusammen. Sie hätte schwören können, erst vor wenigen Minuten etwas getrunken zu haben, tatsächlich hatte sie jedoch die meiste Zeit des Fluges verschlafen, und die Klimaanlage hatte ihr die Schleimhäute ausgetrocknet. Der talentierte Zeichner von links vorne klebte in seinem Sitz und hatte eine Papiertüte vor Mund und Nase gepresst. Mamas Hochsteckfrisur war aufgelöst und ihr Blick wirkte leicht gehetzt. Offenbar war dem verzogenen Knaben der Flug nicht bekommen.

Durch das Fenster schien die Sonne herein. Anna kniff die Augen zusammen. Kein Wölkchen trübte den Himmel. Ihr Herz hüpfte vor Freude. Hallo, Italien. Tschüss, regnerisches Deutschland.

Wie es wohl Melanie ergangen sein mochte?

»Hey, Anna.« Melanie hatte sich abgeschnallt und strahlte Anna über die Lehne hinweg an. »Du hast ja geschlafen wie ein Murmeltier. Weißt du was? Der Besuch im Cockpit war sehr hilfreich. Der Kapitän war geduldig und so freundlich, mir alles zu erklären. Es ist unglaublich, da vorne hat man das Gefühl, in einem Auto zu sitzen. Nur, dass die Straße fehlt. Das war einfach toll. Musst du unbedingt auch mal machen. Oh, wir dürfen aussteigen.«

Um sie herum kam Leben in die Menschen. Der Idiot war bereits aufgestanden und zog gerade das Handgepäck aus der Ablage, als sich aus Jan-Hendriks Mund ein Schwall Übelriechendes direkt vor die Füße des Idioten ergoss. Melanie grinste Anna an, und Anna bestätigte ihre Vermutung, dass die Mutter ihm wohl nicht die Papiertüte hätte abnehmen sollen. Tja, jeder bekommt das, was er verdient. Früher oder später.

Anna schraubte sich ebenfalls aus ihrem Sitz. Ihr Nachbar stand bereits vorne und wartete mit unbewegter Miene auf das Öffnen der Tür. Melanie nahm ihre Tasche und presste sie an sich.

Ihre Augen glänzten in Vorfreude auf den Urlaub. Anna schätzte, dass der Rückflug ihr keine Sorgen mehr machen würde, und freute sich für sie. Sie hoffte, Melanie würde es irgendwann schaffen, sich von diesem Dünnbrett zu trennen. Er tat ihr nicht gut. Genauso wenig wie Marc ihr gutgetan hatte.

Die Wärme traf sie wie ein Schlag, als sie aus dem klimatisierten Flughafengebäude trat. Anna blinzelte, genoss die Sonne und hielt einen Moment inne. Sie mochte diesen ersten Moment in einem fremden Land, diese leicht würzige Note in der Luft. Jedes Land, jeder Ort hatte sein eigenes Parfüm. Hier roch es nach einer Mischung aus Panettone, Parmaschinken, Orangen und Autoabgasen. Anna sog den Duft Salernos ein und fühlte sich fantastisch.

Um sie herum pulsierte das Leben. Eilige Menschen, Klappern von Kofferwagen, verschiedene Sprachen, lachende Gesichter, Familien, die sich in die Arme fielen, quengelnde Kinder, eines davon Jan-Hendrik, Urlauber, die ihren Bus suchten, Handyklingeln, Geschäftsreisende, die in Taxis stiegen. Ihr Blick glitt suchend über das Chaos. Sie würde ihn sofort erkennen, das wusste sie.

Für den kurzen Moment eines Wimpernschlages setzte ihr Herz aus.

Da stand er. An der gegenüberliegenden Seite der schmalen Straße lehnte er lächelnd an seinem Kleinwagen und blickte zu ihr herüber.

Eine Hand hatte er lässig in die Hosentasche

gesteckt, in der anderen hielt er einen Zweig mit leuchtend violetten Blüten. Er trug Sneakers, eine Jeans und ein olivefarbenes T-Shirt mit der Aufschrift *I'm crazy about you*. Eine braune Locke fiel ihm in die Stirn und er trug einen Dreitagebart, der ihm verdammt gut stand. Und er hatte abgenommen. Seine Arme wirkten sehniger und die definierten Muskeln zeichneten sich deutlich unter der sonnengebräunten Haut ab. Er wirkte wie ein Naturbursche aus einer Werbung. Fehlten nur noch das Lagerfeuer und die Gitarre am Strand.

Leonardo stieß sich vom Wagen ab und kam auf sie zu. Annas Finger zitterten unkontrolliert und umschlossen Halt suchend den Koffergriff. Sie schluckte und blieb wie gebannt an Ort und Stelle, konnte ihren Blick nicht von ihm wenden. Jede Bewegung würde das Bild zerstören. Sie wollte es noch einen Moment genießen, in sich aufsaugen, für alle Zeit diesen Augenblick in ihrem Herzen verwahren.

Sein Gang wirkte leicht und federnd, trotzdem unter Spannung und voller verhaltener Kraft. Er strahlte eine fast spürbare Energie aus, selbst von der anderen Straßenseite. Anna wunderte sich, warum nicht alle Welt um sie herum stillstand und auf diesen Adonis blickte, den schönsten Mann, dem sie jemals begegnet war. Leonardo, ihr Leonardo. Da war er. Endlich.

Anna fühlte ein ungestümes Flattern wie von tausend Schmetterlingen, als er sie erreichte.

Jauchzend stürzte sie sich in seine Arme.

Der erste Kuss nach so langer Zeit. Er schmeckte nach Salz und Sonne, vermischt dem vertrauten Aroma Leonardos. Seine Barstoppeln kitzelten ihre Lippen. Vereinzelte Blüten der Bougainvillea lösten sich aus dem Zweig und segelten auf den Weg. Mit einem Male war Stille um sie herum und sie sah und hörte nur ihn. Er nahm ihr Gesicht in seine Hände und küsste ihre Stirn, ihre Augen, ihre Wangen. »Meine Anna«, flüsterte er. Dann schob er sie auf Armeslänge von sich.

»Lass dich ansehen. Endlich bist du da. Bei mir. Ich kann es kaum fassen, kaum erwarten, dir alles zu zeigen, dir zu ...«

Die Sonne wärmte ihre Glieder, das Leuchten in seinem Blick ihr Herz und erfüllte sie bis zum Überlaufen mit Glück.

Grün auf Grün. Seele auf Seele.

Sie verschloss seinen Mund mit einem weiteren Kuss.

Die beinahe vierstündige Fahrt nach Marina di Strongoli verging wie im Flug. Leonardo erzählte ihr so viel von den Menschen des kleinen Küstenortes, dass sie glaubte, bereits alle zu kennen. Adolfa, die lustige Ciabattakönigin nebst ihrem fügsamen Ehemann und weiteren Personen, die alle in dem Örtchen am Meer oder im etwas höher gelegenen Dorf Strongoli lebten und deren Namen sie sich beim besten Willen nicht merken konnte. Die Gemüsehändlerin, Sofia und Davide mit ihren niedlichen Lausbuben, den alten Baldo,

... ach, einfach alle. Über Marc verloren sie kein Wort. Warum auch? Es war alles gesagt. Leonardo hatte sie kurz gefragt: »Und? In Deutschland alles im Reinen?« Sie hatte nur genickt. Und das war die Wahrheit. Bis auf die Tatsache, dass ihre Mutter Annas Entscheidung infrage stellte. Aber das tat sie ja immer.

Mist, sie hatte vergessen, sie anzurufen. Hastig zog sie das Telefon aus der Handtasche und wählte die bekannte Nummer.

»Ich warte schon seit Stunden auf deinen Anruf«, klagte es am anderen Ende.

»Verzeih, es war alles so aufregend. Aber ich bin gut angekommen. Das Wetter hier ist traumhaft und ich sitze gerade im Auto.«

»Nun, das Wetter hier ist ebenfalls wunderbar. Es schneit.«

Schweigen.

»Mama, freu dich doch für mich.«

»Das tu ich, Kind. Zumindest im Rahmen meiner Möglichkeiten. So, jetzt muss ich los. Melde dich, wenn du magst.«

Schneller als beabsichtigt war das Gespräch beendet. Anna beschloss, sich keine Gedanken um ihre Mutter zu machen. Sie kannte deren beleidigtes Verhalten. Das würde sich legen.

»Alles okay, Anna?«

»Alles okay«, lächelte sie und steckte das Handy wieder zurück.

Die Landschaft flog an ihr vorbei und Anna

konnte sich nicht sattsehen an den rauen Gipfeln des *Serra Dolcedorme*, zwischen denen Ortschaften sich wie Kunstgebilde erhoben und dem Fluss, der sich an sanften Hügeln vorbeischlängelte. Dass sie größtenteils auf einer Autobahn unterwegs waren, erdete sie ein bisschen. Denn sonst wäre sie sich vorgekommen wie in einer Welt, in der die Zeit stehengeblieben war. Anna konnte es kaum erwarten, Strongoli kennen zu lernen.

Kurz vor der Ausfahrt nahm er ihre Hand, führte sie zu seinen Lippen.

»Gleich sind wir da, Anna. Gleich sind wir zu Hause.«

Die Dämmerung brach herein, als Leonardo den Wagen vor einem schiefen Lattenzaun parkte. Die Sonne tauchte den Vorgarten und das dahinterliegende kalkweiße Haus in orangefarbenes Licht.

Anna stieg aus. Jetzt wusste sie, warum er sich all die Wochen geweigert hatte, ihr Fotos von der Außenansicht zu schicken. Es war einfach zum Verlieben. Gut, es war alt, das Dach war leicht eingesunken und der Putz blätterte von den Mauern. Nichts schien wirklich rechtwinklig und akkurat, aber es übte auf Anhieb einen Zauber auf Anna aus. Hinter dem Zaun führte ein kurzer Weg aus Natursteinpflaster zur Eingangstür. Von irgendwoher waberte leise italienische Musik zu ihr hinüber.

»Wie gefällt es dir?«, rief Leonardo und wuchtete den Koffer aus dem Wagen.

»Wunderbar«, hauchte sie. »Einfach wunderbar.«

Und dann entdeckte sie das Schild.

Mittlerweile stand Leonardo neben ihr, legte einen Arm um ihre Schulter und schwieg. Wahrscheinlich kostete er diesen Augenblick aus.

Tränen liefen ihre Wangen hinunter, so verzaubert war sie. Abrupt drehte sie sich zu ihm um, schlang ihre Arme um ihn und verbarg ihr nasses Gesicht in seinem T-Shirt.

»Das ist ..., das ist so, so ... lieb von dir.« Fiel ihr nichts Besseres ein? »Das ist so ... wunderbar, einzigartig. Diese Worte, deine Worte ... Hast du das selbst gemacht? Ich. Bin. Ich ...« Und dann fehlten ihr die Worte, weil er ihr Kinn anhob und in ihre Augen sah. Lang. Tief. Unendlich zärtlich. Unendlich grün. Er küsste ihr jede einzelne Träne weg, drückte sie an sich und sagte: »Überwältigt? Gut so. Ich liebe dich nämlich. Ich bin von dir überwältigt. Und dieses Schild da soll nur ein kleines Zeichen sein. Nichts Besonderes. Es ist nur ein Schild mit Worten und ein bisschen Krimskrams. Das Besondere bist du, sind wir. Hier, in Strongoli. Hier, am Meer. Du und ich, Anna. Und wenn Gott will, für den Rest unseres Lebens.«

Strongoli

Leonardo schob die Tür mit dem Fuß auf. „Was ist denn hier los?" Sein Blick fiel auf Adolfa, die in der Küche stand und dampfende Spaghetti abschüttete.

»Ah, was soll hier los sein?«, donnerte sie, ohne sich umzublicken. »Wir machen ein Begrüßungsessen für deine Frau, was sonst?« Adolfa stellte den Topf ab, trocknete sich im Umdrehen die Hände an der Schürze und blickte mit gerecktem Kinn suchend an ihm vorbei. »Wo ist sie? Wo ist Anna? Sag schon. Du hast sie doch nicht etwa im Auto gelassen!« Adolfa stemmte die Fäuste in die Hüften und sah ihn gespielt böse an. Das alles hatte sie natürlich auf Italienisch gesagt und Anna hatte sicher kein Wort verstanden. Er blickte über die Schulter, und Anna, die nach ihm das Haus betreten hatte, weil er so unhöflich gewesen war, zuerst den Koffer und dann sich selbst durch die Tür zu schieben, trat hinter ihm hervor.

»Mi scusi, non parlo italiano«, sagte sie in gebrochenem Italienisch und lächelte schräg. Er hätte sie dafür am liebsten sofort geküsst, doch Adolfa kam ihm zuvor.

»Benvenuto, Anna!« Mit einem Wortschwall, der nun folgte und den er selbst kaum verstand, riss sie die verdutzte Anna an sich und drückte sie an ihren Busen.

Dabei versicherte sie wiederholt, wie sehr man

sich hier in Strongoli freue, dass der kleine Leonardo zurückgekehrt sei und jetzt auch noch eine so bezaubernde Frau mitbrächte. Und auch noch eine mit rotem Haar. Perfetto!

Anna schielte zu ihm und machte ein Gesicht, als ob sie nicht wüsste, ob sie sich freuen sollte oder gleich ersticken würde, und hob halbherzig den Daumen in seine Richtung. Schließlich entließ Adolfa sie aus der Umklammerung und tupfte sich mit dem Zipfel der Schürze eine Träne aus dem Auge. Dann drückte sie ihm die Schüssel Spaghetti in die Hände und zog Anna mit sich nach draußen auf die Terrasse, wo Anna mit lauten Begeisterungsrufen empfangen wurde.

Jetzt wusste Leonardo auch, woher die Musik kam, und trat auf die Terrasse hinaus.

Anna saß bereits und erzählte mit Sofia. Also, eigentlich sprach nur Sofia und Anna folgte den Ausführungen mit interessiertem Blick. Gerade wollte Leonardo einen Schritt Richtung Anna machen, als der alte Baldo und Toni eine Kiste, randvoll gefüllt mit Geschirr, an ihm vorbeischleppten. Sogleich sprang Sofia auf und begann die Teller und das Besteck zu verteilen. Wein und Wasser wurden eingegossen, Sofias Mann Davide schlug auf der Gitarre die Klänge von »Il mio sud« an, und sein Sohn, der gerade mal neun Jahre alt war, griff sich das Akkordeon und begleitete ihn.

Am Ende des einen Tisches saß der alte Giuseppe und fuchtelte mit seinem Stock, während er auf Pepe, den Postboten, einredete.

Daneben die Gemüsehändlerin Antonia, die Mutter seiner Jugendliebe Sara, die einen Engländer geheiratet hatte und mittlerweile in einem Vorort von London lebte. Antonias Mann war vor einigen Jahren gestorben, jetzt unterhielt sich Antonia mit einem ihm fremden Mann.

»Luigi«, raunte ihm Michele, der Dorfpolizist, im Vorbeigehen zu und wedelte mit einer Rotweinflasche Richtung Antonia, »sehr reicher Mann aus Crotone. Na, vielleicht sie heiratet bald. Wollen wir hoffen, was?«

Leonardo lachte und wunderte sich, wo Michele plötzlich herkam. Wahrscheinlich war er in diesem Moment erst gekommen. »Hallo Michele, schön, Dich zu sehen. Und ja, es würde mich für Antonia freuen.«

»Wohl. Frau Mitte fünfzehn muss finden die Mann für Leben.« Michele schob das Kinn vor und nickte.

»Mitte fünfzig.«

»Oder so. Egal. So, ich mache Wein auf. Und dann lerne ich Anna kennen.« Er zwinkerte ihm zu und steuerte einen kleinen Beistelltisch an, auf dem alle möglichen Flaschen standen, von Grappa über Wein bis hin zum traditionellen Zitronenschnaps.

Leonardo erschrak, als ihm jemand auf die Schulter klopfte. Es war Mario, der Chef der hiesigen Autovermietung und sein künftiger Boss. Eine Zigarre im Mundwinkel nickte er anerkennend. »Hübsche Frau, diese Anna. Kann sie Kinder bekommen?«

»Mario!«

»Verzeihung«, er pflückte die Zigarre von den Lippen, »aber so langsam solltest du ... Ach was. Zum Wohl, Leonardo. Genieße deinen Urlaub und die Liebe. Alles andere ergibt sich.« Er zwinkerte, klopfte ihm noch einmal hart auf die Schulter und rief seiner Tochter zu, die in diesem Moment versuchte, eine streunende Katze einzufangen: »Claudia, setzt dich an den Tisch!« Was zur Folge hatte, dass sein vierjähriger Sohn Nicolo vom Stuhl sprang, auf dem er geturnt hatte, und krähte, er wolle auch eine Katze. Daraufhin spurtete Maria, seine Frau, los und fing die Kinder wieder ein. Die Katze trottete hinterher. Es roch zu gut nach diversen Köstlichkeiten, und jetzt, da sie nicht mehr gejagt wurde, setzte sie sich entspannt neben den Tisch und wartete auf ein paar hingeworfene Leckerbissen.

Leonardo war sprachlos. Mit diesem Empfang hatte er nicht gerechnet. Irgendjemand hatte sich sogar die Mühe gemacht, den kurzen Weg zum Strand hinunter mit Fackeln auszuleuchten. Das alles hier erfüllte ihn mit tiefer Dankbarkeit. Wenn er nicht längst wüsste, nach Hause gekommen zu sein, spätestens jetzt zeigten ihm seine Freunde, dass er hierher gehörte.

Die Sonne war beinahe im Meer versunken und seine Terrasse, die bei Tageslicht einen unvergleichlichen Blick auf das Meer bot, leuchtete im Licht unzähliger Lampions.

Es duftete nach den Köstlichkeiten Kalabriens, nach Sardellen, Peperoncini und Zwiebelmarmelade, luftgetrockneter Salami und in Olivenöl gebratenen Auberginen, nach in der Sonne getrockneten Tomaten und Mustica. Nach warmen Ciabattas, Pitte und Lammfleisch mit Tomatensoße, nach Spaghetti und Zitrusschnaps. Erst jetzt bemerkte er, welchen Hunger er hatte. Sein Magen knurrte hörbar.

Auf der kleinen Terrasse versammelte sich halb Strongoli. Zumindest kam ihm das so vor. Sein alter Holztisch, und auch die anderen beiden, die man dazugestellt hatte, brachen unter der Last der Speisen und Getränke beinahe zusammen. Alle redeten wild durcheinander und viele wohlwollende Blicke ruhten auf Anna, die mal hierhin und dorthin lächelte, wiederholt ihr Glas hob, nickte und sich hin und wieder etwas Essbares in den Mund stopfte. Zu Leonardos Erleichterung wirkte sie gelöst, auch wenn die Aufregung ihre Wangen rosa färbte. Leonardo konnte sich von dem Anblick nicht losreißen. Bis Adolfa ihn zu einem freien Platz neben Anna schob.

»Hier«, bestimmte sie resolut, »Steh nicht rum, iss was.«

Das ließ er sich nicht zweimal sagen. Sofort lachte Anna ihm zu, griff nach seiner Hand und drückte sie. Worte waren nicht nötig.

Es ist wunderbar, Leonardo.

Hungrig tunkte er ein Stück Brot in Olivenöl und biss hinein. Gott, war das köstlich.

Ein Seitenblick auf Anna bestätigte ihm einmal mehr, dass sie Gefallen an der italienischen Ausgelassenheit fand. Sie war im Begriff, sich eine Gabel mit Spaghetti in den Mund zu schieben, als sie seinen Blick bemerkte. Sofort schloss sie den Mund und ließ die Gabel sinken. »Was?«, fragte sie leise. »Hab ich was falsch gemacht?«

»Nein«, lachte er und schüttelte den Kopf. »Du hast alles richtig gemacht. Fühlst du dich wohl?«

»So wie noch nie in meinem Leben«, sagte sie ernst. Unerwartet nahm sie sein Gesicht in beide Hände und drückte ihm einen Kuss auf die Stirn.

»Salute!«, erscholl es aus allen Richtungen. Die Gläser wurden erhoben und Stille kehrte ein. Leonardo grinste, als er die erwartungsvollen Blicke bemerkte.

»Soll ich irgendetwas tun?«, flüsterte Anna ihm zu und zog fragend die Schultern hoch.

»Ja«, flüsterte er zurück, »Sie erwarten einen Kuss. Einen richtigen Kuss.«

»Oh? Na, das dürfte mir nicht schwerfallen«, schmunzelte sie, und dann küsste sie ihn sehr lange und der Geschmack von Olivenöl vermischte sich mit Rotwein. Eine delikate Mischung, dachte er, kann man wiederholen. Als er die Augen wieder öffnete, sah er, wie Antonia, die Gemüsehändlerin, ihn und Anna entrückt ansah und Luigi einen Arm um sie gelegt hatte. Kurz darauf klapperten wieder Besteck und Teller.

Es würde eine lange Nacht werden. Aber es schien ihm, dass Anna weder müde war noch die Zweisamkeit in diesem Moment vermisste.

Und er spürte, dass sie angekommen war.

Gegen ein Uhr in der Nacht verabschiedeten sich die Gäste, und jeder nahm sich Übriggebliebenes mit. Adolfa, Sofia und Antonia räumten die letzten Gläser in den Schrank, und die Männer schafften Tische und Stühle fort. Im Handumdrehen sah die Terrasse aus, als hätte niemals eine Feier stattgefunden. Als Letzter verabschiedete sich Fabrizio Baldini mit den üblichen Wangenküssen und raunte ihm zu: »Geh mit ihr hinunter zum Strand.« Daraufhin drehte er sich überraschend wendig um, tanzte in kleinen Schritten zur Tür und sang dabei: » Non c'è maggio senza fiore, non c'è giovane senza amore. Alla prossima. Buena notte.« Bei *Alla prossima* drehte er sich zu ihnen um, zog den imaginären Hut, verbeugte sich, machte kehrt und trat in die Nacht hinaus.

Es gibt keinen Mai ohne Blume, es gibt keinen jungen Menschen ohne Liebe. Bis dann. Gute Nacht.

»Was hat er da gesungen?«, Anna blickte noch immer auf die Tür, aus der der alte Baldo verschwunden war, und gähnte.

»Ein kleines Lied über die Liebe«, antworte er. »Komm, gehen wir noch einen Moment an den Strand. Oder bist du zu müde?«

»Nein«, sie rieb sich die Augen und gähnte gespielt, »wie kommst du darauf? Diese Nacht sollte nie enden, meine ich.«

»Ganz meine Meinung.«

Zärtlich nahm er ihre Hand und führte sie über die Terrasse die Stufen zum Meer hinunter.

Das Mondlicht spielte mit der sich sanft bewegenden Oberfläche des Meeres und tauchte den weiten Strand in Silberglanz. Er sah Anna von der Seite an und hatte in diesem Moment das Gefühl, Glück einzuatmen. Sie fing seinen Blick auf und drückte seine Hand etwas fester.

»Warte«, sagte sie, als sie die letzte Stufe erreicht hatten, und bückte sich, »Ich möchte die Schuhe ausziehen.«

»Der Sand könnte aber ziemlich kalt sein«, warf er ein.

»Mir egal«, lachte sie und hüpfte barfuß von der Stufe. »Komm, zieh auch deine Schuhe aus. Es fühlt sich wunderbar und gar nicht kalt an.«

Er tat es ihr gleich. Kühl war er, der Sand, und sehr angenehm und weich. Hand in Hand, wie zwei verliebte Teenager, schlenderten sie zum Meer hinunter. Am Wasser angekommen, setzten sie sich, gerade so weit vom Wasser entfernt, dass die sanften Wellen ihre Zehenspitzen berührten. Anna rollte sich auf den Rücken, streckte Arme und Beine von sich, blickte in den Himmel. »So viele Sterne. Wie wunderbar. Hier könnte ich ewig liegen.«

Ja, er sah sie, die Sterne. In dem dunklen Grün ihrer Augen, in ihrem Lächeln, in jeder einzelnen Sommersprosse auf der kleinen Nase. Annas Haar war auch nicht wirklich rot, also nicht feuerrot, eher ein warmer Rotton.

Wie auch immer, es schien, als wechselte es seine Farbe, je nachdem wie die Sonne stand, je nachdem, wie es frisiert wurde. Wie würde es im

Sommer aussehen, wie am nächsten Morgen? Wie duftete es morgenfrisch an nachtwarmer Haut?

»Was siehst du mich so an?«, fragte sie und lächelte. Ihre vollen Lippen waren natürlich und weich. Wenn sie lächelte, so wie jetzt, formten sich ihre Mundwinkel zu einem erotischen Schwung nach oben. Sie war so schön, dass es wehtat.

»Ich sehe dich einfach nur an.« Sanft fuhr er mit den Fingerspitzen die Konturen ihrer Augenbrauen nach. Rot, dunkelrot, fast braun, nicht zu dünn, nicht zu dick, wahrten sie den perfekten Abstand zueinander. Ihre Augen, von dichten Wimpern gerahmt, schimmerten feucht.

»Und was siehst du?«

»Dich. Uns. Zwei Menschen, die sich finden sollten. Ich kann es immer noch nicht glauben. Du liegst hier neben mir und in meiner Brust ist ein Gefühl, als müsse ich sterben, so bezaubernd bist du.«

Sei, wie du bist

Es summte. Erst etwas weiter weg, dann kam es näher und umkreiste sie. Anna wedelte im Halbschlaf mit der Hand. Sie wollte nicht aufwachen. Die blöde Fliege sollte sich verkrümeln und sie in ihrem Traum lassen.

Vor wenigen Sekunden noch hatte sie einen wunderbaren Traum. Sie hatten sich unter dem Sternenhimmel am Strand geliebt. Wasser hatte sanft ihre Beine umspült, und seine weichen Lippen auf ihrer Haut hatten sie beinahe verrückt gemacht. Und dann versaute dieses entsetzliche Summen das Finale. Anna versuchte, es auszublenden, wollte sich am liebsten wieder in die sinnliche Welt mit Leonardo zurückträumen, nicht in der Kälte des Winters aufwachen und feststellen, dass sie einen weiteren Tag ohne ihn verbringen musste.

Im Übrigen konnte ihr das nasskalte Mistwetter gestohlen bleiben. Und das dämliche Insekt besaß zu allem Überfluss die Unverschämtheit, sich einfach auf ihre Nase zu setzen.

Moment. Anna riss die Augen auf und schielte zur Fliege, die daraufhin hektisch Richtung Fenster summte.

Fenster. Sonne? Wach werden, Anna!

Die Morgensonne schickte ihre Strahlen durch weiße, weich fallende Vorhänge hindurch und tauchte die Natursteinwände des Schlafzimmers in sanftes Licht. Neben ihr atmete Leonardo gleichmäßig.

Kein Traum. Wirklichkeit. Sie konnte ihr Glück kaum fassen und ihr Herz hüpfte vor Seligkeit. Mit beiden Händen fuhr sie sich durch die Haare. Sand rieselte heraus. Es störte sie nicht. Er lag neben ihr. Er. Neben ihr!

Sie betrachtete seinen sehnigen Körper. Er hatte ein Bein über die dünne Decke gelegt und hielt das Kopfkissen im Arm. Lächelnd lauschte sie seinem kaum wahrnehmbaren Atem. Anna beugte sich über ihn und sog seinen Duft ein. Er verströmte das herbe Aroma nach Mann, Salzwasser und Sand, nach Wein, Olivenöl und Liebe. Diese Mischung entfaltete augenblicklich ihre Wirkung und schickte ihr einen Schwarm Schmetterlinge in die Magengrube.

Vorsichtig legte sie ihren Mund an seinen Nacken und hauchte einen Kuss auf seine nachtwarme Haut. Wäre sie nun Jean-Baptiste Grenouille aus dem Bestseller »Das Parfüm«, müsste sie ihn jetzt leider töten, häuten und diesen betörenden Duft für immer konservieren. Wäre aber wirklich schade drum. Unwillkürlich kicherte sie, und bevor sie das Glucksen hinunterschlucken konnte, drehte er sich unvermutet um und zog sie an sich.

Zwei Stunden später stand Leonardo, wie Gott ihn geschaffen hatte, in der offenen Küche und bereitete Kaffee zu. Anna saß am bereits gedeckten Küchentisch und konnte ihren Blick nicht von ihm wenden. Sie widerstand dem Impuls, die wenigen Schritte zu ihm zu gehen und dort weiterzumachen, wo sie vor knapp zwanzig Minuten aufgehört hatten. Stattdessen stützte sie den Kopf auf ihre Hände und versank in dem Anblick seiner Rückseite. Die war wirklich zum Reinbeißen.

In diesem Moment drehte er sich um, die Kanne in der einen, einen Korb mit aufgebackenem Brot in der anderen Hand, und präsentierte ihr seine Vorderseite, was ein unmittelbares und äußerst angenehmes Ziehen in ihrem Schoß verursachte.

»Kaffee?« Er setzte sich und goss das herrlich duftende Gebräu in winzige Tassen. Das Brot war warm und roch verlockend. Dieses aromatische Potpourri aus Sex und warmen Brötchen war ungemein appetitanregend. Erst jetzt bemerkte sie, dass sie Hunger hatte. So ging es ihr immer. Wenn sie am Vorabend viel gegessen hatte, konnte sie am nächsten Tag Unmengen von Nahrung zu sich nehmen, ohne auch nur im Ansatz satt zu werden. Das war ungerecht und für die Figur nicht gerade zuträglich. Egal. Schließlich hatte sie heute schon ein umfangreiches Sportprogramm absolviert.

»Her damit, das riecht köstlich.« Sie nahm einen vorsichtigen Schluck. Verdammt, war der Mokka heiß. Heiß und süß. Und lecker. Dann bestrich Anna das Brot mit Butter und Honig und biss hungrig hinein. Sie war im Himmel, ohne Frage.

Es klopfte an der Tür.

Erschreckt fuhr sie zusammen, und Leonardo verschluckte sich beinahe am Kaffee.

»Wer kann das sein um diese Zeit?«

Er blickte auf die Wanduhr. »Es ist gerade mal acht Uhr.«

Anna zuckte mit den Schultern. »Der Postbote?«

»Nein, unmöglich. Nicht vor zehn.« Hastig sprang er in seine Jeans und streifte das T-Shirt über, das auf dem Boden lag.

Die alte Holztür knarrte. »Leonardo? Anna? Seid ihr wach?«

Erschrocken sprang jetzt auch sie auf und klaubte ihre Klamotten vom Boden. »Warum steht denn die Tür offen?«

»In Strongoli werden keine Türen verschlossen. Das war schon immer so.« Er lächelte schief und beeilte sich, zur Tür zu kommen.

Anna rannte mit dem Bündel unter dem Arm ins Bad. Du liebe Güte. Ein Blick in den Spiegel verdeutlichte ihr das Ergebnis einer durchfeierten Nacht. Ihre Haare sahen aus, als hätte ein Vogelschwarm darin genistet, und die Wimperntusche hatte beschlossen, sich bis zu den Wangen auszubreiten. Zu allem Überfluss verteilte der Vierundzwanzig-Stunden-Superstay-Lippenstift sich in unregelmäßigen Schlieren auf Ober- und Unterlippe. Kurz, sie sah aus wie eine leprakranke Vogelscheuche nach einem Hurrikan. Unbegreiflich, dass Leonardo sie in diesem Zustand beim Frühstück so verliebt angesehen hatte. Musste was dran sein, an den rosaroten Brillen.

Kurzentschlossen huschte sie unter die Dusche.

Nur ein Schwall heißen Wassers konnte diese Verwüstung wieder beseitigen. Beim Abtrocknen mit einem knochenharten Handtuch vernahm sie Stimmen und gelegentliches Lachen. Die eine gehörte Leonardo, die andere kam ihr bekannt vor, sie konnte sie aber nicht zuordnen. Kein Wunder, sie hatte gestern Abend viele Menschen dazu kennengelernt. Der Besucher war einer davon.

Hastig rubbelte sie sich die kurzen Haare halbwegs trocken und bürstete sie durch. Bei den Temperaturen war ein Föhn überflüssig. Wieder einmal war sie froh, entgegen Marcs dringende Empfehlung, sich die Haare lang wachsen zu lassen, sich für fast zahnstocherkurz entschieden zu haben. Diese absichtslose Umkehrung seines Wunsches hätte ihr bereits damals ein untrüglicher Hinweis sein sollen. Ihr Unterbewusstsein hatte schon früh hysterisch gegen diesen Mann rebelliert.

Anna betrat das Wohnzimmer. Leonardo saß an dem kleinen Küchentisch, nippte am Mokka und grinste. Was war denn hier los? Auf dem Sofa lümmelte ein schmächtiger Mann, hielt ein Zigarillo zwischen Zeigefinger und Daumen, paffte Rauch in die Luft und nickte ihr freundlich zu. War das nicht der Mann dieser, wie hieß sie noch gleich, Adolfa?

Ihr Blick musste Bände gesprochen haben, denn Leonardo winkte sie zu sich.

»Alles in Ordnung, Anna. Komm, setz dich und trink noch einen Kaffee. Du kannst dich an Toni erinnern? Er war gestern Abend auch hier. Er ist der Mann von Adolfa, der Bäckerin.«

»Hallo, Toni. Ja, jetzt erinnere ich mich. Guten Morgen.«

Unsicher zog sie den Stuhl heran, setzte sich und führte die Tasse an ihre Lippen. Sie musste sich wohl an einige italienische Gepflogenheiten gewöhnen.

»Ah, liebe Anna.« Toni legte das Zigarillo in den Aschenbecher, stand auf und ergriff ihre Hand mit beiden Händen. »Ist nicht üblich, dass ich hier morgens einfach auftauche, aber mir war danach, bei euch einen Moment zu verbringen. Hoffe, das geht in Ordnung für Sie?«

»Für dich«, murmelte sie perplex.

»Ja, für mich ist in Ordnung. Für Sie auch?«

»Nein«, jetzt musste sie lachen, »sag bitte Du zu mir, Toni.«

»Ah ja, Verzeihung. Ist es für dich in Ordnung?«

»Ja, schon ...« Ihre Blicke huschten zwischen Leonardo und Toni hin und her.

Leonardo zuckte mit den Schultern.

Ihre Beunruhigung wich und machte Neugierde Platz. Ein schräger Vogel, dieser Toni, aber ein sympathischer. Er war von schmaler Gestalt und etwas kleiner als sie. Seine Haut war von der Sonne gegerbt und aus seinen schwarzen, vollen Haaren spähten vereinzelte graue Strähnen heraus. Und er hatte dieses smarte Lächeln, das den südländischen Männern so eigen zu sein schien.

Sie besann sich auf ihre Gastfreundschaft. »Möchtest du einen Kaffee, Toni? Oder lieber ein

Glas Saft? Oder doch lieber Wasser?«

»Nein, nein, vielen Dank.« Er streckte sich wieder auf dem Sofa aus und griff nach dem Zigarillo. »Das ist ganz wunderbar so. Oder warte, vielleicht einen Grappa? Ja, das wäre jetzt perfekt.«

Anna und Leonardo blickten sich in stillem Einverständnis an. Ein Grappa. Okay. Irgendwas stimmte hier nicht.

»Ich hol dir einen.« Leonardo stellte eine Flasche und zwei Gläser auf den Tisch. »Wenn schon, dann trinke ich einen mit.«

»Du bist ein guter Freund, Leonardo. Salute.« Toni stürzte den Grappa hinunter, während Leonardo nur daran nippte. »Ah, das tut gut.«

Anna beschloss, zu schweigen und abzuwarten, in welche Richtung sich diese eigenartige Situation entwickeln würde. Ein Seitenblick auf Leonardo verriet ihr, dass es ihm nicht viel anders erging.

Toni hatte mittlerweile seine Schuhe ausgezogen, lag auf dem Sofa und paffte Ringe in die Luft. Und über jeden Einzelnen schien er stolz zu sein.

»Wisst ihr«, begann er nachdenklich, »Es ist schon eine Weile her, dass ich geraucht habe. Die schmecken verdammt nochmal verdammt gut.« Diesmal blies er den Rauch langsam zur Decke. »Kann ich noch ein Gläschen haben?«

»Klar«, sagte Anna, schenkte nach und verfolgte verblüfft, wie Toni das Glas wieder in einem Zug leerte. »Mach es dir bequem. Es freut mich, dass du dich wohl bei uns fühlst.«

Huch, das *uns* war ihr so rausgerutscht. Aber ja, bei uns. Bei mir und Leonardo. Weil wir zusammengehören. Da geht ein *uns* wie selbstverständlich über die Lippen.

»Danke, danke. Ihr könnt euch gar nicht vorstellen, wie ich das vermisse.«

»Was meinst du«, fragte Leonardo, und biss in ein Stück Paprika. »Das Rauchen?«

»Ja, das, und sich dabei einfach so auszustrecken und so. Adolfa duldet das nicht. Sie sagt, ein Mann hat nicht auf dem Sofa zu liegen und stinkendes Zeug in die Luft zu blasen. Mal ehrlich, stinkt das? Nein.« Er schüttelte den Kopf, sodass seine Haare in die Stirn fielen, und zog danach genüsslich am Zigarillo, »Es riecht wunderbar. Leicht süßlich und doch herb. Fast so gut wie eine Frau. Tja, irgendwie gibt es immer etwas, dass man vermisst, nicht wahr? Das eine mehr, das andere weniger.«

Rauch sollte ähnlich wie eine Frau duften? Das fand Anna nun gar nicht und verzog das Gesicht. Insgeheim gab sie Adolfa recht. Es stank fürchterlich. Aber offensichtlich war es Toni ein inneres Bedürfnis, genau das genau jetzt genau hier zu genießen. Nur warum?

Noch bevor sie darüber nachdenken konnte, überwanden die Worte die Hirn-Mund-Schranke. »Warum sagst du das Adolfa nicht einfach?«

Ruckartig setzte sich Toni auf, schmiss das Zigarillo in den Aschenbecher und blickte sie aus geweiteten Augen an. Er wirkte mit einem Mal nicht mehr entspannt, eher leicht beunruhigt. Als erwarte er, dass ihm jeden Moment ein Satellit auf den Kopf fallen könne. Sehr seltsam.

»Ihr sagen? Ha, du kennst Adolfa nicht.«

Leonardo schenkte nach. »Ja ja, sie ist eine sehr resolute Person, die liebe Adolfa.«

»So ist es«, murmelte Toni und stürzte die scharfe Flüssigkeit hinunter. Im Anschluss daran legte er sich wieder hin und verschränkte die Arme hinter dem Kopf. »Ich fürchte, sie will mich nicht mehr haben, wenn ich das tue.«

»Wenn du was tust?« Anna konnte es nicht fassen. Sie hatte gestern Adolfa und ihren Toni als eingespieltes Paar kennengelernt. Er hatte ihr jeden Wunsch von den Augen abgelesen, und zu später Stunde hatten sie sogar Händchen gehalten. Süß. Genau das wünschte sie sich auch für sich und Leonardo. Im hohen Alter verliebt Händchen halten zu können, war ein Geschenk.

»Na ja, sie sagt, was zu tun ist, und ich widerspreche nicht. So hat sie mich kennengelernt und geheiratet. Wenn ich jetzt aufkreuze und will Zigarillos rauchen, oder ... Nein, ich glaube, das würde sie nicht akzeptieren.« Er seufzte laut.

»Aber du würdest es gerne.«

»Ja. Schon. Irgendwie.«

»Ich setze noch einen Kaffee auf. Glaube, du brauchst jetzt einen.« Leonardo nickte Toni zu, stand auf und griff zur Mokkakanne. »Aber Toni, eigentlich sollte sie das akzeptieren, wenn sie dich liebt. Du kannst ja auf der Terrasse rauchen, wenn sie es im Haus nicht erlaubt.«

Toni winkte ab und wirkte irgendwie traurig. »Ach, es ist ja nicht allein das Rauchen. Es ist ..., es ist alles. Ein Mann sollte seiner Frau sagen, was er zum Mittagessen haben will, meine ich. Ein Mann sollte seiner Frau sagen können, dass er mit seinen Freunden abends etwas trinken gehen will und nicht weiß, wann er nach Hause kommt. Ein Mann sollte ... Ach, ich weiß auch nicht, was ein Mann sollte. Adolfa ist keine Frau, die bereitwillig andere Meinungen zulässt. Aber, verdammt nochmal, ich liebe diese Frau.«

Gegen Ende wurde seine Stimme energischer.

Anna stutzte. Das hörte sich ganz danach an, als würden die beiden nicht miteinander reden. Wie man sich doch täuschen konnte. Die beiden hatten bei ihr einen absolut harmonischen Eindruck hinterlassen. Das perfekte Paar, über Jahre hinweg zusammengewachsen. Ja, vielleicht eben gerade deswegen, weil sie nicht miteinander redeten? Das Geheimnis vieler harmonischer Paare war ja, im richtigen Moment zu schweigen.

Ihr fiel eine Geschichte ein, die ihr irgendjemand erzählt hatte. Ein altes Ehepaar hatte wie eh und je beim Frühstück beieinandergesessen. Seine Aufgabe bestand darin, allmorgendlich das Brötchen aufzuschneiden und seiner Frau die untere Hälfte zu geben. Dabei hätte er die untere Hälfte lieber gemocht. Aber da seine Frau seit Anbeginn den unteren Teil des Brötchens bevorzugte, hatte er all die Jahre darauf verzichtet. Bis eines Tages seine Frau ihn bat, ihr doch bitte endlich mal die obere Hälfte zu geben. Sie hätte es sich all die Jahre verkniffen, aber jetzt würde sie liebend gerne einmal tauschen wollen.

Nur einmal. Und natürlich nur, wenn es ihm nichts ausmache. So mussten mehr als fünfundzwanzig Jahre mit ungeliebten Brötchenhälften vergehen, nur weil beide aus Rücksicht und falscher Annahme geschwiegen hatten.

»Das waren jetzt schon einige Grappa, Toni. Möchtest du vielleicht etwas essen?«

Toni nickte. »Keine schlechte Idee, Anna. Nicht auszudenken, wenn Adolfa bemerkt, dass ich morgens Alkohol trinke.«

»Na, da können wir etwas dagegen tun, will ich wetten.« Anna griff zum Brotkorb. »Oh, leer.«

»Ich hole noch welche«, beschloss Leonardo und erhob sich.

»Mist!« Toni sprang auf und schlug sich an die Stirn. »Ich habe doch Brot für euch mitgebracht. Hängt draußen am Fahrrad. Bin gleich wieder da.«

»Nicht nötig, Toni.« Adolfa stand im Flur, die Brottasche fest an sich gepresst, und hatte Tränen in den Augen.

Toni erstarrte auf der Stelle. Anna konnte förmlich spüren, wie ihm das Herz in die Hose rutschte. Ebenso wie seine Frau schien er an Ort und Stelle festgefroren zu sein.

»Adolfa? Wie lange stehst du schon da?«

»Lange genug.«

Adolfas Neigung, sich stets laut und für jedermann

im Umkreis von fünfhundert Metern gut hörbar zu artikulieren, war bekannt. Jetzt hauchte Adolfa diese Worte so leise, dass Anna sie kaum verstand.

Hin- und hergerissen zwischen dem Bedürfnis zu vermitteln und dem Instinkt, jetzt einfach nur den Mund zu halten, begann sie, nervös an der Nagelhaut ihres Daumens herumzunagen, und schielte zu Leonardo. Der rührte scheinbar gelassen mit dem Löffel in der Mokkatasse. Auffällig war nur, dass sich kein Kaffee darin befand. Sie ergriff seine Hand. Augenblicklich hörte er damit auf und holte tief Luft. Heute war ihr erster ganzer Tag in Italien und schon wurde sie Zeugin eines Familienzerwürfnisses. Kein guter Start, oder?

Ein Ruck ging durch Tonis hagere Gestalt. »Adolfa, angelo mio. Gleich, was ich sagte, sei la mia vita! Du bist mein Leben. Das weißt du.« Mit ausgebreiteten Armen ging er auf sie zu.

Adolfa drückte die Tasche noch fester an sich und tippelte in kleinen, energischen Schritten an ihm vorbei, das Kinn trotzig vorgereckt. Sie drückte Anna die Brottasche in die Hand, strich mit fahrigen Bewegungen ihre Schürze glatt und setzte sich auf das Sofa. Die Hände legte sie auf die Knie. Sie war Beherrschung pur, nur das Wasser in ihren Augen verriet Anna, wie aufgewühlt die Frau sein mochte.

»Steh nicht rum, setz dich«, presste Adolfa hervor und schlug mit der Hand zweimal auf den freien Platz neben sich.

»Adolfa, ich möchte ...« Annas kläglicher Versuch,

die Situation zu lockern, wurde mit einer resoluten Handbewegung von Adolfa im Keim erstickt. Oha, jetzt verstand sie Toni ein bisschen besser.

Der folgte dem Befehl seiner Frau und setzte sich neben sie.

Für einen kurzen Moment wirkten sie auf Anna wie die alten Ehepaare, oder auch manchmal nicht so alten, die sich in Restaurants immer nebeneinander, statt sich gegenüber, setzten. Meistens schwiegen sie und öffneten nur den Mund, um eine Bestellung aufzugeben oder Nahrung hineinzuschieben. Paare, die sich nicht mehr viel zu sagen hatten. Oder es noch nie getan hatten.

Dann brach es aus Adolfa di Agostino heraus. »So viele Jahre! So viele Jahre habe ich mir gewünscht, mich nur einmal an deiner Schulter anzulehnen. So viele Jahre!« Sie streckte die Arme in Richtung Decke und blickte nach oben, als ob Gott etwas dafürkönne und sie ihn anklagen müsse. Dann zog sie ein Tuch aus der Schürze und blickte Toni an. Anna wurde es warm ums Herz. In Adolfas Mienenspiel lagen so viel Liebe, Zuneigung und auch Verzweiflung, dass es körperlich zu spüren war. Leonardo drückte Annas Hand fester. Kurz wechselten sie einen flüchtigen Blick.

»Weißt du, wie es für mich ist, immer die Starke zu sein? Nein, das weißt du nicht. Wie solltest du auch?«, polterte Adolfa los, um kurz darauf in Tränen auszubrechen. Ihr Toni saß stumm und mit großen Augen neben ihr und zupfte an seinem Hemd herum wie ein Schuljunge, der bei seinem

Vortrag nicht wusste, wohin mit seinen Händen.

»Herrje, jetzt nimm deine Frau doch endlich in den Arm!«, platzte es aus Anna heraus.

Sofort richteten sich alle Augen auf sie.

Erschreckt presste sie eine Hand vor den Mund und murmelte eine Entschuldigung zwischen den Fingern hervor.

»Sie hat Recht«, nickte Leonardo.

Adolfa stockte einen Moment und heulte daraufhin noch lauter los.

»Wie soll ich dir sagen«, donnerte Adolfa, »dass etwas mehr Männlichkeit dir gut stünde? Wie, ohne dich in deiner Ehre zu verletzen? Ich glaubte, du bist ein Mann, der eine starke Frau braucht. Ich bin aber keine starke Frau, ich bin eine Frau. Ich will nicht immer alles alleine entscheiden müssen. Aber ich dachte, du erwartest das von mir. Also bin ich stark. Die unerschütterliche Adolfa.« Dabei tippte sie sich an den Kopf und brach erneut in Tränen aus. Jetzt endlich rutschte Toni näher an seine Frau heran, legte die Arme um sie und zog sie zu sich. »Mein Herz, du bist die schönste Frau auf der Welt für mich.« Er streichelte unaufhörlich ihren Rücken, murmelte besänftigende Worte und bedeckte ihr Gesicht mit kleinen, kurzen Küssen, während Adolfas anfänglich lautes Schluchzen sich in gelegentliches Schniefen verwandelte.

Die einkehrende Stille machte Anna nervös. Sie begann, den Tisch abzuräumen und Leonardo half ihr dabei.

»Sie lieben sich sehr, glaube ich«, flüsterte Anna, während sie die Tassen abspülte.

»Sieht so aus. So sehr, dass jeder auf den anderen Rücksicht genommen und niemals Fragen gestellt hat. Das ist eigentlich unglaublich, was?«

Bevor sie etwas erwidern konnte, begann Adolfa zu reden.

»Sag, Toni, du hasst meine Peperoncini. Stimmt´s?«

Anna sah, dass Toni betreten nickte. »Und du?«, begann er vorsichtig, »Würdest du mich noch lieben, wenn ich mich wie ein italienischer Macho verhalten würde?«

»Ah, red keinen Unsinn, warum sollte ich das nicht?« So langsam kam die alte Adolfa wieder zum Vorschein. »So ein bisschen Macho ist jeder Mann und steht auch jedem Mann.« Dann nahm sie sein Gesicht in beide Hände und küsste ihn.

»Und was ist mit Zigarillos? Ich bin ein Mann, ich will ab und zu ein Zigarillo rauchen. Auch zu Hause.«

Anna und Leonardo zwinkerten sich zu. Toni wurde mutiger.

»Rauchen stinkt!«, begehrte Adolfa auf.

»So?«, Toni drückte den Rücken durch und machte sich gerade. »Nicht für mich.«

»Einverstanden.«

»Und keine Peperoncini auf meinem Teller.«

»Sei´s drum.«

Eine halbe Stunde und vier Grappa später verabschiedeten sie Adolfa und Toni mit je zwei Küsschen links und rechts. Adolfa ließ es sich jedoch nicht nehmen, einen Schwall italienischen Kauderwelschs über Anna auszuschütten und sie dabei an ihren Busen zu drücken. Anna blieb, wie schon am Abend zuvor, kurzzeitig die Luft weg.

Wieso lachte Leonardo so unverschämt?

»Was hat sie gesagt?«, wollte sie wissen, als sich die Tür hinter den beiden schloss.

»Dass du mich ein bisschen Macho sein lassen sollst, Weib«, gickerte Leonardo und presste sie gespielt brutal gegen die Tür.

»Das hättest du wohl gerne. War das alles? Kam mir vor, als hätte sie mehr gesagt.« Ihre Hände fanden wie von selbst unter sein T-Shirt.

Kurz flackerte ein Gedanke auf. Warum war Toni ausgerechnet heute hier aufgetaucht? Warum nicht gestern, vor zwei Wochen oder niemals? Er hatte einfach Platz genommen, die Füße hochgelegt und ein Zigarillo geraucht. Das war etwas, dass er sonst nie tat. Er war für einen kurzen Moment der Toni gewesen, der in seinem Inneren schlummerte. Der grappatrinkende, rauchende Macho. Ob das mit dem Schild über der Tür zusammenhing?

Ach was, Anna, jetzt spinnst du dir was zusammen. Konzentriere dich lieber auf das Hier und Jetzt.

Und das knabberte gerade mit unglaublich sinnlichen Lippen an ihrem Hals und wanderte in Richtung ihres Mundes.

»Sie sagte, du bereicherst uns«, hauchte er in ihr Ohr, «Und das kann ich nur bestätigen. Du tust mir einfach gut, Anna.«

»Na ja«, murmelte sie atemlos zwischen zwei leidenschaftlichen Küssen. »Und du tust mir gut. Verdammt gut sogar.«

Ein Fleckchen am Meer

Am nächsten Tag wartete Anna auf der Terrasse und verlagerte ungeduldig ihr Gewicht von einem Fuß auf den anderen.

„Komm schon, Leonardo".

Wie lange dauerte es eigentlich, eine Thermoskanne mit Kaffee zu füllen? Unten rauschte das Meer, und der Picknickkorb auf dem Tisch, befüllt mit noch warmem Brot, Oliven, etwas Käse und eingelegten Paprika, wartete auf den Kaffee. Anna glaubte, vor Vorfreude bersten zu müssen, seufzte und stellte das Wasserglas neben dem Korb ab, schloss die Augen und zwang sich zur Ruhe, spürte die Nachmittagssonne ihre Glieder liebkosen, eine leicht salzige Brise sanft über ihr Gesicht streichen. Ein Lächeln umspielte ihre Mundwinkel. Gleich würden sie ein beschauliches Fleckchen am Wasser aufsuchen, und ... äh, Schuhe. Wer brauchte hier Schuhe? Kurzerhand schlüpfte sie aus den Sneakers und stellte sie ordentlich neben die Tür. Keine hundert Meter entfernt wartete feiner Sand, in den sie ihre Zehen graben würde. Feiner, weicher, warmer Sand. Die Temperaturen hier erinnerten sie an einen der seltenen und überdurchschnittlich warmen Maitage in Heidelberg. Jetzt war es erst Anfang April. In Deutschland dauerregnete es bei knappen fünf Grad über null, hatte sie im Smartphone nachgesehen und sich diebisch für sich selbst gefreut. Hier in Kalabrien strahlte die Sonne warm und wohltuend von einem wolkenlosen Himmel und das intensive Violett der Bougainvillea strahlte in eindrucksvollem Kontrast zu der weiß gekalkten Hauswand.

Anna ließ ihren Blick schweifen. In einiger Entfernung sah sie zu ihrer Linken das Ende einer kleinen Strandpromenade, die, gesäumt von stattlichen Palmen, deren ausladenden, sattgrünen Fächer mit dem Wind tanzten, erst vor kurzem fertiggestellt worden war. So hatte ihr Leonardo erzählt. An dem breiten Badestrand unterhalb der Promenade hielten sich wenige Besucher auf, bunte Sonnenschirme steckten im Sand, Kinder bauten Sandburgen, und ein Pärchen spielte Federball. Der Strandabschnitt vor ihrem Häuschen war leer, bis auf eine blonde Frau, die still am Wasser stand. Zur rechten Seite hin wurde die Landschaft felsiger und einsamer und wirkte auf Anna wildromantisch und ursprünglich. Nun, Menschen hielten sich gern bei anderen Menschen auf. Sollte ihr Recht sein. Sie konnte es kaum erwarten, die felsigen Stufen zwischen den schulterhohen, weiß blühenden Oleanderbüschen hinunter ans Meer zu hüpfen und mit Leonardo ungestörte Zweisamkeit zu genießen. Lange genug hatte sie darauf warten müssen. Gestern die lebhafte Begrüßungsparty mit all diesen herzlichen Menschen, und heute Morgen der frühe Besuch von Toni und Adolfa.

Den Nachmittag würden sie zu zweit am Meer verbringen. Darauf freute sie sich, denn bis jetzt war sie kaum zum Luftholen gekommen.

»Wie du befiehlst«, sagte es plötzlich hinter ihr. Der erste Impuls ließ sie zusammenzucken, zu sehr war sie in Gedanken gewesen. Als Nächstes spürte sie warmen Atem an ihrem Hals, kurz darauf weiche Lippen, die ihr eine Gänsehaut über die Schultern bis in die Fingerspitzen schickten. Abrupt hörte er auf, und noch bevor sie sich beschweren konnte, wedelte er mit einem weißen Umschlag vor ihrer Nase.

»Hier, ein Brief für dich.«

»Ein Brief? Kommt der Postbote hier erst am Nachmittag?«

»Die Postbotin, ja. Hier ticken die Uhren anders.« Er steckte die Thermoskanne in den Picknickkorb.

Neugierig drehte sie den Brief der Hand und runzelte die Stirn, als die den Schriftzug erkannte. »O-ha.«

»Wegen der Uhren?«

»Witzbold.«

»Von wem ist er?«, fragte er und schlang die Arme um ihre Mitte.

»Von Marc.« Mit einer entschlossenen Geste legte sie den Umschlag auf den Tisch. Kurzes Schweigen hinter ihr, ein leises Räuspern.

»Willst du ihn nicht öffnen?«

»Nein.« Sie spürte, wie dieser Brief ihren Tag verderben könnte. Wie kam er dazu, ihr zu schreiben? Woher hatte er überhaupt die Adresse? Ach, klar, von ihrer Mutter, von wem sonst.

»Er ist hartnäckig, oder?«

»Allerdings.« Anna war sauer. Keine vierundzwanzig Stunden waren seit ihrer Ankunft in Marina di Strongoli vergangen und jetzt so etwas. »Ich werde ihn nicht lesen, ich weiß sowieso, was drin steht. Der kann mir mal den Schuh aufblasen.«

»Erst den linken, dann den rechten?«

»In dieser Reihenfolge. Also wirklich, so eine Unverschämtheit. Aber echt. Wer den verstehen will, kann auch durch null teilen.«

»Na na, so emotional?« Er drückte sie noch etwas fester und streichelte ihr wie zur Beruhigung über den Arm.

»Ach, er soll mich in Ruhe lassen. Aber der Herr kann es wohl nicht verkraften, verlassen zu werden.« Sie spürte Wut in sich aufsteigen. Hatte ihr Marc nicht lange genug zugesetzt? Und ihre Mutter hatte nichts Besseres zu tun, als ihm ihre Adresse zu geben. Na, der würde sie ordentlich die Meinung sagen. Aber nicht heute, nicht jetzt. Vielleicht morgen. Vielleicht gar nicht. Sie hätte große Lust, den Brief zu verbrennen. Schnell drehte sie sich um. Was sie jetzt brauchte, waren Leonardos grüne Augen, um das verhasste Bild Marcs zu verdrängen, das sich wie eine Spinne in das verzweigte Netz ihres Hirnes setzte.

»Mach ihn auf, Anna. Sonst trägst du das mit dir herum und kannst nicht abschließen.«

Da hatte er auch wieder Recht. Allerdings ...

»Pfht, was wird da schon drinstehen. Das Übliche. Er war es, der immer entschieden hat und meint, das auch jetzt noch tun zu müssen. Bla, bla, bla. Das ist das Übliche. Er hält sich für Mister Nonplusultra und alle anderen, die ihm nicht nach dem Mund reden, gehen in seinen Augen den falschen Weg. Pfht. So ein, so ein ...«

»Kackstiefel?«

»Genau!«

Leonardo lachte und nahm sie in den Arm. Mit einem tiefen Blick sah er sie an und wurde ernst. »Ist er es wert, dass du dich aufregst? Ich meine, außer, er hat recht. Es könnte ja schließlich sein, dass du dir ...«

»Nicht sicher bist?« Sie erwiderte seinen Blick und las zu ihrer Überraschung einen Funken Unsicherheit darin. Grün auf Grün. Seele auf Seele. Wie konnte er annehmen, sie würde zweifeln?

»Ich kann ihn irgendwie verstehen«, fuhr er fort und steckte die Hände in die Hosentaschen. »Bitte bekomm das jetzt nicht in den falschen Hals, Anna. Nicht, dass ich ihn aus deinen Schilderungen heraus auch nur annähernd sympathisch fände, es ist nur verdammt hart, jemanden gehen zu lassen, und von heute auf morgen damit klarzukommen. Man möchte es nicht wahrhaben, und würde sich einen Arm abschneiden, wenn das die Zeit zurückdrehen könnte.« Ein flüchtiger Schatten flog über Leonardos Gesicht. Nur kurz, nicht offenkundig, aber für Anna deutlich spürbar.

»Ich weiß«, sagte sie, stellte sich auf die Zehenspitzen und küsste ihn, sanft, beinahe tröstend. »Ich weiß. Und es ehrt Dich, Partei für ihn zu ergreifen. Aber, so schrecklich es war, ist doch deine Geschichte eine andere, Leonardo. Ich lebe. Ich bin hier, du bist hier und ... Hey, alles in Ordnung?«

Wie aus weiter Ferne, in der er für einen Augenblick versunken schien, kam er zurück zu ihr. »Ja. Ja, natürlich, wie dumm von mir. Entschuldige. Das mit Marc ist unbedingt etwas anderes. Trotzdem«, er fuhr sich mit den Fingern durch die Haare, »ist es schwer, jemanden gehen zu lassen.«

Sie nickte. »Gerade für so einen wie Marc, der kein Nein akzeptiert.«

Es war besser, nicht auf Leonardos Vergangenheit einzugehen. Er hatte bisher wenig über seine Exfrau erzählt, aber zu gegebener Zeit würde er ihr sicher mehr enthüllen. Wie lächerlich schienen dagegen ihre Erfahrungen mit Marc.

»Huhu, und mit dir auch alles in Ordnung?« Er kitzelte mit dem Zeigefinger ihre Nasenspitze und lächelte. Hoppla, da war der Schatten offenbar zu ihr übergesprungen. Anna richtete sich innerlich auf. Weg mit dem Trübsinn, jetzt waren sie schließlich hier. In Strongoli, dort, wo es bereits im März nach Frühling duftete und sich die Dinge so richtig anfühlten wie noch nie zuvor in ihrem Leben.

»Jep, der kann mich mal.«

»Macht die Sache nicht leichter, was?« Er griff sich den Picknickkorb.

»Nee«, lachte sie auf, »nicht für ihn. Aber das sollte mir egal sein. Ich werde den Brief nicht lesen. Schluss.

Punkt. Ende.«

Demonstrativ zerriss sie das Papier in kleine Fetzen und warf sie in den zu einem Abfallbehälter umfunktionierten Terracottatopf. Mit jedem Schnipsel, der in den Topf fiel, fühlte sie sich besser.

»An welche Stelle gehen wir?«, fragte sie und beschloss, damit alle überflüssigen Gedanken für heute, nein, für immer, zu verbannen.

»Dorthin, wo es dir am besten gefällt.« Mit einer galanten Handbewegung und einer angedeuteten Verbeugung ließ er ihr den Vortritt.

»Aber wie soll ich wissen, wo ...?« Sie warf ihm einen fragenden Blick zu, als sie an ihm vorbei ging und die erste Stufe von insgesamt neun auf dem Weg zum Strand nahm, sie hatte sie in der Nacht gezählt.

»Na«, lachte er und zwinkerte, »indem wir ein Stück am Meer entlang laufen und du irgendwann einen Platz bestimmst, wo wir die Decke ausbreiten können.«

»Ich? Ja, natürlich. Dann möchte ich gerne hier entlang gehen, wenn es recht ist.« Sie zeigte mit dem Finger auf den einsamen Teil des langen Strandes. Puh. Es würde wohl noch eine Weile dauern, bis sie sich daran gewöhnte. Selbst bei noch so kleinen Entscheidungen erwartete sie spontan, dass Leonardo die Zügel in die Hand nahm. Marc, die Spinne, hatte in den vergangenen Jahren das Netz um sie wohl dichter gewebt, als sie sich jemals zugestanden hatte.

»Jo, rechts ist recht«, sagte er, und Anna vernahm deutlich ein leises Kichern.

»Hä?«

»Die einsame Seite ist wunderbar. Passt mir hervorragend.«

»Ach so.«.

Hand in Hand schlenderten sie ans Wasser hinunter. Tief atmete Anna die salzige Meeresluft ein. Sie liebte den Wind, der auflandig von der unübersehbaren Weite des Meeres sanft in Leonardos Locken blies, spürte bei jedem Schritt den warmen Sand zwischen ihren Zehen. So muss sich Glück anfühlen, dachte sie und drückte Leonardos Hand. Keine Worte, kein Gedanke an morgen, nur dieser Moment, dieser kleine, eigentlich belanglose und flüchtige Moment. Sie lief ans Meer. Na und? Das taten tausende, mehrmals täglich und immer wieder. Nichts Besonderes. Und doch breitete dieser Atemzug sich warm in ihr aus und sie wusste, niemals würde sie ihn vergessen, desen Augenblick, diesen Tag, der sie und Leonardo erstmals gemeinsam ans Meer in Kalabrien führte.

Fast perfekt. Wenn da nicht diese Frau gewesen wäre, die eine blaugelbe Jacke über ihren Arm gehängt hatte, sich in diesem Moment umdrehte und steif und mit verkniffenem Gesichtsausdruck an ihnen vorbei lief. Dabei blickte sie nicht mal auf.

»Buon giorno«, sagten Anna und Leonardo beinahe gleichzeitig, doch die seltsame Frau reagierte nicht und stakste steifen Schrittes und mit hochgezogenen Schultern an ihnen vorbei. Dabei drückte sie die Jacke wie zum Schutz an sich.

»Huch, die war aber grantig.« Anna blickte ihr hinterher. Leonardo seufzte und zog eine Augenbraue hoch. Sie liebte es, wenn er das tat. Es gab ihm etwas humorvoll Ironisches. Sie hatte es vor dem Spiegel versucht. Keine Chance. Die eine Braue folgte der anderen sofort nach, und ließ Anna eher aussehen, als hätte sie zu tief ins Glas geblickt. Das war wie mit Ohrläppchen zu winken. Ihr Vater hatte dieses Kunststück sogar im Wechsel drauf. Er konnte sie abwechselnd bewegen, bei ihr hatte sich nur die Stirn in Falten gelegt.

Mit Gesichtsteilen wackeln war ihr definitiv nicht vergönnt. Schade eigentlich.

»Das«, sagte er, »war unsere neue Postbotin.«

»Aha, ist die immer so? «

»Schätze schon«, sagte er, und Anna spürte, dass ihm gerade wenig der Sinn nach einer Plauderei über eine biestige Postbotin stand. »Sie macht das erst seit einer Woche, seit dem plötzlichen Tod des alten Julio. Bis zum Schluss hat er die Post ausgetragen. War ein netter, alter Kauz.«

»Wie schrecklich. Komm, lass uns hier weitergehen. Da vorne ist ein Felsen. Sieht gemütlich aus.«

Sie drehten nach rechts ab und liefen dicht am Wasser entlang. Der feuchte Sand fühlte sich fest und kühl unter ihren Fußsohlen an. Hin und wieder umspülte eine kleine Welle Annas Knöchel.

Bisschen kalt zum Baden, dachte sie, aber lang würde es sicher nicht mehr dauern. Sofia hatte ihr gestern erzählt, dass die Temperaturen nun stetig steigen würden. Nun, im Moment stand Anna der Sinn nicht nach Kühlung, eher nach einem Schluck wohltemperierten Rotwein und nach einem noch größeren Schluck Leonardo.

»Wie ist er gestorben?«

» Im Sitzen. Stell dir vor, er war ja alleine, hat hinter dem Postamt zwischen der Marina und dem Dorf Strongoli oben gelebt. Jeden Abend vorm Schlafengehen hat er einen Schnaps an seinem kleinen Tisch in der Küche getrunken und seinem Spiegelbild Geschichten aus der Vergangenheit erzählt, sich zugeprostet. Man hat ihn gefunden, als man ihn aufsuchte, weil die Post ausblieb. Er hat am Küchentisch gesessen, der kleine Spiegel vor ihm, sein Arm lag auf dem Tisch und mit der Hand hielt er ein leeres Schnapsglas umschlossen. Traurig, oder? Er hatte einfach da gesessen und gelächelt und war tot.«

»Ja, traurig, aber irgendwie auch schön. Schließlich hat er gelächelt, oder? Er muss bei einem schönen Gedanken gegangen sein. So, wir sind da. Wollen wir die Decke hier vor dem Felsen ausbreiten? Dann können wir uns anlehnen.«

Ihr Weg hatte sie um eine lang gezogene Biegung geführt, und die letzte Häuserreihe lag schon hinter ihnen. An dieser Stelle zeigte der Strand sein natürliches Gesicht. Der Sand war mit Steinchen durchsetzt, Algen waren an Land gespült worden, und hier und da huschte ein Krebs im Seitwärtsgang durch die grünen Fäden. Ein bisschen wie ein wunderbares Ende der Welt. Anna hatte keine Lust, sich über den Tod zu unterhalten, das passte nicht hierher, nicht zu dem Moment, nicht zu ihrem neuen Leben. Sie beschloss, die Sprache auf Anderes zu bringen und zog die Decke aus dem Korb, den Leonardo neben den Felsen gestellt hatte. »Hier nimm mal die andere Seite. Ja, so ist gut.«

Gemeinsam breiteten sie das Tuch aus und setzten sich. Leonardo holte die Kaffeekanne, zwei Tassen, eine Flasche Rotwein, zwei Gläser und ein größeres Teelicht aus dem Korb. »Kaffee oder Rotwein?«

»Erst mal Kaffee. Mensch, du denkst ja an alles. Unglaublich«, sagte sie mit einem Blick auf das Teelicht und hielt ihre Tasse hin. Leonardo schenkte ein. Mmh, wie das duftete. Schwarzer, süßer italienischer Kaffee. Sie liebte ihn. Italienischer Kaffee war zweifelsohne eines der wenigen und unverzichtbaren Grundnahrungsmittel auf diesem Planeten.

»Vermisst du eigentlich deinen Job, die Kollegen und so?«, sagte sie nach einem ersten vorsichtigen Schluck, der Mokka war verdammt heiß.

»Ja, total.« Leonardo stütze die Arme auf die Knie und hielt seine bauchige Tasse mit beiden Händen. »Ich verzehre mich nahezu nach dem stickigen Büro im Keller, nach Bits und Bytes, dem Zwölf-Stunden-Tag in Gesellschaft von kettenrauchenden Kollegen und nach Überstunden vor vier Monitoren, auf der Suche nach dem Geheimnis der verlorenen Variable. Ich vermisse die regelmäßigen Bugs und die taube Brühe aus dem Kaffeeautomaten, den permanenten

Termindruck und meinen cholerischen Exchef.« Er zwinkerte ihr zu.

»Du solltest mal eine Karte hinschicken. Grüße aus dem neuen Leben, oder so ähnlich.«

»Hab ich auch schon dran gedacht.« Er stellte die Tasse ab und öffnete den Rotwein. »Und dann wieder verworfen. Das ist vorbei. Mit dem Teil habe ich abgeschlossen.«

»Ja, auch wieder wahr. Dein neuer Job wird sicher angenehmer. Freust du dich drauf?«

»Ja, schon. Ist ja noch ne Weile hin.«

»Ab Mai?«

»Ja, Mitte Mai geht es los. Wird anders, aber interessant. Sieben Stunden statt zwölf oder vierzehn. Nur ein Raum für mich und die Kunden, dahinter Platz für die Mietwagen, die kleine Autowerkstatt daneben, eine kleine Küche ...«

»Ohne Kaffeeautomat, aber mit Mokkakanne.«

»Ja, schön, nicht? Und der Raum ist hell und davor stehen zwei Palmen. Ich werde mich wohlfühlen. Außerdem mag ich Mario.«

»Dein künftiger Chef?«

»Ja, ist ein guter Mensch, geradlinig und fair.«

»Ist das der, der gleich gefragt hat, ob ich Kinder bekommen kann?«

»Haha, ja. So sind sie halt, die Italiener. Sie lieben Familie, je größer, je besser. Komm her«, sagte er, legte eine Hand in ihren Nacken und zog sie an sich. Seine vollen Lippen berührten die ihren, unbeschreiblich sanft, unfassbar sinnlich.

Gut, dachte sie, und ihr Körper reagierte mit einem wohligen Vibrieren, als seine Hände unter ihr Shirt glitten, vorsichtig, tastend, als müssten sie um Eintritt bitten.

Gut, dass es hier so einsam ist.

Pasta, Pasta

Eine Stunde später sah er amüsiert zu, wie Anna im Korb wühlte, das eingewickelte Brot, Oliven und Käse herauszog und leise aufstöhnte.

»Man hab ich einen Hunger. Und kühl ist es geworden.« Gierig schob sie eine Olive in den Mund und steckte auch ihm eine zwischen die Lippen. »Die sind lecker, hm?«

Er fuhr mit der Hand sanft durch ihr kurzes, rotes Haar. Oh, an ihrem Mundwinkel hing ein Brotkrümel, schnell küsste er ihn weg und zog sich anschließend sein T-Shirt über. Wenn er noch mehr Krümel von ihr runterküssen musste, würde das dort enden, wo sie eben aufgehört hatten. Und dann würden sie nicht rechtzeitig im Il Petelino sein. Er hatte dort für heute Abend einen Tisch reserviert. Romantisch sollte es werden, in der Pizzeria direkt am Meer, mit einem Tisch in einem mit Schilfmatten eingedeckten Holzpavillon. Pünktlich zum Sonnenuntergang wollte er mit ihr dort sein. Noch wusste sie von nichts. Er hoffte, es würde ihr gefallen.

»Du machst mir Appetit, Anna, aber den kann kein Brot der Welt stillen.«

»Oh, du bist so süß«, sagte sie zwischen zwei Bissen in den Käse.

Leonardo lehnte sich gegen den niedrigen Felsen und blickte aufs Meer. Er glaubte, er müsse nur die

Hand ausstrecken, um den Rand des Horizontes zu berühren. Bald würde die Sonne untergehen und der Wind auffrischen. »Wir könnten ein Feuer machen«, schlug sie vor, als hätte sie seine Gedanken gelesen.

»Wird schwierig mit trockenem Brennholz an einem Sandstrand.« Er lachte und griff in den Sand, ließ ihn durch die Finger rinnen.

»Mmh.« Sie steckte ihm Brot in den Mund und eine Olive hinterher. »Und Algen brennen schlecht in feuchten Zustand«, sagte er kauend.

»Was du nicht sagst. Leer.« Sie hob die Rotweinflasche an und legte den Kopf schief.

»Lass uns zurückgehen«, beschloss er, als er Gänsehaut auf ihren Armen bemerkte. »Dir ist kalt. Komm. Ein warmes Bad tut dir sicher gut.« Er zog sie hoch und gemeinsam schüttelten sie das Tuch aus.

Behutsam legte er ihr die Decke um und war entzückt von ihrem Anblick. Die Frau sah selbst in einem alten, verwaschenen Überwurf zum Anbeißen aus.

»Wenn du mir den Rücken einseifst?«

Du lieber Himmel konnte die Frau verschmitzt lächeln. Er liebte ihren Humor, ihre Sommersprossen auf der Nase, die kurzen, verwuschelten Haare, die frech und rot vom Kopf abstanden. Er vergötterte den sinnlichen Schwung ihrer Lippen. Und er sollte nicht so dämlich dastehen und sie ansehen, als wäre er gerade sechs Jahre alt und sie das erste Softeis des Jahres

»Ich liebe dich, Anna.« Er seufzte es mehr als er es sagte, weil es ihm einfach aus dem Inneren quoll. Gleichzeitig hoffte er, nicht zu schmalzig zu erscheinen.

»Und ich liebe dich, du wunderbarer Mann.«

»Wir kitschen uns ganz schön zu, was?«, sagte er und hatte das Gefühl, so unbeholfen wie ein Schuljunge beim ersten Date zu wirken.

»Ja, aber es ist schöööööön.« Sie breitete die Arme unter der Decke aus und drehte sich im Kreis. Atemlos fiel sie in seine Arme. »Huh, schwindelig.«

»Das kommt von der Meeresluft.«

»Oder vom Wein.«

»Einigen wir uns auf beides. Und jetzt los, wenn Du noch ein Bad nehmen möchtest, sonst kommen wir zu spät ins Restaurant.«

»In welches Restaurant? Gehen wir essen?« Sie stoppte, die Decke jetzt um sich gewickelt, und legte den Kopf schief.

Ups, jetzt war es ihm entschlüpft. »Eigentlich wollte ich es dir später zeigen, ganz zufällig bei einem abendlichen Spaziergang. Entschuldigung, ist mir rausgerutscht. Und ja, ich hab uns einen Tisch in einem sehr schönen Strandrestaurant reserviert.«

»Oh, das ist wunderbar.«

»Findest du? Jetzt, wo die Überraschung hinüber ist?«

Anna machte einen Schritt und öffnete den Mund für eine Erwiderung, kam aber nicht mehr dazu. Stattdessen stolperte sie beinahe über einen roten

Ball, der ihr vor die Füße rollte. Sie bückte sich, um ihn aufzuheben.

»Scusi, scusi.« Ein kleiner Junge, vielleicht sieben oder acht Jahre alt, kam angerannt und griff noch vor Anna nach dem Ball. Er grinste beschämt. »Äh, scusi. Grazie.« Dann winkte er kurz, drehte sich mit einem hastigen »Arrivederci« um und rannte zu seinem Vater zurück, der in einiger Entfernung auf ihn wartete.

»Putziges Kerlchen«, sagte Anna.

Leonardo stimmte ihr zu. »Ein richtiger kleiner Lausejunge.«

»Nun«, sagte sie, nahm seine Hand und zog ihn weiter, »Zurück zum Thema. Ich weiß ja nicht, was das für ein Restaurant ist. Das ist mir Überraschung genug. Also, was muss ich anziehen? Leger oder Elegant? Sportlich oder feminin? Lässig oder mondän? Okay, vergiss mondän, so was hab ich nicht im Schrank.«

»Äh ...«

Frauen! Sie sollte halt etwas anziehen. Ganz egal was, sie gefiel ihm, gleich, was sie trug. Aber das konnte er ihr ja so nicht sagen, welche Frau glaubte das einem Mann? Keine. »Ja, dann leger feminin würde ich sagen.«

»Also Jeans und Bluse. Wunderbar. Oder Shirt und Stola drüber? Oder doch Bluse? Vielleicht eher ein luftiges Kleid? Nein, könnte zu kalt werden. Jeans, Shirt und Stola. Was meinst du?«

Sie hatten die kurze Treppe zum Haus erreicht,

und sie hüpfte leichtfüßig die Stufen vor ihm hinauf.

»Perfekt«, sagte er und musste schlucken, denn er meinte damit eigentlich den kleinen Hintern, der sich in einem reizvollen Auf und Ab vor seinen Augen bewegte. Neun Stufen lang. Und Rücken schrubben lag noch vor ihm.

Der Kellner in kalabresischer Tracht, schwarze Hose mit rotem Kummerbund und einer schwarzen, rotbestickten Weste über einem weißen glänzenden Hemd, führte sie gesittet durch die Tischreihe zu ihrem Pavillon. Beflissen rückte er für Anna den Stuhl zurecht, verbeugte sich und wartete, mit einem Tuch über dem Arm, auf eine Bestellung.

»Ist das wunderbar hier«, freute Anna sich. »Und so zauberhaft eingedeckt. Der Blick hier ist umwerfend.«

Im Hintergrund ertönten leise Pianoklänge. Die Sonne schickte sich an, im Meer zu versinken, und sandte ihr abendliches Leuchten als orangefarbenen Streifen auf die Meeresoberfläche. Zum Glück hatte sich der Wind gelegt. Es schien ihm jetzt wärmer als vorhin am Strand. Anna hängte ihre Stola über die Stuhllehne und strahlte ihn an. Leonardo freute sich wie ein kleiner Junge. Volltreffer. Es gefiel ihr. Das würde ein himmlischer, ein romantischer Abend werden. Nur er und Anna.

Waren sie tatsächlich hier? Er konnte sein Glück nach wie vor kaum fassen und hatte das Gefühl, sie ständig berühren zu müssen, um sicherzugehen, dass sie auch wirklich hier und nicht nur in seinen Träumen war.

»Rotwein, Anna? Du kannst auch Weißwein haben, aber der kalabresische Weiße ist eher süß. Der Cirò schmeckt gut. Ist ein halbtrockener Rotwein und wird hier gerne und oft getrunken.«

Eigentlich hätte er Lust auf ein Bier gehabt, eiskalt, mit einer ordentlichen Schaumkrone, beschloss jedoch, bei Rotwein zu bleiben. Bier auf Wein, das lass sein.

»Cirò hört sich gut an. Den nehmen wir.« Sie nickte dem Kellner zu, der offensichtlich ihre Sprache verstand oder einfach nur »Cirò« vernommen hatte.

Kurz darauf brachte der auch schon den Wein und überreichte die Speisekarte. Anna schlug sie sogleich auf, während Leonardo den Testschluck nahm.

»Da steht ja alles in Deutsch?«, staunte sie.

»Na ja, hier sind viele Touristen. Jetzt zwar nicht, aber im Sommer sind viele Deutsche hier, ein paar Österreicher, Schweizer, Engländer, Franzosen.« Er nickte dem Kellner zu, der geduldig auf Leonardos Urteil gewartet hatte, um auch Annas Glas füllen zu dürfen.

»Ich nehme Pasta«, sagte sie, »Ich hab so Hunger, ich könnte mich durch eine Badewanne mit Nudeln essen.«

»Lass uns anstoßen, Anna.« Er hob sein Glas. Sie tat es ihm gleich.

»Auf uns«, sagte er.

»Auf Strongoli, auf unsere Liebe, auf ...«, mit dem freien Arm umschrieb sie einen Halbkreis, »auf das alles hier. Es ist wunderbar. Das Restaurant, das Meer, das Ambiente. Einfach unbeschreiblich schön, Leonardo. Danke, dass du mich hierher geführt hast.«

»Danken wir dem Schicksal, das uns zusammengeführt hat.« Sie prosteten sich zu, und die Sonne berührte das Meer.

»Pasta mit Meeresfrüchten«, nahm Anna den Faden wieder auf, und er war ihr irgendwie dankbar dafür, denn der Augenblick hatte ihm die Worte abgeschnitten. Pasta war gut. Im Zweifelsfall half Pasta immer. »Buonissimi i cavatelli ai Frutti di Mare! Perfetto«, dröhnte es mit einem Male hinter ihnen und Leonardo verschluckte sich am Rotwein, so sehr war ihm der Schreck in die Glieder gefahren.

»Davide!«, hustete er, und sein Nachbar und Freund aus Kindertagen klopfte ihm freundschaftlich den Rücken. »Hast du mich erschreckt.«

»Buona sera, Anna. Leonardo.« Sofia, Davides Frau trat hinter ihrem Mann hervor und wirkte verlegen. »Wir haben euch zufällig hier entdeckt und wollten Hallo sagen.«

»Hallo. Schön, euch hier zu treffen.«

Anna freute sich sichtlich. »Setzt euch. Hier sind ja noch zwei Plätze frei. Oh«, blickte sie Leonardo an, »Ist das in Ordnung für dich? Ich meine, es wäre doch nett ..., also, ich fände es ...«

Eigentlich hatte er den Tag mit Anna beschließen wollen, aber was soll´s, er mochte Davide und Sofia gerne, sie waren seine besten Freunde. Sie hatten ihm das Haus zu seiner Ankunft hergerichtet und in aller Heimlichkeit eine Begrüßungsparty für Anna organisiert. War das wirklich erst gestern gewesen? Es würde ein netter Abend mit Anna und seinen Freunden werden.

»Natürlich«, sagte er und sprang auf, um für Sofia den Stuhl zu richten. »Setzt euch, setzt euch. Schön, dass ihr hier seid. Auch einen Ciró?«

»Nichts lieber als das!«, sagte Davide und streckte mit einem wohligen Seufzer die Beine aus und blickte Richtung Meer. »Was für eine Aussicht!«

»Ciró, ben volentieri!«, sagte der Kellner eifrig, der wie von Zauberhand erschienen und darauf gleich wieder verschwunden war. Wenig später erreichten eine weitere Flasche Rotwein und zwei Speisekarten ihren Tisch.

»Der Wein ist vorzüglich«, stellte Anna fest.

»Wie alles in diesem hervorragenden Restaurant «, sagte Sofia und nippte am Glas. »Das Beste an der Marina. Nimm Fisch, Anna. Vorausgesetzt, du magst Fisch. Besseren bekommst du in ganz Italien nicht.«

»Ja, Fisch oder diese Cavatelli ai Frutti di Mare? Was sind eigentlich Cavatelli?«

»Ja, das auch. Das ist kalabresische Pasta. Traditionell mit Hartweizen und Wasser zehn Minuten geknetet, ewig zum Trocknen aufgehängt. Danach werden kleine Stücke abgeschnitten und mit einer Stricknadel geformt«, erklärte Sofia nicht ohne Stolz. Leonardo wusste, dass Sofia ihre Pasta immer selbst zubereitete, nach altem kalabresischen Rezept, von Generation zu Generation weitergegeben.

»Sofia macht beste Pasta, besser als hier.« Davide flüsterte nun und sah prüfend nach hinten, damit ihn niemand von der Belegschaft hören konnte. »Aber Pasta von Sebastiano kommt gleich danach.«

»Sebastiano ist der Chef«, erklärte Leonardo Anna.

»Zum Wohl, Freunde.« Sofia hob ihr Glas und die anderen erhoben ihre Gläser ebenfalls. »Auf eure Ankunft in Kalabrien, auf dich und Leonardo. Wir hatten gestern auf deiner Willkommensfeier viel zu wenig Gelegenheit, uns zu unterhalten. Das können wir heute nachholen.«

»Salute.«

»Zum Wohl.«

»Prost.«

In diesem Moment fing Leonardo Annas Blick auf, der zärtlich auf ihm lag.

Die Sonne versank nun endgültig im Meer und ihm war, als verabschiedete sie sich mit einem Blitzen in Annas Augen.

Diese Augen, dieses Grün. Gott, wie er sie liebte.

»Im Jänner ists hier oarschkoalt. Do konnst net hergehen.«

Der volltönende Bass einer männlichen Stimme riss ihn unsanft aus seiner Betrachtung. Irritiert blicke Leonardo um sich. Schräg hinter ihnen auf der Restaurantterrasse saß eine Familie, der Mundart nach offenbar Wiener. Er kannte diesen Dialekt und konnte ihn überall heraushören, über Jahre hatte er ihm in diversen Meetings und Gesprächen in der Firma lauschen können. Die ehemalige Firma in Deutschland, für die er bis vor kurzem als Programmierer tätig gewesen war, war von einer österreichischen Mutter übernommen worden und die Wiener hatten sich breitgemacht wie ein Pilzgeflecht. Gnadenlos hatten sie die geplante Restrukturierung durchgezogen und Hierarchie in allen Ebenen ausgetauscht. Dabei waren sie mit einer Überheblichkeit aufgetreten, die absoluter Ahnungslosigkeit geschuldet war.

Der Mann am Nebentisch konnte nichts dafür, dass er seitdem eine Abneigung gegen diesen Dialekt entwickelt hatte. Trotzdem würde Leonardo noch ein, zwei Gläser Rotwein benötigen, um den Wiener Sprech ausblenden zu können.

In der Zwischenzeit hatte Davide viermal Pasta mit Meeresfrüchten bestellt, und Anna und Sofia plauderten angeregt.

»Ihr hobts koa Werna Schnitzl? Des is ned dei Ärnst ned? Wos is denn des fiar Scheißlodn do? Na, passt schon. Do in da Pampa konn ma so vül Exklusivität holt ned dawortn.«

Leonardo konnte einfach nicht weghören, lehnte sich vor und beschloss, sich am eigenen Tischgespräch zu beteiligen. Soweit er verstanden hatte, ging es um Wein. Wein war immer gut.

»Ah, Chi semina vento raccoglie tempesta. So einer bekommt früher oder später, was er verdient. Überheblicher Lackaffe«, schnaubte eine Dame im Pavillon nebenan lautstark. »Sieh dir mal die Frau an, die ist ja mindestens zwanzig Jahre jünger«, stellte sie fest.

»Si. Und sie trägt nur Designerkleider, die Dame«, bemerkte eine dunklere Frauenstimme spöttisch.

Leonardo wollte das eigentlich nicht hören und griff zum Weinglas. Davide fing seinen Blick auf, beschrieb mit dem Zeigefinger kleine Kreise an seiner Schläfe und prostete ihm zu. Ein Freund im Geiste, wie angenehm. Aber konnten die Ladys sich nicht ein bisschen weniger laut aufregen? Hinten Wien und rechts Huhn, das vergällte die beste Pasta Italiens.

»Hm, die Haare sind allerdings wenig damenhaft gefärbt. Siehst du den hellen Ansatz?«, diffamierte es nebenan weiter.

»Und ihr Typ geht ja mal gar nicht, was ein Ekel«, tönte es so unüberhörbar, dass Anna und Sofia ihr Gespräch unterbrachen und irritiert zum anderen Pavillon hinüber sahen.

Sofia zog Anna zu sich und sagte etwas, das Leonardo nicht verstand. In diesem Moment wurde zu seiner Erleichterung die Pasta serviert und lenkte ihn einerseits vom Wiener Dialekt und andererseits von dem Getratsche am Nebentisch ab. Er mochte den Wiener Schmäh nicht, aber

Lästereien mochte er noch viel weniger. Er und Davide zogen es vor, sich über die Pasta herzumachen.

»Nicht schön. Mach nur, Sofia. Ich sehe das genauso wie du«, nickte Anna, und verschränkte die Arme.

Was hatte sie vor?

Plötzlich stand Sofia auf, schlug beide Hände auf den Tisch, stützte sich darauf ab und drehte ihren Oberkörper in Richtung Klatschbasen.

»Ich finde, Sie könnten etwas weniger hörbar über andere Menschen herziehen. Wir möchten das nicht mitbekommen, haben Sie verstanden? Das ist geschmacklos und unnötig!« Sie funkelte die tratschenden Ladys grimmig an und erntete hörbares Luftschnappen und ein gehauchtes Unerhört, bevor sie sich wieder setzte und zum Besteck griff. »Jetzt hab ich Hunger. Die Pasta riecht köstlich. Ich muss Sebastiano unbedingt nach dem Rezept für die Soße fragen, erinnert mich daran, bevor wir gehen, bitte.«

Anna kicherte. »Hey Sofia, Respekt. Das hätte ich mich nicht getraut. Hast du gemerkt, dass es im ganzen Restaurant für einen Moment still war? Ich möchte jetzt nicht in der Haut der beiden Frauen stecken.«

»Si, ich auch nicht«, sagte Sofia.

Leonardo blickte amüsiert zwischen den beiden Frauen hin und her. Sie schienen sich hervorragend zu verstehen. Das gefiel ihm sehr.

Davide kaute, nickte stolz und spülte mit Wein nach. »Das ist meine Sofia!«

Und meine Anna, dachte Leonardo.

»Max«, hörte er ungewollt die Gattin des Wieners, »du solltest dich ausgewogener ernähren. Wir sind in Bella Italia, da liegt es äußerst nahe, sich von den lokalen Köstlichkeiten zu ernähren, wie Fisch beispielsweise, oder Muscheln.«

Leonardo konnte nicht anders und beobachtete das Paar am Nebentisch verstohlen. Die Staatszugehörigkeit nicht berücksichtigend, war der Mann overdressed, Designeranzug und Krawatte, Manschettenknöpfe an den Hemdsärmeln. Sein weißes Hemd spannte deutlich über dem Bierbauch und das rote Gesicht endete in einer Art Doppelkinn, das dem Mann schwammig über den gestärkten Hemdkragen quoll. Da rettete auch die ausgesuchte Edelgarderobe nichts. Sie dagegen war ganz Dame. Na ja, wenn man mal von dem etwas zu kurzen Rock absah. Der Rest, der an der schmalen Frau mit der Hochsteckfrisur hing, war sehr stilvoll und definitiv verdammt teuer. Bezüglich der gesunden Ernährung musste er ihr recht geben. Das sah ihr Ehemann wohl anders.

»Fisch? Wengan Cholestarin? Jo sog, Püppi, spinnst hetz total? Mei Oarzt sogt, doss oalls passt. Du host jo ka Ohnung von wos redast, Kaja.« Er tippte mit dem Finger in die geöffnete Speisekarte. »Oder do! COZZE! Wea frisst denn sowos? Das sind Muscheln. Cozze? Muscheln! A kennan de Heinis ka Deitsch do.«

Leonardo konzentrierte sich auf seine Pasta und beschloss, den Dialekt von nebenan ab sofort mit Humor zu nehmen und nicht hinüberzusehen, auch wenn es ihn reizte, als säße da Cindy aus Marzahn burlesque im Riesencocktailglas.

Fast zuckte er zusammen, als Sofia zu sprechen begann. »Wir haben eine Palme, die für unsere Terrasse zu groß ist. Wollt ihr sie haben?«

»Och, gerne«, strahlte Anna. »Leonardo? Was meinst du? Neben der Treppe zum Strand ist ein freier Platz im Beet.«

Er nickte. »Ja, eine gute Stelle. Dann können wir von der Terrasse an der Palme vorbei aufs Meer sehen. Einverstanden.«

»Abgemacht, morgen bringe ich sie«, brummte Davide zufrieden und schob den leeren Teller zur Seite und winkte den Ober heran. »Ich bin satt. Möchte jemand Grappa? Hier gibt es eine vorzügliche Hausmarke. Geht auf mich.«

Sein Vorschlag erntete allgemeine Zustimmung.

»Grappa, ben volentieri«, murmelte der diensteifrige Ober und entfernte sich so lautlos, wie er erschienen war.

Der einen Runde Grappa folgte eine Zweite und die Gespräche drehten sich um Palmenpflege und Pastazubereitung, und Leonardo fragte sich, warum er nicht schon viel früher nach Strongoli zurückgekehrt war. Das Leben bestand nicht aus Überstunden und vollgeladenen Schreibtischen. Nicht aus verdunkelten und klimatisierten Büroräumen.

Leben war das hier, Anna, seine Freunde, das Meer, die Farben, der Duft der endlos blauen Weite. Das Leben war Lachen und Freude, Liebe und Genuss. Das Leben bestand daraus, es zu spüren. Sich selbst zu spüren. Und hier spürte er sich. So wie damals als Neunjähriger. Es gab keinen anderen Ort auf dieser Welt, an dem er lieber sein mochte.

Am Nebentisch fiel eine Gabel zu Boden.

Sofia, die in direkter Blickrichtung saß, riss erschrocken die Augen auf.

»Ach du je.« Anna zupfte ihn am Ärmel. »Ich glaube, der Mann hat eine Fischallergie.« Gleichzeitig mit Davide drehte er den Kopf.

»Püppi!«, krächzte von nebenan, »Mei gonze Goschn schmeckt pomstig. Wos is des?« Mit beiden Händen fasste er sich an den fleischigen Hals.

»Max!«, schrie seine Frau und sprang auf. Sie tunkte eine Serviette in ein Glas und wischte ihrem Gatten damit übers Gesicht. »Du scheinst allergisch zu sein. Oh, mein Pupsi, mein armer, mein ...«, jammerte sie wischend und tupfend.

»Trampl, loss des!« Unwirsch fegte er ihre Hand beiseite, nur um sich sogleich wieder an den Hals zu greifen. Jedes Wort zwischen einzelnen, schweren Atemzügen hervorspuckend, sah er sich um.

»Sogt Fisch is gsund. Da Fisch is faul! I vaklog des Lokal!« Dann zog er ein letztes Mal lautstark Luft ein und kippte rückwärts vom Stuhl. Wie ein Kugelfisch an Land lag er auf dem Boden und japste.

Seine Frau schrie nach einem Krankenwagen, ging vor ihm auf die Knie, jedoch nicht, ohne permanent an ihrem viel zu kurzen Rock zu zupfen, und lockerte ihm die Krawatte.

»All' ospedale? Ben volentieri«, nickte der gefasste Kellner und gab ein Zeichen, woraufhin eine junge Bedienstete ins Innere des Restaurants eilte, wahrscheinlich um einen Krankenwagen zu rufen. Leonardo hätte schwören können, ein schadenfrohes Lächeln über das Gesicht des Kellners huschen zu sehen.

»Er wird doch nicht sterben?« Anna sprang auf und wollte zu Hilfe eilen. Sofia zog sie zurück.

»Du kannst jetzt nichts tun. Der Arzt wird Cortison geben oder ein Anti ..., eh, Anna, wie heißt das?«

»Antihistaminikum?«

»Si, das wird er bekommen und dann ist wieder gut.«

»Wollen wir es hoffen.« Mit skeptischem Blick setzte sie sich wieder.

»Der Notarzt kommt sicher gleich«, beruhigte Leonardo und hoffte, er würde recht behalten.

Mit einem Male wurde es hektisch um sie herum. Gäste standen mit Gläsern in ihren Händen auf und wichen an die wenigen freien Plätze an den Rand der Terrasse aus, Tische wurden beiseite geräumt, und zwei Sanitäter des örtlichen Notdienstes stürmten mit einer Trage herein. Hinter ihnen eilte der Arzt herbei, stellte seinen Koffer ab, blickte kurz auf den Tisch, an dem der Patient zuvor gesessen hatte, zog, ohne lange zu fackeln, zwei Spritzen auf und verabreichte sie nacheinander dem immer noch nach Luft ringenden Mann.

Sebastiano, der Besitzer des Il Petelino, versuchte indes, die Frau von ihrem Mann wegzuziehen. Nur unter größter Kraftanstrengung gelang ihm dies, da sie sich mit Händen und Füßen wehrte und fortwährend jammerte.

»Ist alles gut. Mann wird es besser gehen, gleich. Sie warten ruhig, wenige Minuten. Dann Mann ins Spital zur Kontrolle, Sie mitgehen. Alles gut.« Schließlich trabten die Sanitäter mit dem Patienten, der sich bereits zu erholen schien, Richtung Ausgang, und die Ehefrau folgte, im Wechsel am Rock zupfend und Tränen wegwischend, mit kleinen Tippelschritten. Welch ein Tumult, dachte Leonardo, atmete tief ein und sah dem ungleichen Paar hinterher, hoffte, dass der Mann überleben würde. Seltsam, da kippte ein Wiener mit Atemnot vom Stuhl, und er empfand nicht den Hauch von Schadenfreude. Schande über ihn, aber er hatte so lange unter den Machenschaften der Firmenführung leiden müssen, viele Kollegen gehen sehen, manche freiwillig, andere nicht, dass solch eine Situation ihm damals gerade recht gekommen wäre.

Zumindest in der Fantasie. Man stellt sich ja viel vor, was unliebsamen Menschen alles zustoßen sollte, weidet sich an den übelsten Kopfgeburten und hofft insgeheim, dass solche schäbigen Gedanken niemals Realität annehmen.

»Ich hoffe, dem Mann geht es schnell besser.«
Anna drückte seine Hand.

Er schluckte und nickte. »Ja, das wollen wir hoffen.«

Und das war die Wahrheit.

Welch eine kuriose Ansammlung an Erlebnissen, aber war es nicht genau das, was er sich wünschte? Keine Routine mehr. Nie wieder. Im Moment schien es jedoch so, als kämen er und Anna nicht wirklich dauerhaft zur Ruhe. Bis auf die zwei Stunden vorhin am Strand hatte sich noch nicht wirklich die Gelegenheit geboten, mit ihr alleine zu sein. Nun, vielleicht heute Nacht.

Allmählich kehrten die Gäste zur Gewohnheit zurück und nahmen ihre ursprünglichen Plätze ein, es wurde wieder geplaudert und verhalten gelacht, als wäre nichts geschehen. Die Dinge waren flüchtig und hinterließen doch Spuren. Wie die Tatsache, dass Leonardos Abneigung gegen den Wiener Dialekt und den Wiener an sich zerplatzt war wie eine Seifenblase. Es war ihm, als schlüge er ein Buch zu, durch das er sich bis zur letzten Seite gequält hatte, und fühlte sich auf eine sehr angenehme Weise befreit.

Deal

Müde konnte man das schon nicht mehr nennen. Wenn man sie jetzt gegen die nächste Palme lehnen würde, schliefe sie sofort ein.

Anna schleppte sich ins Bad, putze die Zähne und ignorierte ihre Augenringe. Sollte sie noch kurz unter die Dusche springen? Haha, springen, guter Witz, Anna, sagte sie zu ihrem Spiegelbild und gähnte. Das musste die Meeresluft sein, oder die Erlebnisse, die sich die Hand gaben, oder der Grappa. Wahrscheinlich alles zusammen. Sie zog sich aus und ein Schlafshirt an, war sogar zu müde, ihre Kleidung ordentlich aufzuhängen und warf sie über die nächste Stuhllehne.

»Du siehst müde aus.« Leonardo saß angelehnt im Bett und schlug mit der flachen Hand neben sich. »Komm kuscheln. Rücken grabbeln?«

Oh, Rücken streicheln und dabei einschlafen war ein verlockender Gedanke. Zu allem anderen fehlte ihr der Schwung.

»Wunderbare Idee«, gähnte sie und sie schaffte es nicht einmal, ihre Hand vor den Mund zu halten. Wenig ladylike. Langsam krabbelte sie ins Bett, schmiegte sich an Leonardos Brust und schloss die Augen. Hach, der Mann roch immer noch gut, und auf dieser harten Männerbrust störte nicht ein einziges Haar. Na, vermutlich könnte er drei Tage durch die Wüste wandern, anschließend ein Bad in einem stinkenden Tümpel nehmen und sich danach in die Sauna setzen, und sie würde sein Aroma immer noch beglückt in sich einsaugen.

»Duriechstsogut«, nuschelte sie mit geschlossenen Augen. So müde.

»Ich muffele.«

»Nicht für mich.« Sie drückte ihre Nase in seine Halsbeuge. Jetzt genau da reinschlüpfen, das wär´s. Sie wollte nicht einschlafen, doch ihre Lider fühlten sich an wie Blei. Jedes Mal, wenn sie versuchte, die Lider anzuheben, fielen sie wie von selbst wieder zu und verklebten sich auf der Stelle.

»Der war niedlich, der Junge«, sagte er leise, während seine Finger zärtlich über ihren Rücken wanderten. »Mmh.« Welcher Junge? Ah, der. Ja, der war süß.

»Würde uns auch gut stehen.«

Anna lächelte im Halbschlaf. Von ihr aus jede Menge Kinder. Kleine grünäugige Bambinis mit braunen Locken und lustigen Zöpfen, niedlichen Patschehändchen und goldigen Windelpopos. Seltsam, diese Option schien ihr mit einem Male nicht mehr so fremd. Im Gegenteil. Der Gedanke, mit Leonardo eine Familie zu gründen, hatte den Geschmack von süßen Erdbeeren mit Sahnehäubchen. Etwas, das ihr bis zu diesem Moment nicht bewusst und mit Marc völlig undenkbar gewesen war. Wie war es eigentlich möglich, im Halbschlaf klar denken zu können? Vielleicht schlief sie ja bereits. Ja, das wäre eine Möglichkeit. Wo war sie stehen geblieben? Ah ja, Sahnehäubchen.

Erdbeeren schmeckten auch gut mit Dosenmilch und Zucker. Nein, das war es nicht, über was sie nachgedacht hatte, oder? Nein. Sie hatte über Marc nachgedacht. Stimmt. Das mahnende Gesicht ihrer Mutter schob sich vor Annas inneres Auge. »Junges Fräulein, sei dir bewusst, dass die Uhr mit jedem verstrichenen Jahr lauter tickt.« Schließlich wäre sie schon achtundzwanzig, und ab dreißig würde es schwierig, wenn nicht gar ausgeschlossen, einen Mann zu finden. Nicht zu glauben, was? Och, wieso musste sie jetzt daran denken? Ganz klar, ihr Hirn ordnete gerade die Festplatte, und da war noch eine Datei nicht geschlossen. Wollen Sie speichern? Ja, nein, abbrechen. Abrechen bitte. Tja, Marc hatte zwei Kinder auf die To-do-Liste gesetzt, ein Mädchen und ein Junge. Du solltest in den nächsten ein bis zwei Jahren schwanger werden, hatte er entschieden, denn gedehnte Haut leiert im Alter aus. Und du hast von Natur aus immense Probleme mit dem Bindegewebe, wie du ja selbst schon bemerkt hast, meine Gute. Bereits jetzt empfinde ich deine körperlichen Ausmaße als grenzwertig, gerade im Bereich der Taille, oder was davon übrig ist, und du willst doch sicher nicht, dass ich nicht mehr mit dir schlafen kann, weil mich aufgrund überschüssiger Bauchhaut der Ekel befällt, nicht wahr? Sie hatte sich nach dieser Predigt auf die Waage gestellt und ihrem BMI errechnet. Mit dem Wert von 25 lag sie absolut im Normbereich. Und fühlte sich trotzdem zu fett. Weil Marc sie für zu fett hielt, und ...

Wollen Sie die Datei speichern? Nein!

Unglaublich. Wegwischen. Fort damit.

»Unglaublich! Wegwischen«, hörte sie sich sagen.

Hatte sie das gerade laut gesagt? Nee, sicher nicht. Sie musste tatsächlich weggenickt sein.

»Was soll ich wegwischen?« Wie aus weiter Ferne hörte sie Leonardo kichern.

»Oh, ich glaube, ich bin tatsächlich eingeschlafen. Entschuldige.« Sie bemühte sich, wenigstens ein Auge zu öffnen. Es gelang ihr nur unter größter Kraftanstrengung. Das andere lag in Leonardos Halskuhle vergraben und weigerte sich standhaft.

Leonardo hob die Hand, zeigte ihr fünf Finger und grinste. »Hä? Fünf? Was fünf?« »Mindestens zwei, vielleicht auch drei. Jungs, versteht sich. Italiener machen ausschließlich freche, fußballspielende Bengel.« Leonardo versuchte, seinem Gesichtsausdruck die nötige Ernsthaftigkeit zu verleihen. Das misslang ihm gründlich.

Wie machte er das nur? Brauchte der Mann auch mal Schlaf? Er wirkte energiegeladen und hellwach, gerade so, als hätte er mindestens acht Stunden geschlafen.

»Das sind aber fünf, die du mir da zeigst. Außerdem hasst du Fußball«, grunzte sie, und merkte, wie das Auge in den Schlafmodus zurückwollte. Nix da, hier und wach geblieben.

Leonardos Augen blitzten spitzbübisch, als er absichtlich erschrocken auf seine Hand blickte und schnell zwei von fünf Fingern mit dem Daumen der anderen Hand nach unten bog.

»Und du bist Halbitaliener.« Sie schaffte es tatsächlich, ihren Zeigefinger kurz anzuheben, bevor er wieder kraftlos auf die glatte Brust fiel.

»Auch das ist richtig. Okay, der Punkt geht an dich.« »Mädchen. Zwei. Und ein Junge«, sagte sie mit jetzt geschlossenen Augen und spürte seinen Atem, als er sein Gesicht in ihren Haaren vergrub.

»Deal«, flüsterte er. »Deal«, konnte sie noch murmeln, und dann überrollte sie der Schlaf.

»Guten Morgen, Pumuckl.« Leonardo saß in der gleichen Haltung im Bett wie in der Nacht und strahlte sie an. Hatte er überhaupt geschlafen? Musste er wohl, er sah taufrisch aus, im Gegensatz zu ihr, vermutete sie, und blinzelte gegen die Sonne, die helle Fäden ins Zimmer schickte. Sie schnupperte. Kaffee und Duschgel. Kaffeeduft aus der Küche, Duschgel neben ihr. Wie hatte er sie genannt? So ein Frechdachs.

»Wie lange bist du denn schon wach?«, nuschelte sie, setzte sich auf und streckte die Arme in die Luft.

»Och, eine Stunde vielleicht? «

»Und wie lange sitzt du schon hier?« Sie kreuzte die Beine zum Schneidersitz, stopfte das Kopfkissen in den Schoß und stütze ihre Arme darauf. Bequem, stellte sie fest.

»Och, eine halbe?«

»Und hast was gemacht?«

Hatte er sie etwa beim Schlafen beobachtet?

»Dich angesehen«, lächelte er verschmitzt, und die Sonne schickte ihre Strahlen links und rechts an ihm vorbei. Zusammen mit seinen braunen Locken wirkte er beinahe wie eine göttliche Erscheinung.

»Klar, Jesus, du guckst mich ne halbe Stunde lang an, während ich mit offenem Mund das Kopfkissen vollsabbere.«

Er nickte und grinste. »Du sabberst total süß.«

»Oh!« Sie schlug mit dem Kopfkissen nach ihm und er ging lachend in Deckung.

»Gnade. Du sabberst überhaupt nicht. Ehrenwort! Aufhören! Kein Sabbern, nicht mal der Hauch eines Spuckefädchens. Ich schwöre bei Tonis Rostlaube!«

»Das lasse ich dann mal so gelten.« Sie senkte das Kopfkissen, griff nach seiner Hand und zog ihn zu sich. »Ich bin dann jetzt mal wach ...«

Heute Nacht war sie zu müde gewesen, aber jetzt ...

Es klingelte.

»Das darf jetzt nicht wahr sein. Entschuldige, Anna.« Umständlich schälte er sich aus ihren Armen, die ihn nur mit Widerwillen hergaben. Sie ließ sich in die Kissen fallen, verschränkte seufzend die Hände hinter dem Kopf und beobachtete, wie er seine Jeans über den festen Hintern zog, hastig ein T-Shirt überstreifte und barfuß zur Tür ging. Sie hatte alles richtig gemacht. Zu ihm nach Strongoli zu ziehen war die beste Entscheidung ihres Lebens gewesen. Plötzlich musste sie an Oma Grete denken.

Oma Grete hatte für jede Lebenssituation schlaue Merksprüche parat gehabt. Als Anna fünfzehn gewesen war und mit Liebeskummer bei Oma Grete auf dem Sofa gesessen hatte, da hatte diese ihr eine Tasse heißen Tee gegeben und etwas gesagt, dass Anna jetzt, hier in Leonardos Bett, wieder einfiel.

»Finde den Mann, der dich mit Liebe betrachtet, wenn du schläfst.«

Sie war eine kluge Frau gewesen, die Grete. Anna vermisste sie, obwohl sie schon seit über zehn Jahren nicht mehr lebte.

»Was? Bis eben geschlafen? Bei diese wundervolle Tag mit Sonne? Eh, isse nicht zu fasten.«

Anna gluckste, als sie Adolfas Stimme erkannte. Kurz darauf vernahm sie kurze, feste Schritte und ein Geräusch, als würde etwas Schweres auf dem Tisch abgestellt. Die dralle Bäckerin hatte ein Herz aus Gold und das Mundwerk eines Hufschmiedes. Und sie liebte Leonardo wie einen Sohn, das war vorgestern Abend auf der Begrüßungsparty augenscheinlich gewesen. War das tatsächlich erst knapp zwei Tage her?

Schnell stand Anna auf, schlüpfte in ein leichtes Baumwollkleid, zupfte mit den Fingern ihre Haare in Form und trat ins Wohnzimmer.

Einmal mehr beglückwünschte sie sich zu der Entscheidung, sich die Haare von hüftlang auf zahnstocherkurz schneiden zu lassen. Das war praktisch und einfach und bis jetzt fand jeder, dass die Kurzhaarfrisur ihr gut zu Gesicht stünde. Außer Marc natürlich. Sogar ihre Mutter hatte sich ein Lob nicht verkneifen können.

Auf dem Tisch stand ein Topf, dessen Inhalt verführerisch duftete.

»Buon giorno, Anna, disturbo? Ich störe nicht, oder?«, Adolfa kam mit weit ausgebreiteten Armen auf sie zu.

Anna wusste, was jetzt folgte, und noch bevor sie ebenfalls einen Guten Tag wünschen konnte, fand sie sich in fester Umarmung an Adolfas ausladendem Busen. Wie auch am Tag zuvor schnappte Anna nach Luft und hob den Daumen in Leonardos Richtung, der mit verschränkten Armen im Türrahmen stand und sich eins lachte.

»Gut du aussiehst, Bella Anna!« Adolfa hielt sie mit ausgestreckten Armen von sich. »Luft in Kalabrien dir steht gut. Aber eh, was ich rede zu lange. Habe Suppe gekocht. Viel zu viel. Rest ist für euch.« Sie wandte sich ab, hob den Deckel vom Topf und wedelte mit der Hand den köstlichen Duft der Minestrone durch den Raum. »Hier. Essen und Liebe machen. Ist wichtig wie Gesundheit. Buon appetito!« Im Hinausgehen kniff sie Leonardo in die Wange und zwinkerte Anna über die Schulter hinweg zu.

Was für eine Frau, dachte Anna. Kam hier rein wie ein Tornado, versprühte Zuneigung und gute Laune und verschwand wieder. Sie mochte Adolfa.

Leonardo stieß sich vom Türrahmen ab, trat auf sie zu und umgriff mit beiden Händen ihren Po.

Fühlte sich so an, als wollten sie dort weitermachen, wo sie vorhin unterbrochen wurden. Zu ihrer Überraschung gab er ihr einen Klaps und grinste. »Diese Suppe macht Appetit. Wollen wir essen? Schließlich ist es schon fast zwei Uhr.« Spielerisch schob er die Unterlippe vor. »Büdde.«

»Gut.« Sie spitzte gespielt die Lippen und reckte das Kinn vor. »Es sei dir gestattet, dich vorher zu stärken.«

»Vorher ...« er blickte sie von unten herauf an und seine grünen Augen blitzen humorvoll.

»Meinetwegen auch danach.«

»Weißt du«, nachdenklich sah er sie an, »Ich liebe deinen Humor. Ganz am Anfang war er nur eine Prise und mit der Zeit kam er immer mehr zutage, und seit du hier bist, kann ich mir dich ohne ihn gar nicht mehr vorstellen.« Er machte eine kleine Pause und sagte mit einem schiefen Lächeln. »Mein kleiner Pumuckl.«

»Pumuckl, ja? Na warte, dir gebe ich Pumuckl.« Sie griff sich die Schöpfkelle, die neben dem Topf lag, und drohte ihm damit. Kurz darauf rannten sie im Zickzack durch die Wohnung, raus aus der Haustüre, wieder rein, und raus auf die Terrasse, wo Anna ziemlich dumpf auf etwas Hartem aufschlug. Sie hatte nicht mehr rechtzeitig das Tempo verringern können, und wurde von einer fast deckenhohen Palme gebremst, die mitten im Weg stand. Sie hätte schwören können, gestern da noch keine Palme gesehen zu haben.

»Oha, das war knapp.« Davide trat hinter dem

Stamm hervor, nahm die Baseballmütze ab und wischte sich mit dem Ärmel Schweiß von der Stirn. Anna murmelte eine Entschuldigung und versteckte, warum auch immer, die Schöpfkelle hinter sich.

»Ja, wenn Anna mal in Fahrt ist, ist sie nicht zu bremsen. Danke, dass du die Palme gebracht hast. Wie hast du sie die Stufen hochbekommen, die ist doch höllenschwer?«

Davide deutete auf zwei junge Burschen, die am Wasser entlangschlenderten. »Prego. Für ein kleines Trinkgeld, nicht von Belang. So, dann geh ich mal wieder. Hab noch zu tun.« Er setzte die Mütze wieder auf und tänzelte die Stufen zum Strand hinunter, nur um ein paar Meter weiter ähnliche Stufen hinauf zu seinem Haus zu nehmen.

Da standen sie nun, an einer riesigen Palme, und Anna wusste, dieser Erdballen von der Größe eines Elefantenkalbes musste irgendwann irgendwie in die Erde.

»Pflanzen wir die nachher ins Beet?«, wollte Anna wissen.

»Denke schon.« Leonardo kratzte sich am Hinterkopf und beäugte das Palmengewächs skeptisch. »Sie ist riesig, das wird ein Kraftakt, sag ich dir.«

»Macht nichts, das schaffen wir. Suppe?«

»Suppe.«

Die Post ist da

Es klingelte gleich zwei Mal.

»Ich geh schon.« Mit einem langen Seufzer legte Leonardo den Löffel neben den Teller, während Anna bereits zum Sofa hechtete und ihr Handy zwischen den Kissen herausfischte. Hier ging es ja zu wie im Taubenschlag.

Es klingelte wiederholt, dann klopfte es.

»Ja, Momentchen, bin ja kein Hamster auf dem Sprung«, nuschelte er und hörte im Hintergrund Anna erstaunt ins Telefon sprechen: »Mom? Ist was passiert?«

Er öffnete die Tür und zuckte geistesgegenwärtig zurück. Gerade noch rechtzeitig, um der zur Faust geballten Hand auszuweichen, die vermutlich erneut ans Holz zu hämmern gedacht.

»Na endlich«, bläffte es ihm unhöflich entgegen. »Paket!«

Die biestige Postbotin drückte ihm ein Paket von der Größe einer Tortenschachtel in die Arme.

»Du liebe Güte ist das schwer. Sind da Backsteine drin?«

»Was weiß ich.« Sie spuckte ihm die Worte förmlich vor die Füße und hielt ihm einen Kugelschreiber hin. »Hier, unterschreiben.«

»Oh, ich hab gerade keine Hand frei. Moment.« Mit einem Fuß schob er die Tür auf. »Kommen Sie doch einfach kurz mit rein, bitte.«

Ohne ihre Antwort abzuwarten, drehte er sich um und marschierte zügig Richtung Esstisch. Das Paket zog ihm die Arme lang. Der Adressaufkleber verriet ihm, dass es nicht für ihn, sondern für Anna war. Aufatmend ließ er das Paket auf einer freien Stelle des Tisches ab und gab Anna Handzeichen, dass dies Paket für sie wäre.

»Mom, ich ruf zurück. Dein Paket ist gerade angekommen. Was? Ja. Nein, ich nehme es dir nicht übel. Schon okay. Echt? Das hast du? Och, das ist ja süß von dir. Danke. Tschüss. Ja, hab dich auch lieb.« Sie steckte das Handy in die Hosentasche und schnaufte laut aus. »Du glaubst nicht, was ...«

»Krieg ich jetzt meine Unterschrift oder wollen Sie erst noch ein Schwätzchen halten?«

Leonardo blieb ein Lächeln im Ansatz stecken. Wo waren seine Worte hin? Eben hatte er doch noch ...? Herrje, war diese Frau ungehobelt. Was war der denn quer gelaufen? Am liebsten hätte er sie genau das gefragt, war aber zu perplex, um überhaupt ein Wort über die Lippen zu bringen. Umso mehr überraschte ihn Anna, die ein fast herzliches Lächeln auf ihre Züge zauberte und der ruppigen Pakettante die Hand entgegenstreckte.

»Hallo, ein Päckchen für mich? Wie schön. Wo muss ich unterschreiben? Hier auf dem Gerät? Ah, danke. Sagen Sie, sind Sie Deutsche? Es klingt so.« Anna unterschrieb und streckte der blonden Frau den Stift hin.

»Erzählen Sie mir bloß nicht, das würde Sie interessieren.« Die Postbotin verzog ihr Gesicht und griff nach dem Schreibgerät. Doch Anna hielt ihn fest.

»Warum sollte es das nicht?«, fragte sie sichtlich verblüfft und schien erst jetzt zu merken, dass ihre Finger den Stift festhielten. »Oh Verzeihung.« Unvermittelt ließ sie ihn los und die Hand der Postbotin schnellte jäh zurück. Beinahe hätte sie sich den Kugelschreiber ins Auge gerammt.

Leonardo zog Luft zwischen den Zähnen ein und rieb sich die Stirn. Das war gerade nochmal gutgegangen.

»Das haben Sie absichtlich getan, Sie, Sie ...« Das Gesicht der Briefträgerin färbte sich dunkelrot und Anna wich verwirrt zurück. Leonardo riss die Situation an sich.

»Niemand will Sie beleidigen oder Interesse heucheln. Wie kommen Sie darauf, Frau ... Bitte, wie heißen Sie?«

»Poletti. Paula Poletti«, presste diese undeutlich zwischen zusammengekniffenen Lippen hervor, und Leonardo meinte zu erkennen, dass die Röte etwas verblasste.

»Paula? Oh«, fasste Anna sich, »Sie sind Deutsche, das höre ich. Wie schön. Wo kommen Sie her?«

»Als wenn Sie das interessieren würde, Sie Heuchlerin!« Poletti spuckte ihr die Worte förmlich vor die Füße und zeigte mit dem Stift auf Annas Mitte.

Anna wich leicht mit dem Oberkörper zurück und warf ihm einen irritierten Blick zu. Doch er konnte nur ebenso verständnislos zurückblicken. War die von Sinnen, die Frau von der Post? Eine schizophrene Persönlichkeit? Signora Jekyll and Mrs. Hyde?

Für einen kurzen Moment breitete sich unheilvolle Stille aus. Er selbst fühlte sich nicht imstande, seinen Mund zu schließen, und Anna stand wie erstarrt.

»Glotzt nicht so bescheuert«, fuhr der weibliche Jekyll herum und giftete jetzt ihn an, den Stift im Anschlag. »Sie gehören auch dazu. Alle seid ihr Heuchler, alle! Ignoranten, egoistisches Pack. Ja, genau das seid ihr. Ein verdammtes egoistisches Pack!« Sagte es und warf das Gerät für die Unterschriften mit Schwung von sich. Es schlidderte über den Tisch und nahm ein Glas, einen Löffel und die kleine Vase mit dem Fliederzweig mit und landete mit einem Scheppern auf den Terracottafliesen.

»Hier,« höhnte sie und spielte mit übertriebener Gestik und hohen Tönen die Übergabe der Post, »Hier, ein Paket. Gerne, bitte, Dankeschön, Grazie, schönen Tag noch.« Sie trat mit Wucht gegen einen Stuhl und ballte die Fäuste, als wolle sie jeden Moment entweder ihm, Leonardo, oder Anna an die Gurgel. »Wie ich das hasse! Ich hasse, hasse, hasse es! Und euch hasse ich auch! Ihr widerwärtiges, zufriedenes Gewächs am Arsch der Zivilisation. Euch ist doch alles egal, alles. Ich ...«

Mit Wucht klatschte sie ihre Hand auf den Tisch, und Leonardo hätte schwören können, der Suppentopf wäre kurz in die Luft gehüpft. Er musste etwas tun. Nur was? Wie ging man mit hysterischen Frauen um? Sie wirkte auf ihn wie sein cholerischer Exchef, der regelmäßig explodierte, sich dann wieder beruhigte und weitermachte, als wäre nichts gewesen, bis zum nächsten Mal. In seine Überlegung hinein heulte es dramatisch auf und Paula Poletti sank auf den Stuhl und vergrub ihr Gesicht in den Händen. Leonardo verstand die Welt nicht mehr. Sie weinte, so bitterlich wie eine Frau nur weinen konnte. Ihre Schultern zuckten unkontrolliert und an sein Ohr drangen nur Bruchstücke von dahingestammelten Worten, die er frei mit »Oh Gott« und »Was ist nur mit mir los« übersetzte. In der Zwischenzeit hatte sich Anna zu ihr gesetzt und einfach eine Hand auf Polettis Arm gelegt. Na, die traute sich was.

Kurzentschlossen füllte er ein Glas mit Wasser und stellte es der Postbotin ohne etwas zu sagen hin, was mit einem geschnieften »Danke« kommentiert wurde.

»Alles okay?«, fragte er vorsichtig.

Ein Schniefen, ein Nicken.

»Sagen Sie«, hörte er Anna. »Sagen Sie, Ihre Fingernägel, die sind ja perfekt maniküert. Darf ich mal sehen? Ich schwöre, die sind echt. Hab ich recht?«

Bitte? Hatte Anna den Verstand verloren? Hier war vor wenigen Minuten der Vesuv ausgebrochen und sie betrachtete in aller Ruhe polierte Hornzellen?

Verstehe einer die Frauen. Wie auch immer, es schien zu funktionieren.

»Hä? Was?«, fragte die Postbotin, senkte ihre Hände und blickte auf.

»Na, Ihre Nägel. Darf ich mal?« Resolut zog Anna eine Hand der Postbotin zu sich und betrachtete sie. »Tatsächlich! Echt. Perfekte French Nails. Wie machen Sie das?«

Leonardo verfolgte die Szene und staunte. Die überrumpelte Frau hatte weder Widerstand geleistet noch sich gewehrt. Im Gegenteil, wie ein gezähmtes Pony hatte sie sich an die Box führen lassen und dem Reiter den Huf überlassen. Das musste er jetzt nicht verstehen, oder? Er hoffte, Anna würde ihm das später erklären. Offenbar war dies eines der von Männern niemals zu ergründenden Geheimnisse. Ein ähnliches Mysterium wie Schuhekaufen und Wellnesswochenenden. Oder so ähnlich. Egal. Er verstand es nicht, und er wurde sich bewusst, dass er noch immer im Zimmer herumstand und möglicherweise ziemlich blöd dabei aussah. Schnell zog er sich einen Stuhl heran und setzte sich, bemüht, keine lauten Geräusche zu verursachen. Wer wusste schon, was genau diesen seltsamen Zauber zerstören konnte.

»Wie Sie das machen?«, wiederholte Anna und tippte mit einem Finger auf den Nagel ihres verdutzten Gegenübers. »Dieser Nagel hat eine perfekte French Maniküre, als wäre es ein künstlicher Nagel. Es ist aber keiner. Wo lassen Sie das machen, bitte verraten Sie es mir.«

Leonardo musste zweimal hinhören. Wenn jemand keinen Wert auf perfekt gestylte Nägel legte, war das Anna. Er öffnete den Mund und schloss ihn gleich wieder. Nein, besser nichts sagen. Das war so ein Frauending, da sollte er sich raushalten. Liebend gerne würde er jetzt ein Bier trinken, und das Paket vor ihm auf dem Tisch machte ihn neugierig. Was Annas Mutter dort wohl hineingesteckt hatte? Es juckte in den Fingern, doch er wagte es nicht, an dem Paket herumzunesteln. Und Anna fummelte immer noch an den Fingernägeln dieser Poletti herum und redete auf sie ein. Seltsamerweise schien das Gerede um Nichtigkeiten der Frau gut zu tun. Ihre Gesichtsfarbe hatte sich weitgehend normalisiert und ihre Züge wirkten nicht mehr so verkrampft. Lediglich eine leichte Röte, die durchaus als Beschämung durchgehen konnte, bedeckte ihre Wangen. Aus dem blonden, streng zurückgebunden Zopf hatten sich vereinzelte Strähnen gelöst und fielen ihr ins Gesicht. Sie wirkte beinahe ... hübsch. Und jünger, als es der erste Eindruck vermittelt hatte, höchstens Mitte dreißig.

»Äh, danke, das mach ich selbst. Aber ...« Poletti legte eine Pause ein und die Lippen formten sich zu einem schmalen Schlitz, während sie Anna anstarrte, ohne zu blinzeln. Sie würde doch nicht wieder die Nerven verlieren? Bitte nicht. Langsam zog er das unversehrte Glas zu sich und hielt sich daran fest.

»Ja?« Anna gab der Postbotin die Hand zurück

und sah sie offen und freundlich an.

Leonardo widerstand dem Bedürfnis, die Luft anzuhalten, fühlte sich wie ein Zuschauer in einem Theaterstück, und hatte das Gefühl, das war gut so. Mit einem Male füllten sich Polettis Augen erneut mit Wasser und dann brach es aus der Frau heraus.

»Entschuldigen Sie bitte, ich ..., ich weiß überhaupt nicht, was da eben mit mir geschehen ist. So kenne ich mich gar nicht, ich bin so nicht. Anders, ganz anders bin ich, eigentlich. Nicht so ... wütend. Und ... das mit dem Glas tut mir leid. Ich bezahle es Ihnen, kann gar nicht sagen, wie leid ...« Die Tränen raubten ihr die Stimme.

Sie musste über eine sehr lange Zeit sehr viel Wut in sich gesammelt haben. Leonardo sah zu Anna hinüber, die seinen Blick mit einem Schulterzucken erwiderte. Sie wirkte nun ähnlich hilflos wie er selbst. Annas Lippen formten ein Wort, das sich wie »Taschentuch« las. Natürlich, wie unhöflich von ihm. Hastig sprang er auf, lief an die Kommode und zog ein Päckchen Taschentücher aus einer Schublade. Vorsichtig zog er ein Tuch heraus und reichte es Paula Poletti. »Hier, bitte.«

Mit einem lauten Schluchzen und ohne sie beide anzusehen, nahm sie es entgegen und schnäuzte sich lautstark.

»Das wird teuer«, sagte Anna, und Leonardo zuckte innerlich zusammen, begriff jedoch sofort, als er die Lachgrübchen neben ihren Mundwinkeln entdeckte. »Du wirst uns für das Glas jetzt leider duzen müssen, Paula. Ich bin Anna, sagte ich das schon?

Und der Mann mit dem Taschentuch ist Leonardo.« Jetzt zwinkerte sie ihm bedeutungsschwer zu.

In diesem Moment überkam ihn das Gefühl, eine ähnliche Situation bereits schon einmal erlebt zu haben. Ja, natürlich. So hatte er Anna kennengelernt. Vor etwas mehr als einem halben Jahr im Fitness-Studio. Sie hatte auf einer Trainingsbank gesessen, bitterlich geweint und er hatte ihr ein Taschentuch gegeben. Und jetzt stand er wieder hier und gab einer weinenden Frau ein Taschentuch. Er grinste Anna an.

»Soll ich uns einen Kaffee machen?«, fragte er.

Anna nickte. »Kaffee ist immer gut. Paula?«

»Gerne. Danke. Sehr freundlich von Ihnen, euch. Verzeihung.« Offensichtlich beschämt zerknüllte sie das Taschentuch in ihrer Hand.

Froh, einen Vorwand gefunden zu haben, der ihn für einen Moment aus der Situation entfernte, begann er, die Mokkakanne mit Kaffee zu füllen, und ließ sich dabei Zeit.

»Wisst ihr«, begann Paula zögerlich, »Wir, also mein Mann und ich, sind noch nicht lange hier. In Kalabrien, meine ich. Wir haben in Neapel gelebt, aber nur kurz. Davor in Köln. Er arbeitet bei der Post, so wie ich. Nur ich trage aus, er ist am Schalter. Jetzt auch, in Crotone. Ich bin schon immer Postbotin. Mein Vater war es, mein Großvater ebenso. Ach, ich hab seine Geschichten so geliebt, die er erzählte. Damals war alles anders, alles anders, ich ...« Plötzlich stand sie auf. »Ich sollte gehen. Was tu ich hier überhaupt.«

Anna zog sie zurück auf den Stuhl. »Reden«, bestimmte seine Anna unerwartet forsch. »Wenn du mich fragst, ist das dringend nötig. Setzen.«

»Ich frag aber nicht!« Trotzig reckte Poletti das Kinn vor.

»Hm, das sollte ich respektieren.« Anna stimmte zu, lehnte sich im Stuhl zurück und verschränkte die Arme und legte eine kleine Pause ein. Eindringlich sah sie Poletti an. »Aber ich denke, du bist uns das schuldig. Sonst werden wir uns ewig das Hirn zermartern, was dir wohl für eine Spinne über die Milz gekrabbelt sein mag.«

»Heißt das nicht *Laus über Leber*?«, warf Poletti ein.

»Wie auch immer. Also, du sagtest, früher war alles anders.«

»Ja ...« Poletti seufzte, schnäuzte sich erneut, und das Wasser kochte.

Leonardo lehnte an der Küchentheke und hörte gefesselt zu. So sehr, dass er den Kaffee beinahe vergessen hätte. Schnell bereitete er den Mokka zu und stellte die Kanne und drei kleine Tassen auf den Tisch. »Was war anders?«, wollte Anna wissen und schenkte den Kaffee ein. »Zucker?«

»Ja bitte.«

Leonardo verfolgte verblüfft, wie Poletti vier gehäufte Teelöffel Zucker in die winzige Tasse gab. Nervennahrung, dachte er. Sie braucht das jetzt.

»Alles war anders«, fuhr sie fort. »Früher war alles anders. Mein Großvater erzählte, dass die

Menschen freundlich zu den Briefträgern waren. Sie haben sich gefreut, wenn die Post kam. Wisst ihr, von ihm ging ein Zauber aus. Er war etwas Besonderes. Er war der Briefträger, jeder kannte ihn und er kannte jeden und wurde von jedem gemocht. Oft kam er nach Hause und brachte Dinge mit, die er geschenkt bekommen hatte. Ein paar Eier, selbst gemachte Marmelade, einen Schal für den kalten Wind, einen halben Kuchen. Es verging beinahe kein Tag, an dem er nicht eine Kleinigkeit mitbrachte. Und im Dorf wurde er immer wie ein alter Freund begrüßt. Er war der Briefträger, er war etwas Besonderes. Immer ging er morgens lächelnd aus dem Haus und kam am Abend lächelnd zurück. Und ich ...«, seufzte sie und nahm einen Schluck Mokka, »wollte immer nur eines: Briefträgerin werden.«

»Aber das bist du doch?«, platzte es aus ihm heraus.

»Nein.« Sie schüttelte traurig den Kopf. »Das bin ich nicht.«

»Lass mich raten.« Anna lehnte sich im Stuhl zurück, die Mokkatasse in den Händen haltend. »Du hast den eigentlichen Postboten kaltblütig ermordet und machst heimlich seinen Job. Verstehe.«

Leonardo unterdrückte nur mit Mühe ein Lachen.

»Nein, nein.« Oha, Paula konnte lächeln. Machte sie wesentlich sympathischer.

»Ich verstehe es nicht.« Anna wurde ernst, stellte die Tasse ab und beugte sich so weit vor, dass sie ihre Ellenbogen auf den Knien abstützen konnte.

»Jetzt mal Butter bei die Fische. Was meinst du?«

»Was ich meine?« Unvermittelt schossen neue Tränen aus Polettis Augen. »Man mag mich nicht, das meine ich. Noch nie. Nicht in Köln, nicht Neapel und hier in Strongoli ebenfalls nicht.«

Leonardo zog ein weiteres Tuch aus der Packung und schob es ihr rüber. Sie nahm es dankbar an und wischte sich damit die Augen trocken. »Danke, Lorenzo.«

»Leonardo.«

»Tschuldigung.«

»Kein Thema. Und warum denkst du, dass man dich nicht mag?«, fragte er. Naja, dachte er bei sich, wenn ich permanent muffelig und pampig wäre, würde man mich auch nicht mögen.

»Ja, Paula«, sagte Anna und schenkte Kaffee nach. »Das würde mich auch interessieren. Erzähl.«

Leonardo betrachtete Annas Profil. Wie süß die Sommersprossen sich auf ihrer Nase verteilten. Die Sonne Italiens hatte ihr ein paar mehr auf die jetzt leicht gebräunte Haut gezaubert. Eine wunderbare Frau, seine Anna, dachte er und es wurde ihm ganz warm ums Herz. Als hätte sie seine Gedanken wahrgenommen, blickte sie ihn unvermittelt an, lächelte und strich sich eine kurze rote Strähne aus der Stirn.

»Ach, ich weiß auch nicht«, begann Paula. »Sie nehmen mich nicht wahr, die Menschen. Ich stecke die Post in den Briefkasten und keiner ist da. Gebe ich ein Paket ab, denkt keiner dran, mir einen Guten

Tag zu wünschen. Oft ist es sogar so, dass ich angesehen werde, als wolle ich etwas verkaufen, was keiner haben will. Verächtlich, genervt. Was habe ich nur an mir? Stinke ich? Bin ich hässlich? Habe ich ein Schild auf der Stirn, auf dem steht: Bitte nicht ansprechen, spuckt Galle? Was ist mit mir nicht Ordnung? Warum behandeln die Menschen mich wie Luft? Ich hatte gehofft, hier wäre es anders. Ist es aber nicht. Wo ist denn die italienische Liebenswürdigkeit, wenn man sie braucht? Ach«, winkte sie ab, »Was erzähle ich euch das und warum eigentlich? Es ändert nichts. Morgen gehe ich wieder raus und bin nur die ..., die ...«.

»Frau, die die Post bringt«, vervollständigte Anna den Satz. »Ich glaube, ich verstehe dich.«

»Ja!« Paula schlug mit der Hand auf den Tisch. »Genau die bin ich, genau die. Nicht mehr und nicht weniger.«

»Und du wärst gerne mehr.« Leonardo formulierte dies eher als Tatsache denn als Frage, und insgeheim hoffte er, sie würde nicht wieder die Selbstbeherrschung verlieren. Seine Befürchtungen bewahrheiteten sich zum Glück nicht. Poletti schien gefasst zu sein.

»Möglich, ja, irgendwie schon.«

»Wie dein Großvater.« Anna nickte, nippte am Kaffee und zog die Nase kraus. »Uh, der schmeckt lauwarm nicht halb so gut.«

»Vielleicht hast du Recht.« Paula zuckte mit den Schultern, seufzte und stand auf. »Ich hab genug eurer Zeit gestohlen. Entschuldigt bitte, ich sollte nicht ...«

Leonardo erhob sich, mehr aus Höflichkeit, als das er beabsichtigte, sie, wie zuvor Anna es getan hatte, auf den Stuhl zurück zu zuziehen.

»Paula, nimm es mir nicht übel, vielleicht könntest du versuchen, den Menschen zuerst mit Freundlichkeit, mit einem Lächeln zu begegnen. Ich glaube, du bist von Anfang an mit hohen Erwartungen in diesen Beruf eingestiegen, die nicht erfüllt werden konnten. Kann das sein?«

»Wie soll man freundlich sein, wenn man durchweg ignoriert wird?«

»Naja«, sagte Anna. »Schau mal, wenn du durch eine Stadt gehst, sagen wir mal, eine belebte Fußgängerzone in Köln, und du hältst gespannt Ausschau nach einem liebenswürdigen Menschen, der dir im Vorbeigehen nett zulächelt, klappt das nur dann, wenn du mit dem Lächeln anfängst. Wir haben dich vorhin am Meer unten getroffen, du erinnerst dich?«

»Ähm, ja ...«

»So, und wie hast du uns begrüßt?«

»Gar nicht?«

»Na ja, eher muffelig gar nicht«, warf Leonardo ein.

»Stimmt. Verzeihung.«

»Ja, aber merkst du es nicht?«, rief Anna.

»Was?«

Okay, sie war wohl etwas schwer von Begriff, oder aber sehr festgefahren in ihrem Bild von sich selbst und anderen.

»Na, dass du uns so böse angesehen hast, dass wir innerlich auf Abstand gingen.«

»Hm.«

»Ja«, antworteten er und Anna aus einem Munde.

Leonardo versuchte, ebenfalls etwas beizusteuern. »Vielleicht gehst du aufgrund der schlechten Erfahrungen in der Vergangenheit davon aus, dass man dir verhalten begegnet. Das ist das Hammer-Prinzip. Man verrennt sich in einen Gedanken, bis er zur eigenen Wahrheit wird.«

»Hammer-Prinzip?«, wollte Anna wissen und Polettis stimmten ihr zu.

»Also«, begann er und setzte sich auf die Tischkante, ein Bein am Boden lassend. »Ein Wissenschaftler, ich glaube, er hieß Watzlawick, schrieb so eine Art Anleitung zum Unglücklichsein. Wir, also meine ehemaligen Kollegen und ich, haben das mal unserem Chef geschenkt. Die Geschichte ist mir in Erinnerung geblieben, weil sie irgendwie witzig war und ..., egal. Also, ich gebe mal die Kurzfassung. Ein Mann will ein Bild aufhängen, hat aber keinen Hammer. Den will er sich vom Nachbarn ausleihen. Doch dann meint er sich zu erinnern, dass der Nachbar ihn gestern so seltsam gegrüßt hätte. Und nicht nur gestern. Und geguckt hat er ebenfalls komisch. Sicher hatte er etwas gegen ihn, kann ihn nicht leiden. Aber er hatte dem Nachbarn doch nichts getan. Also, er würde ihm ja jederzeit etwas leihen. Aber der Nachbar ihm sicher nicht. Was sind das überhaupt für Menschen, die einem einen so einfachen Gefallen verwehren?

Fürchterlich, solche Leute braucht kein Mensch. Der soll seinen Dreckshammer behalten. Auf diese Weise schraubt er sich immer weiter hoch. Na, auf jeden Fall, der Mann wird schließlich zornig, klingelt beim Nachbarn und brüllt ihn an: Ich brauch deinen Dreckshammer gar nicht, du Depp.«

Schweigen. Paula runzelte die Stirn, und Anna brauchte nur kurz, bevor sie herzlich loslachte.

»Ihr meint, ich habe mir nur eingeredet, dass die Menschen etwas gegen mich haben?«, schlussfolgerte Poletti.

»Ja, möglich wäre das schon. Aber erst, nachdem sie deine Erwartungen nicht erfüllt haben, dir so zu begegnen wie deinem Großvater.«

»Ihr könntet Recht haben«, überlegte sie und strich eine blonde Strähne hinters Ohr. »Opa sagte immer: Erwarte nichts, dann wirst du auch nicht enttäuscht werden.«

»Guter Mann«, brummte Leonardo und fragte sich, warum sie seinem Rat dann nicht gefolgt war.

»Also, wir mögen dich«, strahlte Anna. »Und deine Fingernägel sind eine Wucht. Ich werde sie niemals so hinbekommen. Sieh mal.« Sie spreizte ihre Finger vor Paulas Gesicht. »Die wachsen immer nur kurz bis über die Kuppe und brechen dann ab, da kann ich feilen und ölen, wie ich will, nicht in tausend kalten Wintern bekäme ich sie so wunderbar hin wie du deine.« Anna ließ die Hände wieder sinken. »Und jetzt lächelst du und bist dabei wahnsinnig hübsch, weißt du das? Leonardo, was meinst du?« Sie stupste ihn an. »Aber nicht übertreiben.«

»Ganz meine Meinung. Solltest du öfter tun.« Er hob den Daumen in Paulas Richtung.

Paula Poletti lächelte verschämt. »Ihr seid total nett, danke. Wie kann ich mich revanchieren? Darf ich euch bei Gelegenheit zu einem Tee einladen? Oder zu Kaffee und Kuchen?«

»Gerne«, antwortete Anna. »Dann können wir gleich deinen Mann kennenlernen. Du wohnst in Crotone?«

»Ja, noch. Womöglich ziehe ich in diesen Ort«, sagte Poletti, holte tief Luft und ging in Richtung Tür. »Habe ich eben beschlossen. Hinter dem Postamt soll eine kleine Wohnung frei sein, sagt man. Aber meinen Mann werdet ihr wohl nicht mehr kennenlernen.«

Oh, er würde doch nicht verstorben sein? Wie schrecklich. Leonardo mochte gar nicht weiterdenken, erkannte, dass Anna Ähnliches durch den Kopf ging. Unterdessen waren sie an der Tür angelangt. Poletti trat hinaus, drehte sich um und lächelte.

»Nein, keine Angst, mit ihm ist alles soweit in Ordnung. Aber ...« Sie zeigte auf das Schild über der Tür. »Da steht etwas, das auch für mich in meinem Zuhause gelten sollte. Und eigentlich nicht nur da. Aber das tut es nicht, schon seit über fünfzehn Jahre nicht mehr.«

Leonardo war gleichermaßen sprachlos wie Anna. In dem Ausbruch hatte viel mehr gesteckt, als sie vermuten konnten.

Fünf Minuten später schlossen sie die Tür hinter einer Postbotin, die sich lächelnd auf ihr Fahrrad geschwungen und das Haargummi aus dem Zopf gezogen hatte, bevor sie losgefahren war.

»Puh!« Anna ließ sich auf den Stuhl plumpsen. »Was war denn das?«

»Frag nicht mich. Grappa?«

»Einen doppelten, bitte.«

Leonardo stellte zwei Schnapsgläser auf den Tisch und schenkte randvoll ein. »Was mich interessiert, warum hast du dich so für ihre Fingernägel begeistert? Das war strange.«

»Das war, wenn Papageien pupsen.«

»Was?«

»Wenn Papageien pupsen. Den Überraschungsmoment nutzen. Haben wir oft angewendet, wenn Kinder Angst auf dem Zahnarztstuhl hatten. Das wirkt ähnlich wie ein Schwall Wasser, nur positiv. Es bringt dich sofort auf andere Gedanken. Kannste nur nicht immer machen, das mit dem Wasser. Und es hat definitiv nichts mit der Situation zu tun, in der die Person sich in dem Moment befindet. Und die Fingernägel sind wirklich topmanikürt, das muss ich ihr lassen. Bin fast ein bisschen neidisch.«

»Du bist der Hammer.«

»Ne, das war der Watzladings.«

Was für eine Frau! Er konnte nicht anders, nahm ihr herzförmiges Gesicht zärtlich in seine Hände und küsste sie lange und hingebungsvoll. Mmh, sie schmeckte nach Kaffee und Grappa und Anna.

Nur schwer riss er sich wieder von ihr los.

»Willst du nicht das Paket öffnen? Ich will endlich wissen, warum das Teil so verdammt schwer ist.«

Anna lachte und hielt ihm das leere Glas hin. »Noch einen, bitte. Warum es schwer ist, kann ich dir sagen. Wegen des Streuselkuchens.«

»Streuselkuchen. Ja, klar.«

»Ja«, gickerte sie und er hätte sie am liebsten sofort zum Bett gezogen, so niedlich sah sie dabei aus. »Weil Mom den Streuselkuchen in einen Steinguttopf gepackt hat, damit er heil ankommt. Und zwei Bücher liegen auch dabei.«

Bücher und Steinguttöpfe. Anna hatte eine seltsame Mutter. Oder waren Mütter so? »Was für Bücher?«

»Grimms Märchen und Onkel Toms Hütte. Meine Lieblingsbücher aus der Kindheit.«

»Und die schickt sie dir? Warum?«

»Damit ich hier etwas habe, was mich an zu Hause erinnert. Ist doch süß, nicht? So, und jetzt hab ich Lust auf Streuselkuchen. Hast du mal eine Schere?«

Kurze Zeit später hob Leonardo den schweren Steinguttopf aus der Pappkiste und Anna nahm die Bücher heraus.

»Oh! Ach ja, das hatte sie erwähnt.«

»Was ist das?«, fragte er, als er sah, dass sie einen Brief in der Hand hielt.

»Ein Brief. Von Marc.«

»Noch einer?«

»Ja, er geht gerne auf Nummer sicher. Hatte sich wohl gedacht, dass ich seinen Brief nicht öffnen werde und hat meiner Mutter den gleichen zum Einpacken gegeben.« Sie zuckte mit den Schultern. »Ich nehme es ihr nicht übel. Sie hat sich vorhin entschuldigt. Eigentlich will sie ja nur das Beste für mich, wie alle Mütter.«

Leonardo beschloss, zum Brief nichts zu sagen. Es war ihre Entscheidung, ob sie diesen Brief öffnen würde, und ihre Entscheidung, ihm zu erzählen, was darin stand, oder eben nicht. Die Wahrheit war, er brannte darauf, zu erfahren, was Annas Ex geschrieben hatte. Aber das würde er niemals zugeben. Niemals. So wahr er Leonardo Joshua Gilardino hieß.

»Jetzt interessiert es mich doch, was drinsteht«, gab er zerknirscht zu.

»Mich auch.« Anna legte den Brief auf den Tisch und beäugte ihn skeptisch.

»Der öffnet sich nicht von alleine«, erwähnte er beiläufig, und versuchte, sich nicht anmerken zu lassen, wie angespannt er tatsächlich war.

»Nein, tut er wohl nicht.« Sie verschränkte die Arme vor der Brust. »Mach du ihn auf.«

»Es ist dein Ex, oder meinst du, es könnte eine Briefbombe darin sein?«, versuchte er, seine innere Nervosität zu überspielen, riss die Augen auf und presste eine Hand vor den Mund. »Oh mein Gott.«

Sie streckte ihm die Zunge raus, griff zur Schere und öffnete den Brief.

Vollklatsche

Anna rümpfte die Nase. Der Brief war am Computer verfasst und ausgedruckt worden. Viel Mühe hatte er sich ja nicht gegeben. Nun, Persönliches war nie Seins gewesen. Unten rechts stand etwas flüchtig Gekritzeltes. Das las sie zuerst.

Wenn Du diesen Brief mit dem Paket Deiner Mutter erhalten und schon einmal gelesen hast, musst Du Dir die Mühe nicht geben. Es steht das Gleiche darin. Und nur für den Fall, dass Du den ersten Brief zerrissen hast, hier noch einmal.

Ich kenn Dich, Anna!

Blödmann! Was fiel dem eigentlich ein, so hochnäsige Worte zu verfassen, noch dazu unsauber geschrieben, und mit festem Druck des Kugelschreibers. War er wütend gewesen? Klar, was sonst. Sie hatte ihn ja schließlich verlassen. Wie kam er darauf, dass sie den ersten Brief zerrissen haben könnte? Die Tatsache, dass er sie so gut kannte, ärgerte sie. Nun, dann würde sie jetzt eben den Rest lesen und den Brief danach zerreißen. Auch gut. Nebenbei ärgerte sie sich darüber, dass sie sich ärgerte.

Teuerste Anna,

nun bist Du wohl gut in Italien angekommen. Genieße es, solange Dich die Realität noch nicht eingeholt hat. Arbeitet Dein toller Leonardo eigentlich etwas oder verkauft Ihr Selbstgebasteltes auf dem nächsten Touristenmarkt? Na ja, wie dem auch sei, Du siehst mich leidend, und ich kann Dich nur dringend daran erinnern, Deinen Verstand zu bemühen und zu mir zurück zu kehren. Für einen Urlaubs-flirt mag es ja ganz nett sein, was Du da tust, aber für ein ganzes Leben? Dafür bist Du nicht geschaffen. An meiner Seite ist Platz für Dich und Deine Bedürfnisse, die ich vor-züglich zu befriedigen verstehe, wie du sicher weißt. Machst Du eigentlich weiter dein Fitnessprogramm? Denk daran, wie schnell Dein Bindegewebe schlappmacht. Aber in dem Fischerdorf gibt es sicher kein Fitness-Studio. Anna, komm nach Deutschland zurück. Ich vergebe Dir. Mir ist klar geworden, dass Du große Angst vor der Entscheidung hast, mit mir vor den Traualtar zu schreiten. Ja, Du hast richtig gelesen! Ich will Dich heiraten. Du bist die perfekte Frau an meiner Seite.

Aber Du musst nichts überstürzen, lass Dir Zeit. Ich ge-be Dir drei Monate, das sollte reichen, um aufzuwachen.

In Liebe, Dein Marc

P.S.: Anbei findest Du fünfzig Euro. Kauf Dir was Net-tes.

Anna lies den Brief sinken und wusste nicht, ob sie laut auflachen oder heulen sollte. Warum musste Marc sich als kompletten Kotzbrocken bloßstellen? Damit zerstörte er alles, das ihr in guter Erinnerung geblieben war. Er hatte durchaus seine positiven Seiten, lustige, interessante und, ja, auch liebevolle.

Sie war ja nicht umsonst mit ihm zusammengekommen und bei ihm geblieben. Dieser Brief jedoch brachte alles Üble von ihm zum Vorschein. Es bestätigte sie zwar in ihrer Entscheidung, machte sie jedoch auch traurig.

»Was steht drin? Willst du es mir sagen?«

Leonardo hatte sich diskret zurückgehalten und geschwiegen, während sie gelesen hatte. Selbst jetzt wirkte seine Frage sehr dezent und alles andere als aufdringlich. Sie sah ihn an, wie er im Stuhl saß, ein Ellenbogen lag auf dem Tisch, seine Hand drehte nervös das Glas, die andere lag auf seinem Fuß, den er übers Knie gelegt hatte. Ihr Leonardo war so ganz anders als Marc. Ihr Ex achtete stets auf ein perfektes Äußeres. Er ließ sogar seine Boxer-Shorts bügeln. In verwaschenen Jeans herumzulaufen, wäre ihm nie in den Sinn gekommen, und T-Shirts besaß er nur, weil man zum Sport keine Hemden anzog. Vor ihr saß ein völlig unverkrampfter Mensch, der unverfälscht, offen und ehrlich war und auf akkurat gefaltete Unterwäsche pfiff. Leonardo trug heute ein einfaches weißes Shirt, Jeans, die er oberhalb der nackten Füße hochgekrempelt hatte und ... Ja, sonst eigentlich nichts. Seine Haare waren nicht streng zurückgegelt, sondern fielen ihm in wirren braunen Locken in die Stirn. Und wenn er lachte, lachten seine Augen mit. Grün auf Grün. Seele auf Seele.

»Du kannst ihn sogar selbst lesen«, sagte sie und schob ihm das Papier rüber. »Ach, guck mal, er hatte die Spendierhosen an und Geld beigelegt. Er glaubt doch tatsächlich, wir leben hier bei Wasser und Brot und hoffen darauf, dass für das Abendessen ein Fisch anbeißt. Kaum zu glauben.«

Sie schüttelte den Kopf. Was machte sie mit dem Geld? Zurückschicken, natürlich. Was sonst. Egal, was sie davon kaufen würde, es würde ihr im Hals oder sonst wo stecken bleiben. Schade um das Porto.

In der Zwischenzeit hatte Leonardo den Brief ebenfalls gelesen und ließ ihn unübersehbar belustigt sinken.

»So, du hast also Probleme mit dem Bindegewebe. Gut, dass ich das erfahre. Wie konntest du mir so einen essenziellen Punkt verschweigen, werte Anna?«

Sie sah sein Lachen sich an die Oberfläche durchbrechen, und ihr Ärger verschwand mit dem nächsten Windhauch, der sich vom Meer herauf durch die offenstehende Terrassentür Eintritt verschaffte.

»Und in diesem elenden Fischerdorf gibt es weder ein Sportstudio mit Wellnessoase, noch ein adäquates Fünf-Sterne-Restaurant. Wie konntest du mir diese überlebenswichtigen Details verschweigen, verehrter Herr Gilardino?«

Jetzt lachte er, und sie glaubte, aus seinem Lachen nicht allein Belustigung, auch Erleichterung, herauszuhören, als würde er innerlich aufatmen. Sie nahm seine Hand.

»Irgendwie fühle ich mich befreit. Dieser Brief ... Ich weiß nicht, es war mir ja alles vorher klar, sonst wäre ich nicht hierhergekommen, hätte mich nicht für dich entschieden. Aber dieser Brief, er hat irgendwie genau das Gegenteil bewirkt, was sich Marc erhofft hatte. Er hat´s einfach nicht drauf, was? Und er merkt es nicht einmal, findet sich noch toll dabei. Er hat mir eher noch den finalen Punkt verpasst, den ich eigentlich nicht gebraucht hätte. Aber ihn so deutlich präsentiert zu bekommen, ist einerseits traurig, anderseits eine Wohltat. Ganz ehrlich?« Sie stand auf, setzte sich auf Leonardos Schoß und wuschelte mit beiden Händen in seinen dichten Haaren. »Neben seinen positiven Eigenschaften hat der Mann eine ausgewachsene Vollklatsche, und ich verstehe nicht, wie mich jahrelang von diesem Macho habe blenden lassen.«

Sie schnappte sich Marcs Brief, zupfte ihn in kleine Stückchen und baute aus den Papierfetzchen einen kleinen Hügel für den Fünfzig-Euro-Schein. »Den schicke ich zurück mit dem Vermerk, er soll es in seine nächste Flamme investieren, das wäre besser angelegtes Kapital.«

Anna fühlte sich von sanften Händen an der Taille umfasst. Langsam zog dieser wunderbare Mann sie nah zu sich und vergrub sein Gesicht in ihrem Dekolleté.

»Hihi, lass das, deine Bartstoppeln kitzeln. Das pikst, autsch.«

»Na, piksen wollen wir nicht.« Er hauchte ihr einen Kuss zwischen die Brüste und hob seinen Kopf, blickte sie aus seinen unendlich grünen Augen an. »Und was machen wir in drei Monaten?«

»In drei Monaten?«

»Na, so lange bleibt dir Zeit, dich zu entscheiden.«

»Hm, lass mal überlegen.« Sie legte den Zeigefinger an die Lippen und blickte nach links oben. Menschen, die angestrengt nach einer Lösung suchen, suchen diese immer links oben, hatte ihr eine Hobbypsychologin in einem anderen Leben erklärt. Ah, da war sie auch, die Lösung. »Ganz einfach, ich hänge den Geldschein an den Kalender auf Anfang Juli. Dann sind drei Monate um und er bekommt ihn zurück. Gute Idee?«

»Gemeine Idee.«

»Zu gemein?«

»Glaube nicht. So, und jetzt interessiert mich eher, was wir die nächsten drei Stunden machen.« Er packte sie fest, stand schwungvoll auf und hob sie mit hoch. Vor Schreck hatte sie die Beine um ihn geschlungen und sie wie auf einem Pferderücken mit Druck an ihn gepresst.

»He, machst du mir jetzt den Hengst?«, fragte sie, und er vollführte als Antwort einige Galoppsprünge Richtung Schlafzimmer. Dort angekommen, drehte er sich, sodass ihre Rückseite dem Bett zugewandt war, warf sie ab und stemmte die Hände in die Hüften. »Nenn mich *The Italian Stallion*, Baby.«

»Nein«, jaulte sie gespielt auf, »nicht den, bitte. Mach mir bloß nicht den Rocky.«

»Den Rocky?« Er sackte von Siegerpose in Fragezeichen.

»Silvester Stallone. Rocky Balboa. The eye of the tiger. Die Boxerfilme. Na? Klingelt es?«, gickerte Anna.

»Oh«, er schlug sich an die Stirn und lachte, »die

hatte ich definitiv nicht im Sinn.«

»Zum Glück«, sagte sie und klopfte mit der Hand neben sich. »Komm her. Nimm mich ...«

»Sehr gerne.« Ohne sie ihren Satz beenden zu lassen, landete er mit einem Hechtsprung neben ihr, drehte sich auf die Seite und stütze seinen Kopf in die Hand.

»Nimm mich in den Arm, wollte ich sagen.« Sie knuffte ihm in die Rippen. »Männer! Hören niemals zu und verstehen nur das, was gerade gelegen kommt. Tsts.«

»Oh, darüber lässt sich reden. Ich finde, du kommst gerade sehr gelegen.« Mit dem Zeigefinger fuhr er zärtlich die Linie ihres Schlüsselbeines bis zu der Kuhle unterhalb des Kehlkopfes nach, verharrte dort einen Moment und liebkoste die Stelle, die er vor wenigen Minuten mit seinen Bartstoppeln geärgert hatte.

»Hier hat´s gepikst? Muss ich weg küssen.«

»Mmh.« Himmel, tat das gut. Dieses Kribbeln, diese Wärme in ihrem Schoß. Hach. »Da auch«, ihre Hand zeigte eine Stelle in der Nähe ihres Bauchnabels. »Da zwickt es auch ganz entsetzlich.«

Lächelnd folgte sie mit offenen Augen seinem Wuschelkopf auf dem Weg nach unten und zeigte ihm noch ein paar Stellen mehr, die unbedingt auf diese Weise behandelt werden mussten.

Mein Herz, ich will dich fragen,
Was ist denn Liebe, sag? -
»Zwei Seelen, ein Gedanke,
Zwei Herzen und ein Schlag!«

Und sprich, woher, woher kommt Liebe? -
»Sie kömmt und sie ist da!«
Und sprich, wie schwindet Liebe? -
»Die war's nicht, der's geschah!«

Und was ist reine Liebe? -
»Die ihrer selbst vergisst!«
Und wann ist Lieb am tiefsten? -
»Wenn sie am stillsten ist!«

Und wann ist Lieb am reichsten? -
»Das ist sie, wenn sie gibt!«
Und sprich, wie redet Liebe? -
»Sie redet nicht, sie liebt!«

Friedrich Halm, 1806-1871

Von Kaffee

und Erdlöchern

»Buon giorno, Anna.« Sofia, Annas Nachbarin und Leonardos alte Schulfreundin, tänzelte morgenfrisch durch die Tür und führte dabei verschmitzt lächelnd einen Korb mit herrlich duftenden Brötchen an Annas Nase vorbei. »Hast du mal rausgesehen? Das Wetter ist eccellente. Heute wird es warm, richtig warm. Der Frühling gibt alles. Bis fünfundzwanzig Grad. Non è fantastico?«

Anna lächelte tapfer, unterdrückte ein Gähnen und blickte auf die Uhr. »Ja, das ist super. Hey, es ist erst kurz nach sieben, seid ihr aus dem Bett gefallen?«

»Du vergisst, ich habe zwei Kinder. Die wollen zwar nicht, aber müssen in die Schule und in den Kindergarten. Soll ich uns einen *caffè* machen? Ich habe noch ein bisschen Zeit«, rief sie, stellte den Korb auf den Tisch und griff zur Mokkakanne, die stets griffbereit neben der Spüle stand.

Wie konnte ein Mensch morgens um diese Zeit so hellwach ins Leben sprudeln? Aber ob sie wollte oder nicht, Sofias sonnige Laune sprang augenblicklich auf sie über. Anna schloss die Tür und trat zu Sofia in die Küche.

»Gerne. Zeigst du mir, wie das geht? Ich habe noch nie Kaffee mit so einer Kanne gemacht, aber er schmeckt genial.« Oha, knapp über zwei Sätze.

Kein Zweifel, sie war wach.

Die Morgensonne streckte ihre zarten Finger durch das Sprossenfenster und draußen begrüßten die Vögel diesen Tag, der in der Tat wunderbar zu werden schien. Anna blinzelte gegen die Sonne aus dem Fenster. Kein Wölkchen am Himmel. Fünfundzwanzig Grad! Und das Anfang April. Sie konnte ihr Glück kaum fassen. Sie vermisste den deutschlandtypischen Schneeschmodder unter dunkel verhangenem Himmel nicht. Auch nicht halbgefrorenen Nieselregen, der sich unangenehm vom Wind gepeitscht gegen jeden stellte, der sich bei dem Sauwetter ins Freie wagte. Seit vielen Jahren hatte sie den Wunsch gehegt, irgendwann, vermutlich im Alter, diesem Klima zu entfliehen und ihren Lebensabend dort zu verbringen, wo Orangenbäume im Freien wuchsen. Und jetzt hatte sie es getan. Einfach so. Peng. Das beschauliche Strongoli im sonnenverwöhnten Kalabrien hatte sie erst vor wenigen Tagen mit offenen Armen und Herzen empfangen. Der Grund dafür schnorchelte noch friedlich nebenan. War spät geworden heute Nacht, oder früh, wie man es eben betrachtete.

Anna lächelte in sich hinein und wuschelte sich mit einer Hand über ihr rotes, kurzes Haar, als ein angenehmes Ziehen in der Lendengegend die Erinnerung an letzte Nacht ausgrub.

»Schläft Leonardo noch?«, fragte Sofia und begann, kleine Tassen auf ein Tablett zu stellen.

Anna schimpfte sich auf der Stelle eine miserable Gastgeberin. Nicht nur, dass sie in Slip und

Schlafshirt untätig an der Küchentheke lehnte, als ginge sie das alles gerade nichts an, nein, sie hatte auch keinerlei Anstalten gemacht, sich zu bedanken und sich noch nicht einmal die Zähne geputzt. Verstohlen hauchte sie in ihre Hand. Du liebe Güte, wer dicht an sie herantrat, müsste eigentlich auf der Stelle ohnmächtig umkippen oder zumindest ein ziemlich totes Tier in unmittelbarer Nähe vermuten. »Ich gehe mal schnell Zähneputzen«, nuschelte sie hastig zwischen zusammengepressten Lippen hervor.

»Okay, ich warte mit der Zubereitung, bis du nicht mehr so muffelst«, zwinkerte Sofia.

Keine fünf Minuten später fühlte Anna sich frischer und deutlich wacher. Eilig stellte sie Zucker zu den Tassen und legte Löffel dazu. Peinlich genug, dass sie erst jetzt auf diese Idee kam. Marc hätte ihr Verhalten als Anlass für einen halbstündigen Vortrag genommen, aus dem sie wie gewohnt kleinlaut und mit dem Wissen, noch lange nicht gesellschaftsfähig zu sein, herausgegangen wäre. Ach, weg mit diesen dunklen Gedanken. Marc war Vergangenheit. Schlimm genug, dass er immer noch in ihrem Kopf herumspukte, oder besser, seine Ermahnungen. Aber vielleicht wollte ihr Unterbewusstsein nur zeigen, dass sie sich mit ihrer Auswanderung nach Kalabrien und mit Leonardo auf dem richtigen Weg befand.

»Danke für die Brötchen, Sofia. In Deutschland ist es eher unüblich, spontan zu so früher Zeit aufzutauchen. Also nicht falsch verstehen, ich finde es klasse, nur, ich meine ...«

Sofia lachte. »Capisco, Anna. Bei uns ist es wie mit der Sonne, wir möchten das Leben scheinen lassen, und jeder Sonnenstrahl im Herzen ist ein Stückchen Lebensqualität. Ihr Deutschen würdet meinen, so früh am Morgen macht man das nicht, man kann schließlich nicht unangemeldet irgendwo auftauchen, das gehört sich nicht. È corretto? Ihr würdet zuerst zum Telefon greifen und fragen, ob es recht ist und es dann doch bleiben lassen, weil es noch so früh ist. Oder?«

»Richtig, in Deutschland würde man vermutlich morgens um diese Zeit nicht mal jemanden anrufen«, schmunzelte Anna. »Südländische Lebensfreude ist aber auch schwierig umzusetzen, wenn die meiste Zeit des Jahres Scheißwetter ist. Das färbt auf die Grundstimmung ab. Es fängt an mit dem Winterblues, dem folgt die Frühjahrsmüdigkeit, die geht dann nahtlos über ins Sommerloch und mündet in der Herbstdepression.«

»Ich sehe, du liebst dein Geburtsland. Nun, zum Glück bist du jetzt hier, Anna. Wir freuen uns sehr für euch beide. Und für uns natürlich. Denn wir haben nicht nur unseren verlorenen Freund wieder - Gott hab seine Eltern selig - sondern auch dich dazugewonnen. So, und jetzt machen wir perfekten italienischen *caffè*.«

Sofia griff nach der Aluminiumkanne. »Zuerst kommt Wasser rein. Du musst darauf achten, dass es kalt ist. Auch wenn es schnell gehen soll, niemals - hörst du - niemals warmes Wasser nehmen.

So. Siehst du hier das kleine Ventil?« Sie zeigte ihr den unteren, abgeschraubten Fuß der Kanne und deute auf die Innenseite. »Das Wasser nur bis hierhin einfüllen, sonst erhält man einen geschmacklosen *caffè lungo*, den willst du nicht trinken, glaub mir. Das hier ist der Filter für das Kaffeepulver, den setzt du oben drauf. Komm, mach du. Dann kannst du es dir besser merken.« Sofia drückte ihr den mit winzigen Löchern durchsiebten Aluminiumfilter in die Hand und öffnete die Porzellandose, in der sich das Pulver befand.

»Genau so.« Sofia nickte. »Jetzt gibst du so viele Löffel Pulver hinein, bis sich ein kleiner Haufen bildet. Dürften so um die Fünf sein. Attento, nicht plattdrücken. Noch nicht. Gut. Und jetzt mach drei kleine Löcher in das Pulver, damit wird der Geschmack verbessert. Nebenbei, das hier ist eine Kanne für drei bis vier Tassen, aber auch wenn du nur mal eine Tasse trinken magst, du musst den Filter immer bis oben füllen, der Filter gibt die Menge vor. Capito?«

Anna nickte. »Capito.«

»Perfetto. Jetzt drehst du das Oberteil drauf. Dreh es fest zu. Ja, gut so. Jetzt ab auf den Herd damit. Aber nicht zu heiß, auch wenn es schnell gehen soll.«

»Schätze, das ist eine kleine Kunst für sich, hm?«, sagte Anna. »In Heidelberg hatte ich so eine Kaffeepadmaschine. Wasser in den Behälter, Kaffeepad eingelegt, Knopf gedrückt. Fertig.«

»Und das schmeckt?«

»Man gewöhnt sich dran.«

Sofia schüttelte den Kopf und strich eine lange, schwarze Strähne hinters Ohr. »Sowas kommt mir nicht ins Haus, es geht nichts über perfekten italienischen *caffè*.«

Da musste sie ihr zustimmen. Seit sie hier war, gut es waren erst wenige Tage, hatte sie ihre Kaffeepadmaschine noch nicht vermisst, ja, nicht einmal daran gedacht. Sie stellte die Mokkakanne auf den Herd und Sofia schaltete auf mittlere Temperatur.

»Importante! Pass auf«, sie hob den Finger, »Die Herdplatte darf nicht zu heiß sein, weil das Wasser langsam aufsteigen muss. Das Wasser steigt dann allmählich durch den Filter hoch. Hörst du ein blubberndes Geräusch, ist der *caffè* fast fertig. Jetzt warten wir, bis es blubbert und dann musst du schnell den Deckel hochklappen.«

»Warum?«

»Damit das Kondenswasser den *caffè* nicht verdünnt. Und es darf auf keinen Fall beginnen zu kochen. Beim ersten leisen Blubbern nimmst du sofort die Kanne vom Herd.«

»Aha. Okay. Blubbert, Deckel auf, Kanne vom Herd. Gespeichert. Hoffe ich zumindest.« Das war einfacher, als sie dachte.

»Was hoffst du? Guten Morgen, Ladys. So früh und schon zwei Sonnen im Zimmer. Wenn das nicht der perfekte Tag wird.« Leonardo stand im Türrahmen und streckte sich. Er hatte sich lediglich die

Jeans übergestreift. Sofort flatterte eine Horde wildgewordener Spatzen in Annas Magengegend. Verdammt, sah der Mann lecker aus. Sie hoffte inständig, Sofia wäre ihrem Davide treu ergeben, denn das Bild, das Leonardo in diesem Moment abgab, ließe sicher so manches Frauenherz höher schlagen und wäre jedem Männerkalender würdig. Als Titelbild. Mit Fokus auf dem Sixpack. Was wollte sie gleich nochmal tun? Ah, Kaffee. Blubberte es schon? Nein.

»Guten Morgen«, strahlte sie ihn an. »Sieh mal, Sofia hat Brötchen mitgebracht, ist sie nicht ein Goldstück? Und sie weiht mich in die italienische Kunst des Kaffeezubereitens ein.«

»Buon giorno, Leonardo. Ich bin gleich weg, muss zum Barbiere, Haare schneiden. Und ich soll dir von Davide sagen, dass ihr beide heute in der Mittagspause zum Joggen verabredet seid, du sollst es nicht vergessen.«

Leonardo schlug die Hand gegen die Stirn. »Stimmt! Danke, Sofia. Das hatte ich nicht mehr auf dem Schirm. Um eins. Richtig?«

»Richtig. Oh, es kocht gleich. Schnell, Anna, die Kanne.« Hektisch wedelte Sofia mit der Hand Richtung Herd.

Anna zuckte zusammen. Jetzt hatte sie vor lauter Sixpack und nach Schlaf duftendem Lieblingsmann um ein Haar das Blubbern verpasst. Eilig zog sie die Kanne vom Herd und öffnete den Deckel.

In der Zwischenzeit gab Sofia Zucker in die Tassen und griff sich das Tablett. »Einen trinke ich mit und dann muss ich los«, sagte sie und steuerte die Terrasse an.

Bevor Anna mit der Kanne hinterher konnte, trat Leonardo hinter sie schlang die Arme um ihre Körpermitte und hauchte ihr einen Kuss in die Halskuhle. »Hallo, schöne Frau. Haben Sie für den Rest Ihres Lebens schon was vor?«

»Ja«, lachte sie und beugte den Kopf nach hinten. »Dich. Aber zuerst diesen verlockend duftenden Kaffee trinken.« Was war das für ein Leben, bei dem man sich zwischen Kaffee trinken und Sex entscheiden musste. Nun, zumindest heute. Schweren Herzens löste sie sich von ihm und griff zur Kanne.

»Und eventuell noch ne Shorts anziehen«, lachte er, gab ihr einen Klaps auf den Po und nahm ihr die Kanne aus der Hand. »Denn keine Dusche ist kalt genug, um meine Lust auf dich auf jugendfreie Temperaturen runterzukühlen.«

Ein bedauerlicher Seufzer entrang sich ihrer Kehle. »Wenn es sein muss, ziehe ich eben was über ...«

»Ach, si dovrebbe avere più tempo libero! Man müsste mehr Zeit haben«, sagte Sofia eine viertel Stunde später, stellte die leere Tasse ab und stand auf. »Ich muss los. Wann pflanzt ihr eigentlich die Palme ein? Sie geht euch noch ein.« Sie deutete auf die riesige Pflanze, die Davide am Vorabend mit Hilfe einiger bereitwilliger Jugendlicher die Stufen vom Strand hoch bis auf Leonardos Terrasse geschleppt hatte.

»Äh, heute?« Leonardo sah Anna fragend an.

»Klar«, nickte Anna energisch und musste sich im Stillen eingestehen, dass sie keinen Schimmer hatte, wie sie das Monstrum überhaupt von der Stelle bewegen sollten. Stand sie aufrecht, konnte sie zu den grünen Wedeln emporsehen und musste auf Zehenspitzen stehend die Arme austrecken, um sie berühren zu können. Der Pflanzballen allein reichte ihr bis zum Oberschenkel.

Anna begleitete Sofia zur Tür und trat wieder in die Sonne. Den Kopf schiefgelegt, stemmte sie die Fäuste an die Hüften und blickte skeptisch auf den in Jute eingewickelten Erdballen.

»Hast du einen Spaten, oder besser noch schweres Gerät, einen Bagger zum Privatgebrauch oder Ähnliches, um ein Pflanzloch auszuheben? Ich meine, andere würden das *Unterkellerung* nennen.«

»Niedlich«, schmunzelte Leonardo.

»Du nennst das Elefantenkalb am Stiel niedlich? Das Ding muss irgendwie in die Erde, schon vergessen? Vielleicht geht es von alleine, wenn wir es höflich fragen.«

»Haha, nein, ich meine, wie du dastehst. Du könntest glatt als ein weiblicher Peter Pan durchgehen. Obwohl, wenn ich es mir recht überlege, eher wie eine Symbiose aus Pan und Pumuckl. Also quasi ein Panuckl.« Er grinste sie frech an. »Panucklchen? Nein?« Und hob gespielt die Arme zum Schutz.

Sie knuffte ihm in die Rippen, setzte sich auf seine Knie und küsste ihn auf die Nasenspitze. »Kennst Du den Platz zwischen schlafen und wachen? Der Platz, wo Deine Träume noch bei Dir sind?« Sie war gespannt, ob er die Stelle aus dem Film »Peter Pan« ebenfalls kannte.

Er zog sie fest an sich. »Dort werde ich Dich auf ewig lieben«, flüsterte er in ihr Haar. »Und nicht nur dort, mein Panucklchen.« Dann schob er sie von sich weg und sah sie an. Seine grünen Augen blitzten und sein Blick wärmte sie mehr als es alle Sonnenstrahlen eines Sommers vermochten. »Und jetzt«, fuhr er fort, »suchen wir im Schuppen nach Schaufeln und graben ein Loch. Vielleicht stoßen wir ja auf einen Sack verlorener Murmeln.«

»Oder auf einen Schatz.«

»Träum weiter.«

Ach, dachte Anna eine Stunde später, welch ein Tag. Sie legte eine kurze Pause ein und wischte mit dem Handrücken Schweiß von der Stirn, während Leonardo etwas zu trinken holte. Mittlerweile stand sie knietief im Erdloch, legte eine Hand an die Stirn, die andere auf den Spatengriff, und blickte über die Terrasse auf das kleine, schiefe Haus. Hinter ihr rauschte das Meer und rief sie. Anna leckte mit der Zunge über die trockenen Lippen und schmeckte Meersalz, das sich mit dem Salz ihres Schweißes vermischte.

Es roch nach Frühling und nach Sand, der sich langsam in der Sonne erwärmte, nach Muscheln, die an den Strand gespült wurden. Und ganz aktuell nach frisch ausgehobener Erde.

Hier lebte sie jetzt also. Und sie liebte es. Sie stützte sich mit beiden Händen auf dem Spatengriff ab, legte das Kinn auf die Handrücken und schloss für einen Moment die Augen. Es fühlte sich noch so frisch an, so unwirklich, und gleichzeitig so wunderbar. So, als hätte sie all die vergangenen Jahre nur in Vorbereitung auf ihr neues Leben verbracht.

Die Sonne brannte von einem immer noch wolkenlosen Himmel und das strahlende Weiß der Hauswand wirkte zusammen mit dem intensiven Violett der Bougainvillea wie Himbeeren an Vanilleeis. Direkt neben der Terrassentür streckte die Kletterpflanze ihre jahrzehntealten Zweige in Richtung Sonne und blühte, als gäbe es kein Morgen mehr. Anna liebte diese Pflanze, die mit einem Blütenreichtum aufwartete, dass einem das Herz aufging. Und das gleich doppelt. Am Hauseingang stand eine weitere Pflanze, nicht minder alt und ebenso wunderbar anzusehen. Anna hätte sich kein herrlicheres Arrangement überlegen können, als genau diese Abermillionen violetter Blüten auf einer leuchtend weißen Hauswand. All das schickte ihr eine Lebensfreude in die Glieder, die sie zuvor in dieser Ausprägung noch niemals verspürt hatte. So musste sich Glück anfühlen. Sie öffnete die Augen wieder. Nun, wenn es Glück bedeutete, nassgeschwitzt und verdreckt in einem Erdloch zu stehen, dann war sie jetzt gerade verdammt nochmal verdammt glücklich.

»Du siehst zufrieden aus.« Leonardo kam mit zwei Flaschen Wasser und verdächtig sauber zurück. Er drückte ihr eine Flasche in die Hand.

»Du hast geduscht, du Verräter.«

»Nur ein bisschen nass gemacht, nicht geduscht, ich schwöre.«

»Na, dann will ich dir das einmal glauben. Aber sobald wir das Baby versenkt haben, springe ich ins Meer. Ohne Umwege. Gehst du mit?« Sie setzte die Flasche an und trank sie zur Hälfte aus. Huh, das war nötig gewesen.

»Da fragst du noch? Komm, ich schätze, wir müssen noch ungefähr zwanzig, vielleicht dreißig Zentimeter ausheben. Und dann müssen wir nur die Palme irgendwie ins Loch bekommen. Vorschlag: Ich grabe fertig und du machst den Jutesack ab. Deal?« Er streckte ihr die Hand entgegen und Anna zog sich an ihr aus der Grube.

»Deal«

Leonardo sprang in das Loch und fing an, die Erde aus dem Loch zu schaufeln, Anna begann, den Wurzelballen von seinem Kleid zu befreien.

»Fertig«, sagte Leonardo keine zehn Minuten später und stemmte sich geschmeidig aus der Grube. Gemeinsam betrachteten sie skeptisch die riesige Palme.

»Schätze, wir müssen sie etwas kippen und in das Loch hinein rollen. Angehoben bekommen wir die nicht.«

Gesagt, getan. Und es funktionierte verblüffend gut.

Schneller als vermutet stand die Palme in ihrem neuen Zuhause. Wie ein Wächter der Terrasse thronte sie majestätisch neben der Natursteintreppe, die zum Meer hinunter führte. Gemeinsam füllten sie Erde auf und stampften sie fest.

»Und jetzt ab ins Meer«, freute sich Anna. »Ich ziehe nur schnell einen Bikini an.«

Kurz darauf trat sie wieder auf die Terrasse. Leonardo hatte in der Zwischenzeit lose Erde von den Fliesen gefegt und die Spaten gereinigt.

»Es kann losgehen«, sagte sie. Der Wunsch, unverzüglich ins kühle Nass zu springen und sich von den sanft rollenden Wellen Schweiß und Erde vom Körper waschen zu lassen, war übermächtig.

»Hey, mein kleiner Pumuckl, du siehst ja zum Anbeißen aus. Wollen wir nicht zuerst einen kleinen Umweg über das Schlaf …«

»Nichts da, wir gehen jetzt ins Wasser. Ich erschwitze gleich.« Sie schnappte ihn bei der Hand und wollte ihn hinter sich herziehen, hielt jedoch überrascht inne, als sie Widerstand spürte.

»Moment, das muss hierbleiben.« Ungeduldig von einem Fuß auf den anderen tretend sah Anna zu, wie er den Spaten an die Palme lehnte und aus seinen Sneakers schlüpfte, dann zog sie ihn ungeduldig weiter, immer zwei Stufen auf einmal nehmend.

Herrlich einsam lag der Strandabschnitt vor ihnen. Die Menschen tummelten sich bevorzugt auf Höhe der Promenade in der Nähe von Strandduschen und Cafés und schnell erreichbaren Toiletten, ungefähr dreihundert Meter weiter links. Hier hatten sie ihre Ruhe.

Leonardo rannte schnurstracks mit einem Jauchzer ins Meer. Anna kicherte. So ein Verrückter. Er hatte auf eine Badehose verzichtet und war mitsamt verschwitztem Shirt und Jeans untergetaucht. Marc hätte sich bis zu den Oberschenkeln hineingewagt und erst einmal Arme und Brust mit Wasser benetzt, dann wäre er langsam hineingeglitten und hätte ihr dabei einen Vortrag von tödlichen Herzstillständen nach spontanem Kontakt mit eiskaltem Wasser gehalten. Immer noch lächelnd schüttelte sie den Kopf und sah Leonardo zu, der durch das Wasser kraulte. Moment. Erst einmal die Wassertemperatur prüfen. Schließlich wollte sie da lebend wieder raus. Gleichzeitig schalt sie sich eine übervorsichtige Zicke. Da steckte noch viel zu viel Marc in ihrem Hirn.

Vorsichtig hängte sie den großen Zeh ins Wasser. Kalt. Brr. Sehr kalt. Unglaublich kalt. Aber immerhin schon wärmer als gestern. Kurz darauf tauchte Leonardo prustend vor ihr auf.

»Herrlich! Komm rein. Bist du erst mal drin, ist es nicht mehr so kalt.«

»Das sagst DU.«

»Ja«, sagte er, »Und du auch gleich.«

Ohne Vorwarnung erwischte sie ein Schwall Salzwasser und Anna zog die Luft ein. Zum einen wegen der unerwarteten Kälte, zum anderen, weil sein Anblick ihr Millionen durchgedrehte Tausendfüßler in den Magen schickte.

Das olivgrüne T-Shirt klebte an seinem Oberkörper. Jeder einzelne Muskel war unter dem dünnen, nassen Stoff deutlich erkennbar und sie verfolgte fasziniert das beherrschte Muskelspiel seiner sehnigen Arme und der festen Körpermitte. Ein Sixpack sollte Sexpack heißen, dachte sie und atmete in einem kräftigen Stoß aus. Was sie in diesem Moment sah, war das betörendste Sechserpack der Welt und machte definitiv Lust auf mehr.

Unerwartet traf sie ein weiterer Schwall, dann war Leonardo bei ihr, umschlang sie mit eiskalten und sehr nassen Armen und zog sie ins Wasser. Gegenwehr zwecklos. Also konnte sie sich auch ergeben. Lachend und schreiend gleichzeitig warf sich schließlich ebenfalls kopfüber hinein und tauchte unter. Bewegen, bewegen, dachte sie, und schwamm los, Leonardo neben ihr. Und tatsächlich, nach wenigen Zügen wurde ihr wärmer. Sie drehte sich auf den Rücken. In der Ferne konnte sie das kleine weiße Haus entdecken. Es leuchtete in der Sonne. Es war schief und alt und das schönste Haus auf dieser Welt. Leonardos Haus, ihr Haus. Und die majestätische Palme thronte wie ein Wächter am Ende der Terrasse. Irgendwie unwirklich und zu schön, um wahr zu sein. Drei Dinge gibt es, die eine Frau in ihrem Leben tun sollte, schoss es Anna durch den Kopf:

Die große Liebe finden, einen Baum pflanzen, okay, oder eine Palme, und mindestens ein Kind bekommen.

Unvermittelt zog Leonardo sie aus ihren Gedanken

an sich und tauchte mit ihr unter. Anna bekam den ersten Unterwasserkuss ihres Lebens. Und der nahm ihr im wahrsten Sinne des Wortes den Atem. Wenn man mal davon absah, dass es sich unter Wasser sowieso eher schlecht atmen ließ, egal ob man küsste oder nicht.

Nur die Stille begleitete sie und hüllte sie ein in das sanfte Schaukeln der Wellen und in das Sonnenlicht, das einen Weg durch die Wasseroberfläche in das unglaubliche Grün seiner Augen fand. In der salzigen Umarmung des Meeres, auf den Lippen von Leonardo, vergaß sie das Schild, vergaß die Frau, vergaß den Kummer der vergangenen Jahre. Grün auf Grün, Seele auf Seele. Haut auf Haut.

Klatschnass und ausgelassen und frierend, an ein Handtuch hatte sie natürlich nicht gedacht, stürmte Anna die wenigen Stufen zum Haus hoch. Ohne den leichten Wind wäre es auszuhalten gewesen.

»Brr, kalt, kalt, kalt«, stieß sie bei jeder Stufe hervor.

»Frag mich mal«, lachte Leonardo hinter ihr.

»Du hast wenigstens was an.«

»Ja, aber trocken ist anders.«

Oben angekommen trafen sie Davide, der am Tisch saß und ihnen entgegengrinste.

»Hab schon gedacht, ihr habt euch Schwimmfüße wachsen lassen.«

»Du meinst Flossen. Hallo, Davide. Ich zieh mich schnell um, dann können wir los. Aber mehr als eine halbe Stunde joggen ist nicht drin, fürchte ich.« Leonardo klopfte seinem Freund und Nachbarn die Schulter und verschwand im Haus.

Anna griff sich ein Handtuch vom Stuhl und schlang es um sich.

»Stimmt«, sagte sie, »ihr seid ja zum Joggen verabredet. Magst du etwas trinken, bis Leonardo fertig ist?«

Gut sah er aus, der Mann von Sofia. Mit 32 Jahren war er ein Jahr älter als Leonardo und bereits Vater von zwei Kindern, Matteo und Luca, die sie bereits an ihrem ersten Tag hier kennengelernt hatte. Zwei niedliche, italienische Lausejungs. Und sie sahen ihrem Vater verblüffend ähnlich. Alle drei hatten das volle schwarze Haar und die blitzenden blauen Augen.

Davide lehnte das Angebot ab und zeigte auf eine kleine Plastikflasche an seinem Hüftgürtel. »Alles dabei. Aber ich schätze, für eine halbe Stunde brauch ich das nicht.« Er zwinkerte. »Aber Leonardo vielleicht. Seine letzte Joggingeinheit ist ja schon eine Weile her.«

Was man ihm allerdings nicht ansah. Er wirkte wie ein Ausdauersportler, sehnig und gleichzeitig muskulös. Na, er trainierte ja auch täglich seine Muskeln, aber die Gene spielten sicher eine nicht unerhebliche Rolle in Bezug auf die Futterverwertung.

Was würde sie für diese Begünstigung der Natur geben. Ihr Gene bestanden auf der irrigen Meinung, sie ständig gegen kalte Winter schützen zu müssen, filterten jedes Nährstoffmolekül aus der

Nahrung, sei es auch noch so klein, und wandelten es in Fettdepots um. Sie musste nur an ein Stück Sachertorte oder an Nusskuchen denken und es manifestierte sich umgehend auf ihren Hüften.

»So ziemlich ein halbes Jahr«, sagte Leonardo, als er in kurzen Shorts und weißem T-Shirt auf die Terrasse trat. »Von mir aus kann´s losgehen.«

Nach einer heißen Dusche und einem zweiten Kaffee, der ihr ausgesprochen gut gelungen war, wie sie fand, beschloss sie, das Haus zu fotografieren und das Bild ihrer Mutter zu schicken. Sie sollte staunen und schwärmen und ... Ja, was eigentlich? Im Prinzip wollte sie nur von ihr hören, dass sie alles richtig gemacht hatte. Brauchte sie unbedingt den Segen ihrer Mutter, so wie in den vergangen achtundzwanzig Jahren? Sie hatte das erste Mal in ihrem Leben entgegen aller Unkenrufe entschieden. Und sie war glücklich, verdammt glücklich. Trotzdem.

Anna trat durch die Vordertür, lehnte sie an und nahm eine ausreichend entfernte Position an der gegenüberliegenden Straßenseite ein. Sie hob das Handy hoch. Längs oder quer? Am besten quer, so passte das ganze Haus drauf. Inklusive Bougainvillea und schiefem Gartenzaun.

Sollte sie das Schild abhängen? Nein.

Gerade dieses Schild bezeugte Leonardos Liebe zu ihr. Sicher würde dies ihre Mutter mit der Tatsache versöhnen, dass ihre Tochter seit drei Tagen mehr als sechzehn Autostunden von ihr entfernt lebte.

Sie betätigte den Auslöser. In diesem Moment trat ein Pärchen ins Bild und blieb vor ihrem Haus stehen. Na super. Jetzt hatte sie zwei Hintern vor einem tollen Haus fotografiert. Sie löschte die Aufnahme und entschied sich, an der Mauer angelehnt zu warten, bis die beiden weiter gingen. Sie sahen nach Touristen aus. Ihre Haut war blass und er hatte eine Kamera dabei, die an einem Band vor seiner Brust baumelte. Außerdem trugen beide kleine Rucksäcke. Na ja, wenn man es streng nahm, war sie selbst auch nur ein Tourist, nur eben ein dauerhafter. Das mit der Körperfarbe würde sich hoffentlich bald geben.

»Ein schönes Haus«, hörte sie ihn sagen. »So ursprünglich und typisch italienisch, finde ich.«

»Total schief und alt«, sagte seine Freundin genervt und sah auf die Uhr.

»Aber es hat Charme. Die Farben sind irre. Und guck mal, das Schild. Da steht was in Deutsch drauf. Ob hier Auswanderer leben? Vielleicht ein Ferienhaus?«

Seine Freundin zuckte mit den Schultern. »Ich hab Hunger. Lass uns an den Strand gehen, vielleicht gibt es wenigstens dort was zu essen.«

Er kraulte ihr mit den Fingerspitzen den Rücken. »Komm Nina, die Wanderung zum Dorf hoch und wieder runter hat doch Spaß gemacht.«

»Ja, aber da oben hatte alles zu und ich hab nur alte Männer gesehen, die irgendwo Kaffee tranken. Ich verhungere gleich.« Sie wandte sich ab und lief weiter.

Er knipste ein Bild von dem Haus und folgte seiner Freundin kopfschüttelnd. »Wir hätten uns jederzeit Brot und eine Salami oder Käse holen können. Gelegenheiten zum Picknicken gab es viele. Aber das wolltest du nicht. Warum musst du immer nur rumnörgeln? Hier ist es traumhaft. Genieße doch mal ein bisschen.«

Ihre Antwort verstand Anna nicht mehr. Durfte der einfach so Bilder von ihrem Haus machen? Sicher, sie hatte in vergangenen Urlauben oft Häuser fotografiert, die ihr gefielen und sich gewünscht, dort zu leben. Jetzt lebte sie in einem. Freie Sicht. Endlich. Sie zückte das Handy, knipste aus unterschiedlichen Perspektiven und sendet die Fotos per Mail an ihre Mutter. Dann stellte sie fest, dass sie Hunger hatte. Salzwasser und Sex. Diese Kombination verbrannte sicher viele Kalorien. Ganz sicher, vielleicht sogar ein Brötchen mit Nussnougatcreme?

〚〛

»Lass uns umdrehen, meine Bänder und Sehnen müssen sich erst ans Joggen im tiefen Sand gewöhnen.« Leonardo hatte angehalten, schnaufte und stützte sich auf den Knien ab. Davide legte ein mörderisches Tempo vor. Da konnte er nicht mithalten. Noch nicht.

Davide klopfte ihm auf den Rücken. »Wir laufen an der Promenade zurück. Sechs Kilometer sind für den Anfang ganz ordentlich. Wir müssen nicht so schnell rennen, sonst kannst du spätestens morgen kein Bein mehr heben.«

»Das kann ich jetzt schon kaum mehr.« Leonardo streckte sich. »Geht wieder. Lass uns gemütlich zurück zockeln.«

Langsam trabten sie nebeneinander her und er schaffte es sogar, sich zu unterhalten. Sie plauderten über dies und das und irgendwann liefen sie schweigend in gemütlichem Gleichschritt. Leonardo spürte, wie sich seine Muskulatur an die ungewohnte Belastung erinnerte und die Schmerzen nachließen. Schließlich erreichte er den Zustand, der ihm vertraut war. Seine Gedanken flossen im Rhythmus der Schritte frei und ungehindert. Jetzt konnte er genießen. Der Atem floss, die Wasseroberfläche glitzerte in der Sonne und der Strand lag breit und fast leer zu ihrer Linken. Kein Vergleich zu damals, als vor langer Zeit die Einwohner Strongolis auf dem breiten Strand illegal Holzhütten errichtet und dort ihre Ferien verbracht hatten. Touristen hatte es zu dieser Zeit nur vereinzelt hierher verschlagen und sein Vater hatte spontan den Entschluss gefasst, auf Parzelle 14 in erster Reihe zum Meer das Haus aus Stein zu bauen und weiß zu kalken. Der alte Gilardino hatte geahnt, dass die Sache mit den unzulässigen und potthässlichen Hütten bald ein Ende haben würde. Und kurz bevor der Grundstein seines Elternhauses gelegt worden war, hatte sich der damalige Bürgermeister von Strongoli ans Steuer des einzigen Baggers gesetzt und eigenhändig die zusammengezimmerten Holzverschläge abgerissen. Sehr zum Gefallen derer, die bereits so clever gewesen waren, auf gekauften Grundstücken oberhalb des Strandes zu bauen. Der Gemeindevorsteher blieb damals bis zu seinem natürlichen Tod - Herzversagen beim Oralverkehr - in der Position des Bürgermeisters. Noch heute sprach man von ihm. Nummer vierzehn war eine gute Parzelle. Nebenan - auf Parzelle dreizehn - standen heute Villen. Auch wenn es in Marina di Strongoli keine wirklichen Straßenbezeichnungen gab, fand sich jeder zurecht. Bis auf die Touristen. Der Rest kannte sich und wusste, wo wer wohnt. De Silva? Luigi de Silva? Antonios Luigi? Parzelle 14, Reihe 3. Ungefähr Mitte. Wer brauchte Straßenschilder?

»Hast du ihr es eigentlich jetzt gesagt?«

»Was meinst du«, fragte Leonardo und wusste in dem Moment, dass Davide auf seine Exfrau anspielte. »Äh, nein, noch nicht.«

»Wird mal Zeit, eh?«

Da hatte er recht. Eigentlich hätte er Anna von Anbeginn an klaren Wein einschenken sollen, hatte es jedoch nicht über sich gebracht. Zum einen, weil er vielleicht noch nicht so weit war, zum anderen, weil er befürchtete, Anna könnte sich unwohl fühlen, wenn sie wusste, warum er zwei Jahre als Single mehr schlecht als recht durchs Leben gewandelt war. Im schlimmsten Falle könnte sie glauben, er wäre noch nicht darüber hinweg. Aber das war er, sonst hätte er sich nicht in Anna verlieben können.

Er hatte ihr gesagt, dass er ihr irgendwann erzählen würde, was vor ihr war.

»Ja, wird Zeit«, sagte er nachdenklich und Davide fragte nicht weiter nach.

Sie hatten die Natursteintreppe erreicht, schlugen sich ab und jeder trabte die Stufen zu seinem eigenen Haus hoch.

〚〛

Sie hatte ihn nicht kommen hören.

»Buh!« Leonardo war hinter sie getreten und schlang die Arme um ihre Mitte. Sein Körper fühlte sich warm an, von Sonne und Bewegung erhitzt, und er roch unglaublich lecker nach Schweiß und Mann und Sonne und Salz und … Hach! Entzückt wandte sie sich in seinem Armen zu ihm um, vergaß dabei, dass sie noch das mit Schokoladencreme verschmierte Messer in der Hand hielt, und hinterließ einen braunen Streifen auf seinem Unterarm.

»Schätze, das sollte aufs Brötchen, hm?«, sagte er lachend, leckte die Creme ab und gab ihr einen langen und zärtlichen Schokoladenkuss. Leonardo mit Nougatgeschmack, daran könnte sie sich gewöhnen.

»Ich hab Hunger«, brummte er. »Salzwasser und Joggen entleert die Energiespeicher. Ich brauch Nudeln oder eine Kuh am Stück.«

Kurzerhand einigten sie sich auf Nudeln oder Fleisch oder warum nicht einfach nur Pizza in angemessenen Mengen oder alles zusammen. Zuführung der Kalorienbomben im Strandrestaurant Il Petelino? Geniale Idee. Während Leonardo sich frisch machte, verschlang Anna hastig das Brötchen, räumte die Küche auf und versendete ein Foto vom Haus an ihre Mutter.

Nanu? Ein entgangener Anruf. Marc. Genervt rollte sie die Augen. Der sollte sie in Ruhe lassen. Er konnte einfach nicht akzeptieren, oder auch nicht begreifen, dass eine Frau es wagte, sich von ihm zu trennen. Ja, das einer Frau überhaupt in den Sinn kommen konnte, sich gegen ihn zu entscheiden. Das war für Marc wie die Wahrscheinlichkeit, bei Selbstgesprächen etwas Neues zu erfahren. Sie überlegte, sich eine andere Nummer zuzulegen. Aber die würde sie ihrer Mutter geben und ihre Mutter würde sie in einem Ich-will-doch-nur-das-Beste-für-Dich-mein-Kind-Anfall an Marc weitergeben. Das war so sicher wie die jährlich wiederkehrende Kirschblüte an der Bergstraße, also konnte sie es auch bleibenlassen.

Von Heiratsanträgen

und Süßigkeiten

Gemeinsam schlenderten sie am Strand entlang. Seine und Annas Zehen bohrten sich bei jedem Schritt in den trockenen, warmen Sand und kaum hatten sie einen Fuß angehoben, rieselten winzige Körnchen millionenfach in den entstandenen Abdruck und stellten ihre eigene Ordnung wieder her.

Leonardo hielt Annas Hand in seinem festen und liebevollen Griff. Glücklich atmete er die vertraute Luft Strongolis ein und blinzelte gegen die Sonne. Die hatte ihren Höchststand bereits überschritten und ein wenig von ihrer Wärme abgezogen. Der ablandige Wind frischte allmählich auf. Leonardo drückte Anna an sich, als er merkte, dass sie die dünne Stola fester um ihre Schultern zog. Sie schmiegte sich an ihn, schlang ihren Arm um seine Taille und steckte den Daumen in die Gürtelschlaufe seiner Jeans. Ihre Schulter passte haargenau unter seine Achselhöhle, gerade so, als wäre sie nur dazu auf der Welt, in seine Armkuhle zu passen und dort für alle Zeit der Welt zu bleiben. Ginge es nach ihm, könnten sie ewig am Strand entlang spazieren, doch das brummig meckernde Geräusch seines Magens überzeugte ihn davon, ohne Umwege die nächste Pizzeria anzusteuern.

»Parmaschinken«, hörte er sie leise und verträumt

an seiner Schulter sagen. »Gibt es dort Pizza mit Parmaschinken?«

»Denke schon. Auch mit Salami, Mozzarella, Sardellen, Anchovis und …, eigentlich mit allem, was du willst.« Er drückte sie noch fester an sich und vergrub seine Nase in ihrem Haar. Pfirsich, sie duftete nach Pfirsich. Und nach Anna. Augenblicklich wurde ihm bewusst, dass sich dieses besondere Aroma, dieser Duft Annas, tief in sein Bewusstsein eingrub.

Sie stöhnte leise auf und erinnerte ihn wiederholt daran, welchen Hunger sie hatte, sie könnte jetzt mit Appetit frittierte Schnürsenkel verspeisen, es wäre ihr pupsegal.

Endlich hatten sie die kleine Pizzeria am Strand erreicht. Vereinzelte Plastikstühle und Tische verteilten sich wie zufällig im Sand. Eine junge Kellnerin ging singend von Tisch zu Tisch, räumte bereits verlassene Tische ab, deckte andere frisch ein und eine zweite Bedienung trug beinahe wagenradgroße Teller mit duftenden Speisen an ihren Nasen vorbei.

Sie wählten einen Tisch unter einer Palme. Nebenan drehte ein Pärchen in ihrem Alter schweigend Spaghetti auf Gabeln.

Anna stupste ihn an. »Hey, die beiden da drüben hab ich heute schon einmal gesehen.«

Kurze Zeit später hatten sie ihre Bestellung aufgegeben und er war von Anna in Kenntnis gesetzt, dass die Frau am Nebentisch Nina hieß und laut ihrem Freund ständig nörgelte. Das konnte er nicht bestätigen, aber im Moment hatte die junge Frau ja auch den Mund voll.

»Sag mal«, raunte Anna und beugte sich zu ihm, »was mir auffällt, die sitzen nebeneinander.«

Ja, sie saßen nebeneinander mit Blickrichtung aufs Meer. Und?

»Nun, sie werden die Aussicht genießen, nehme ich an.« Er fand nichts Besonderes dabei. Jeder sollte so sitzen, wie es ihm beliebte. Gut, er hatte vorzugsweise den bezaubernden Liebreiz Annas vor sich, da konnte kein Sonnenuntergang der Welt mithalten. Aber, wie gesagt, jeder nach seinem Gusto.

»Hm.« Anna lehnte sich zurück. »Meistens sitzen nur ältere Paare nebeneinander, meine ich. Habe noch nie welche in ihrem Alter gesehen, die das tun.«

»Was dir alles auffällt?«

»Tut mir leid, aber das interessiert mich brennend. Schaut man sich um, findet man sie überall, die Paare, die nebeneinandersitzen. Und meistens im Restaurant. Und meistens sind sie älter. Echt. Achte mal drauf. Ich frag mich, warum das so ist.«

Die Kellnerin brachte zwei Pizzen, eine davon mit Gorgonzola und Parmaschinken, die andere mit Ananas und Pilzen. Begierig aßen sie, bis der ärgste Hunger gestillt war.

»Weißt du, was mir bei den beiden spontan in den Sinn kommt?« Anna nahm den Faden, den er beinahe vergessen hatte, mit einem Zwinkern wieder auf.

Jetzt interessierte es ihn auch.

»Also«, fuhr sie zwischen zwei Bissen fort, »Die Paartherapie ist schon eine Weile her und jetzt müsste das strenggenommen mit der gegenseitigen Akzeptanz klappen. Tut es aber nicht. Verstehst du, was ich meine?«

»Sie zieht immer noch keine rote Spitzenwäsche an und er sucht nach wie vor seine Socken?«

Sein kleiner Pumuckl pikste ihn mit der Gabel und kicherte.

Gott, ist die süß.

»Mensch, Leonardo. Jetzt mal ernsthaft. Solche Mann-Frau-Konstellationen bestehen meistens aus dem gleichen Typus Mensch, nämlich denen, die gerne nebeneinandersitzen, weil ..., nun, ich glaube, da fällt das Aneinander-Vorbeischauen nicht so schwer. Sie sitzen also da, schweigen, schauen angestrengt in verschiedene Richtungen und würgen nur dann ein paar Worte hervor, wenn der Kellner sie fragt, ob sie noch irgendwelche Wünsche hätten. Ist das nicht traurig? Dabei sind sie noch so jung. Sie müssten sich doch viel zu sagen haben. Andererseits, sollte ein Paar sich nicht immer etwas zu sagen haben? Hm ...«

»Vielleicht passen sie einfach nicht zueinander und haben es nur noch nicht gemerkt«, warf Leonardo ein. Rein optisch jedoch harmonierten die beiden ausgesprochen gut, wenn man mal ihren mürrischen Gesichtsausdruck und seine bemühten Blicke abzog.

Indessen hatte Nina angefangen zu sprechen. Er verstand nur Gemurmel, in Verbindung mit ihrer Mimik jedoch schien es nichts Positives zu sein. Eigentlich schade. Das Wetter und der Frühling in Strongoli waren wie gemacht für Romanzen, für Dolce Vita und Amore.

»Was diese beiden wohl anstellen, wenn das Restaurant schließt? Hm, vielleicht massiert er ihr die Füße, weil er sich was erhofft, was er dann doch nicht bekommt.«

Leonardo nahm ihre Hand und streichelte mit den Daumen über ihren Handrücken. »Wer steckt schon in den Köpfen und den Schicksalen anderer, Anna. Vielleicht haben sich die beiden finden müssen. Vielleicht verlieren sie sich wieder.«

Langsam führte er ihre Hand zu seinen Lippen und küsste sie. Konnte Haut so weich sein und so betörend duften?

Seit Anna hatte er die Freude am Leben zurückgewonnen. Wer wusste schon, was das Schicksal für einen bereithielt? Vielleicht hatte er das eine Glück gehen lassen müssen, um Raum für das andere zu schaffen. Oder eine Aufgabe zu erfüllen. Vielleicht war Anna diese Bestimmung. Oder er die Aufgabe für Anna. Sollte er heute von Tess erzählen? Ja, es schien ein guter Tag dafür, und Anna wartete darauf. Er war soweit. Eigentlich war schon lange soweit, nur wusste er nicht, wie Anna es aufnehmen würde, und davor hatte er Angst. Was, wenn sie befürchtete, er wäre noch nicht über Tess hinweg? Es gab viele Frauen, die mit der Ex ihres

Partners haderten. Seit Anna, nein, nicht ganz, eigentlich bereits kurz bevor er Anna kennenlernte, konnte er ohne Schmerz an Tess denken und war dankbar für die kurze Zeit, die sie miteinander verbringen durften. Bis jetzt hatte Anna nicht nachgefragt, das rechnete er ihr hoch an. Gut, heute Abend würde er ihr sagen, was vor mehr als zwei Jahren geschehen war. Heute Abend. Der Gedanke erleichterte ihn, denn dies war die einzige Sache, die noch zwischen ihnen stand. Na, vielleicht bis auf Marc, der nicht verkraften konnte, von Anna verlassen worden zu sein. Im nächsten Moment zuckte er gemeinsam mit Anna zusammen. Nebenan war ein Stuhl umgefallen.

»Also, das glaub ich jetzt nicht.« Nina war aufgesprungen und funkelte ihren Freund an. Der klappte eine kleine Schachtel zu und sah sie entgeistert an. »Äh, ich ... Aber Nina, ich dachte, wir ...«

»Ach, lass mich doch in Ruhe mit dem ganzen Scheiß.« Mit abgehackten Bewegungen hob sie den Stuhl auf, drehte sich ab und stapfte mit langen Schritten davon. Zurück blieb Jan, der eine kleine Schachtel vor sich auf den Tisch stellte und sie mit einem leisen, verzweifelten Seufzer von sich wegschob.

»Oha«, flüsterte Anna und beugte sich vor, »Der hat ihr einen Heiratsantrag gemacht.«

Leonardo nickte. »Offenbar leider zum falschen Zeitpunkt. Komm, lass uns gehen.«

Nachdem sie gezahlt hatten, schlugen sie den Weg bergauf ein. Blühende Hibiskussträuche säumten die Hauswände in der schmalen Gasse, die nach oben zur Straße führte.

Italien im Frühling, es gab kaum eine angenehmere Jahreszeit hier. Durch die Gassen zog – mal aus der geöffneten Tür eines Restaurants, mal aus einem gekippten Küchenfenster – der Duft feinen italienischen Essens, frischen Obsts und würziger Kräuter. Er erinnerte sich, als wäre es gestern gewesen. Noch fehlte die leichte Note sonnengebräunter Haut, der Geruch von Sonnenöl. Es roch nach warmem Wind, nach Oleander und Hibiskus. Nach Muscheln im Sand, Eidechsen auf glatten Steinen, nach Gelati und Vino Rosso. Und nach Pfirsich, nach Anna.

Oben angekommen zog er sie nach rechts. Spontan hatte er Lust, Adolfa einen Besuch in der Bäckerei abzustatten und etwas Leckeres mitzunehmen, wie Adolfas *Torrone* beispielsweise. Als Kind hatte er diese Süßigkeit geliebt, aber nur selten bekommen, weil es teuer war. Doch ab und zu hatte Adolfa ihm heimlich welches zugesteckt. Wenn Adolfa in Ruhe schalten und walten mochte, zog sie sich in ihre Küche zurück und bereitete Torrone zu, der am ehesten mit türkischem Nougat zu vergleichen war. Die helle Mischung aus Weiß und Gelb, knusprig und klebrig wurde bei Adolfa auch heute noch nach alter Sitte gebacken. Eigenhändig rührte sie den hellen kalabresischen Honig und mischte Zitronat, Orangeat, kandierte Mandarinen und Mandeln und eine Zutat, die Adolfa niemandem verriet, hinein. Das alles wurde von Schmelzzucker in verschiedenen

Farben gebunden und mit einem Schokoladen-guss überzogen. Köstlich.

Wie früher klingelte ein Glöckchen, als er die Tür zur Bäckerei aufschob. Hinter der Theke stand Adolfa und war damit beschäftigt, laut singend die Auslage neu zu ordnen. Bei dem Klingeln blickte sie auf, unterbrach ihre Arbeit und trippelte ihnen freudig entgegen.

»Ciao, Leonardo e Anna. Tu come stai?« Wie er-wartet, kniff sie ihn in die Wange und zog Anna überschwänglich an sich.

»Wunderbar, danke«, strahlte Anna, nachdem die füllige Adolfa sie wieder aus ihrer Umarmung ent-lassen hatte. Schnell umfasste sie Leonardos Hand und drückte sie. Dabei blickte sie verlegen umher. Er fragte sich, wann sie ihre Befangenheit ablegte, die sie sich über viele Jahre hinweg angeeignet hatte. Sponsored by Marc, ihrem Ex. Seit er sie kannte, hatte sie ihre Unsicherheit Stück für Stück abgestreift, gelegentlich nur brach sie noch durch.

»Potrei avere dos fetta di Torrone, Adolfa?«

»E, Leonardo, rede Deutsch, capito? So ich bleibe in Ubung, ist gut für Touristen. So, Torrone also, viel Torrone. Ich habe gestern gebacken. Momen-to.« Wie ein Wirbelwind verschwand sie in der Kü-che und kam kurz darauf mit einem Teller, belegt mit in Scheiben geschnittenem Torrone zurück. »Questo è un dono di me. Ein Geschenk, Anna. Du kennst Torrone? Du wirst es lieben!« Hastig wickel-te Adolfa den Teller in Frischhaltefolie und reichte ihn Anna.

»Das riecht köstlich. Sieht ähnlich aus wie der türkische Nougat, den man bei uns auf dem Jahrmarkt kaufen kann.«

Leonardo zog die Luft ein. Adolfa stemmte die Fäuste in die Hüften, legte den Kopf schief und runzelte die Stirn.

»Äh, aber er riecht viiiel besser und ..., ich meine, er riecht ganz anders, tausendmal besser. Danke, Adolfa.«

»Das will ich meinen, Bella. Lasst euch schmecken, ist Spessialität.« Sie zwinkerte Leonardo zu und diesmal kniff sie Anna in die Wange.

Als sie aus der Tür in die Sonne traten, spürte Leonardo förmlich, wie Anna ein Gebirge vom Herzen fiel. Er nahm ihr den Teller ab und lächelte.

»Alles gut, Anna. Sie hat es dir nicht übel genommen.«

»Nicht? Ich hatte das Gefühl, als wäre ich ungebremst von einem Fettnäpfchen ins nächste gehüpft. Noch ein Wort mehr, und sie hätte mich aus Kalabrien ausgewiesen.«

»Haha, ja, du warst knapp davor. Komm, ich freu mich jetzt auf dieses Süßzeug.«

»Das legt sich sofort auf die Hüften, vermute ich?«

Er nickte. »Oh ja. Aber ich habe irgendwo gelesen, dass ein Kuss eine Menge Kalorien verbrennt. Wir müssen uns dann zwangsläufig die Nacht durch Küssen und ...«

Sie boxte ihm lachend auf den Arm und hakte

sich danach bei ihm unter. »Ja klar, vor allem das *und*. Und ...« Abrupt blieb sie stehen und beinahe hätte er den Teller fallen lassen.

»Guck mal, da steht diese Nina vor unserem Haus.«

Tatsächlich. Die junge Frau hatte eine Hand auf den Zaun gelegt und schien auf etwas zu warten. Oder angestrengt nachzudenken.

»Was machen wir jetzt?« Er war sich nicht sicher. Ansprechen oder die Situation aussitzen? Am Bordstein, beispielsweise. Was wollte die Frau eigentlich?

Anna zuckte mit den Schultern. »Keine Ahnung. Wir sagen einfach mal Hallo, oder?«

Er stimmte ihr zögerlich zu, es blieb ihnen ja nicht viel anderes übrig, wenn sie heute noch ins Haus wollten. In wenigen Schritten waren sie bei ihr.

»Hallo«, sagte Anna freundlich.

Langsam drehte die junge Frau den Kopf. Leonardo wich reflexhaft zurück. Mit diesem Blick könnte die Kriege gewinnen. Fehlte nur noch das Messer in der Hand. Die einsetzende Dämmerung tat ihr Übriges dazu. Wie schaffte Anna es nur, trotzdem zu lächeln?

»Hallo ...«, antwortete Nina knapp und deutete mit einer Kopfbewegung zum Haus. »Verbringen Sie hier Ihren Urlaub? Können Sie mir sagen, ob man das Haus mieten kann?«

»Äh, nein.« Leonardo schob sich vor. »Das Haus

kann man nicht mieten, wir leben hier. Darf ich mich vorstellen? Leonardo Gilardino. Und Sie sind Nina, richtig?« Er streckte ihr die Hand hin. Kurz darauf klatschte Ninas Hand wie eine reife, geschälte Mango in seine. Genauso weich und ähnlich feucht. Uah, das war ... eklig. Hastig löste er den Händedruck, der irgendwie keiner gewesen war.

»Hermann«, sagte sie immer noch skeptisch dreinblickend und wischte sich ihre Hand an der Jeans ab. »Nina Hermann. Woher kennen Sie meinen Namen?«

Jetzt schaltete sich Anna ein. »Sie haben im Restaurant am Nebentisch gesessen, da haben wir das aufgeschnappt. Verzeihung, war aber nicht zu überhören. Ich bin übrigens Anna. Gefällt Ihnen unser Haus?«

»Na ja«, sagte sie und verzog das Gesicht, als böte man ihr einen altersschwachen Kleinwagen für eine horrende Summe zum Kauf an. »Es ist alt und schief und der Putz bröckelt und ...« Sie winkte ab. »Ist ganz nett, ja.«

»Dürfen wir Sie einladen? Kaffee? Oder lieber ein Glas Rotwein?«, bot Leonardo an. Er sehnte sich danach, seine Füße auszustrecken und mit einem Getränk in der Hand aufs Meer zu sehen. Ob mit oder ohne weibliche Giftspritze. Er schätzte, er kam damit nur Anna zuvor.

»Ja«, sagte diese auch prompt und schenkte der mürrischen Person ihr herzliches Pumuckllächeln. »Das wollte ich auch gerade fragen? Wollen Sie? Ach, sagen wir einfach du, oder?«

»Joa, warum nicht ...«, kam die Antwort, gefolgt von einem skeptischen Blick. Auf Leonardo wirkte sie, als überlege sie ernsthaft, ob sie einen Fuß in die Bruchbude stellen konnte, ohne dass das Gebälk über ihr zusammenbrach.

»Gut, ich mach einen Roten auf. Komm, Nina.« Er ging voran und hörte hinter sich Anna auf Nina einreden. Warum sie denn alleine hier wäre, wo ihr Mann sei. Jan hieße er, nicht? Haha auch das haben wir gehört. Macht aber nix. Das Schild? Süß nicht? Ja, der Spruch ist besonders. Ist Liebe nicht was Wunderbares. Hat mir Leonardo gebastelt, als ich hergezogen bin. Stell dir vor, das ist nur wenige Tage her und mir kommt es vor, als lebte ich schon ewig hier. So, das ist unsere Terrasse. Setz dich hierhin, das ist der schönste Blick aufs Meer. Magst du einen Kaffee vor dem Wein? Gleich Wein, okay. Kein Problem.

In der Zwischenzeit stand Leonardo in der Küche, entkorkte eine Flasche Rotwein und grinste in sich hinein. Es schien seine Anna überhaupt nicht zu stören, dass Meckermiene Nina die ganze Zeit nur brummte und ansonsten die Augenbrauen zusammenzog. Wahrscheinlich war sie nur unsicher, so biestig konnte kein Mensch sein. Gerade gegenüber Anna nicht. Man musste Anna einfach mögen, ob man wollte oder nicht.

»Es ist echt schön bei euch.«

Oha, der Besen konnte auch nett.

»Und hier der Wein, meine Damen.« Galant stellte er drei bauchige Gläser auf den Tisch, schenkte ein und setzte sich dazu.

Schweigen.

Nina drehte das Glas in den Händen und sah angestrengt auf den Holztisch vor sich. Dann bemerkte er Annas Blick. Sie sah ihn eindringlich an, zog die Augenbrauen hoch und ihr Kopf zuckte leicht, aber unmissverständlich Richtung Haus. Er verstand. Offensichtlich schien aktuell ein Frauengespräch anzustehen. Männer unerwünscht. Er seufzte. Dann eben kein Blick aufs Meer. Obwohl, wenn er sich an den kleinen Tisch in der Küche setzte, konnte er ...

»Oh, mir fällt gerade ein, dass ich Davide ein paar CDs bringen wollte, sicher wartet er schon drauf.« Er wandte sich an Nina. »Tut mir leid, ich wollte nicht unhöflich sein, hoffe, das geht in Ordnung? Bin in spätestens einer halben Stunde wieder da. Oder so.« Er drückte Anna einen Kuss in den Nacken. Frauengespräche ...

Herzenszeichen

Anna hob ihr Glas und prostete Nina zu.

»Auf einen kuscheligen Abend an der Marina di Strongoli, Nina. Was hat euch hierher verschlagen? Zu dieser Jahreszeit finden sich sehr wenige Touristen in dem kleinen Ort ein, daher ist es schon selten, jetzt auf Urlauber zu treffen.«

Noch während sie redete, merkte sie, sie redete zu viel. Das musste an der italienischen Luft liegen. So kannte sie sich gar nicht.

»Verzeihung, ich rede zu viel. Prost, Nina.«

Die Weingläser klirrten leicht aneinander. »Prost, Anna. Danke für den Wein und für diesen Platz hier. Ja, wir sind sozusagen auf der Durchreise. Heute ist unser letzter Tag.« Sie lachte kurz und verzweifelt auf. »Letzter Tag ... Ach, ihr seid zu beneiden. «

Anna lehnte sich im Stuhl zurück, das Weinglas mit beiden Händen haltend. Marc hatte diese Angewohnheit oft ins Lächerliche gezogen, sie verhöhnt und gefragt, ob sie das Getränk warmhalten wollte oder er es kurz in die Mikrowelle stellen sollte. Idiot. »Ja, ich beneide mich sogar ein wenig selbst«, lachte sie und wischte den Gedanken an Marc beiseite. Wie hatte sie nur so lange Zeit neben diesem Narzissten ausgehalten.

»Jan würde sowas auch für mich tun«, sagte Nina leise und nahm einen großen Schluck.

»Was würde er tun?«

»Mir so ein Schild malen. Komm herein und sei, wie du bist.« Nina stellte das Glas ab und beugte sich vor. »Das ist so ... so ... liebevoll, so herzergreifend. Wenn ein Mann so etwas für eine Frau tut, dann ...«

»Riecht das deutlich nach wahrer Liebe. Meinst du das?«, fragte Anna und beugte sich ebenfalls vor. Irgendeine Regung in ihrem Unterbewusstsein riet ihr dazu. Menschen, die sich sympathisch sind spiegeln die Körperhaltung ihres Gegenübers. Interessant, was man alles von sich selbst lernen konnte.

»Ja, irgendwie schon. Das ist echt Kacke.«

»Naja, das würde ich jetzt eher als Glücksfall bezeichnen.« Anna lehnte sich wieder zurück. »Außer, es ist einseitig. Dann wäre das allerdings nicht so prickelnd.«

»Sag ich ja.«

»Oh.«

»Prost, Anna.«

Einträchtig tranken sie, schwiegen, blickten auf die sich stetig und gleichmäßig bewegte Wasseroberfläche. Anna schenkte nach. Schätzungsweise würde es bei dieser einen Flasche nicht bleiben. Und was machte eigentlich Jan? Wusste er, wo seine Liebste sich aufhielt? Sie beschloss, die Frage für sich zu behalten. Warum, wusste sie selbst nicht.

Ein Seufzer aus ganz tief innen durchbrach das Schweigen.

»Woran merkt man, ob man jemanden liebt oder nicht?«

Super, da stellte sie der ja der Richtigen die Frage. Wie sollte sie das wissen? Sie, Anna Wahlberg, jahrelang mit dem falschen Partner im Blindflug durchs Leben gekreuzt. Mit Gegenwind.

»Schwierige Frage, Nina. Ich glaube, irgendwann spürt man es oder wacht auf.«

Sie erinnerte sich. Sie erinnerte sich an die Angst, die sie überfallen hatte, noch an dem Abend, an dem sie auf Leonardo traf. Zuerst war es ein unbestimmtes Gefühl gewesen, eine dumpfe Vorahnung. Irgendwo auf der Welt war ein Sack Reis umgekippt, der einen Schmetterling aus der Flugbahn warf, dessen Flügelschlag wiederum marginale Schwingungen verursachte und die hatten sie erreicht, gerade als sie das Taschentuch von Leonardo entgegennahm. Das war der Wendepunkt in ihrem Leben gewesen. Ein Gefühl, als hätte man ihr einen Knüppel übergezogen, um ihre Hirnzellen anzuregen, sich neu zu ordnen. Die Folge war Angst. Und als er sie drei Monate später fragte, ob sie ihm nach Kalabrien folgen wolle, hatte alles in ihr ganz laut NEIN gebrüllt. Unvorstellbar, wenn sie diesen Stimmen nachgegeben hätte. Wochenlang hatte sie sich gequält und gewunden. Die Frage: »Soll ich oder soll ich nicht« hatte wie ein Damoklesschwert über ihr geschwebt, jederzeit bereit, herabzustürzen und ihr den Kopf abzuschlagen, träfe sie die falsche Entscheidung. Hirn und Herz hatten einen erbitterten Kampf ausgetragen.

Schließlich hatte sie die sich überschlagenden Gedanken, ihr Bedürfnis nach Sicherheit, nach Führung und nach einem geregelten Leben ohne Überraschungen in die Schranken verwiesen und in Leonardos Augen geblickt. Und das hatte ihr augenblicklich die Entscheidung abgenommen. Das gleiche warme und sichere Gefühl wie bei der ersten Begegnung. Nur ohne Knüppel.

Oft erkennt das Herz den einzuschlagenden Weg früher. Nur der Verstand und die Konventionen machen alles komplizierter als es in Wirklichkeit ist.

»Wie war dein erstes Gefühl, als du Jan kennengelernt hast?«, fragte sie.

»Mein erstes Gefühl? Du stellst Fragen. Hast du noch Wein? Ich meine, dürfte ich noch ein Glas haben?«

Anna schüttete den Rest der Flasche in Ninas Glas und holte eine weitere aus der Küche.

»Hör mal, Nina. Wir kennen uns zwar überhaupt nicht, aber ich habe das Gefühl, dir geht es ähnlich, wie es mir ergangen ist. Noch gar nicht so lange her. Allerdings habe ich Leonardo nicht wie Scheiße behandelt, nur weil ich mir nicht sicher war, was ich tun soll. Es ist schon seltsam. Vorhin bekommen wir mit, wie Jan dir einen Heiratsantrag macht und du daraufhin wie ein wütendes Pferd davon galoppierst. Und dann stehst du einfach so vor unserem Haus. Wenn da mal nicht das Schicksal seine Finger mit im Spiel hat.«

Sie setzte sich und registrierte amüsiert, wie ihre doch eher barsche Ansage Nina die Sprache verschlagen hatte. Gut so. Manchmal hatte man eben keinen Knüppel in der Tasche, da half nur ein derber Verbalschlag aus unvermuteter Richtung.

Hab ich das gerade gedacht? Das sind ja ganz revolutionäre Züge. Huch? Aber irgendwie hab ich Recht. Sie behandelt ihn wie Scheiße.

»Sorry, Nina, das wollte jetzt raus. Und ich würde es dir nicht übel nehmen, wenn du jetzt gehen würdest. Aber ich bitte dich, zu bleiben. Außerdem hab ich eben noch ne Flasche aufgemacht. Die muss weg.«

»Was weg muss, muss weg und alles, was du sagst, unterschreib ich jetzt einfach mal so. Schenk nach. Ich glaub, ich hab ein Problem.« Ninas Mienenspiel wirkte auf Anna jetzt deutlich entschlossener als noch vor wenigen Minuten.

»Ja, scheint mir auch so. Ach, deine Antwort steht noch aus.«

»Was ich beim ersten Treffen gefühlt habe?«

»Genau.«

Nina trank das halbe Glas leer. »Darf ich eine rauchen?«

»Klar, wir sind hier im Freien. Moment.« Anna holte einen kleinen Blumentopfuntersetzer und stellte ihn vor die entscheidungsmotivierte Urlauberin, die sich mittlerweile eine Zigarette angesteckt hatte und langsam Rauch in die Luft blies. Ihr Blick hing in der Ferne im Nirgendwo, oder innen.

Auf jeden Fall sucht sie nach einer Antwort, dachte Anna, und wartete. Aus eigener Erfahrung wusste sie, so etwas brauchte Zeit.

Ihr Blick glitt über den Strand. Leonardo? Tatsächlich. Er stand am Wasser und ließ Kiesel springen. Eine warme Welle der Zuneigung floss durch ihren Körper.

Nina rieb sich den Hinterkopf. »Jan hat nicht verdient, dass ich ihn schlecht behandle. Mist aber auch. Warum reagiere ich so? Jetzt fühle ich mich schlecht und bin wütend.«

»Auf Jan?«

»Auf mich. Glaub ich.« Sie führte die Hand vom Hinterkopf an die Stirn, strich die dünnen, hellbraunen Haare zurück.

Anna verschränkte die Arme. »Na, das ist ja auch ne üble Masche. Du kannst dich nicht entscheiden, bist zornig darüber, und dann behandelst du deinen Typ wie Dreck, in der Hoffnung, er gibt dir den Laufpass. Und warum? Damit du nicht aktiv werden musst. Du lässt dir die Lösung abnehmen. Bitte denke jetzt nicht, dass ich dir Kalkül unterstelle, ich vermute, das läuft eher unbewusst ab. Ist ja auch einfach, andere entscheiden zu lassen. Frag mich, ich kenn mich da aus. Im Gegensatz zu dir hab ich allerdings nur mich selbst Scheiße behandelt. Ist auch nicht besser, aber fairer. Obwohl ich allen Grund gehabt hätte, meinem Ex so zu begegnen wie du deinem Jan. Kann es sein, dass Jan ein ausgesprochen ehrlicher und liebevoller Mensch ist, der alles für dich tun würde?«

Nina nickte, drückte die Zigarette aus und steckte sich eine neue an.

»Jan ist anders als die anderen«, begann sie. »Der erste Kuss, es war das Gefühl die eine, bedingungslose, tiefe, und einzigartige Liebe zu einem Menschen zu empfinden, das zu haben, was alle sich auf dieser Welt wünschen, wonach sich alle sehnen, wonach alle suchen. Ich glaubte, angekommen zu sein. Und dann auch wieder nicht. Es war so … einfach.« Sie machte eine Pause, zog an der Zigarette und sah Anna hilfesuchend an. »War ich dann wieder alleine, also ohne ihn, dann spielten meine Gefühle verrückt. Wie ein Blinker, verstehst du? Ich lieb ihn, ich lieb ihn nicht, ich lieb ihn, ich lieb ihn nicht. Sowas denkt man doch nicht, wenn man wirklich liebt, oder? Man sollte sicher sein, die Liebe spüren, immer und zu jeder Zeit, und sich voll drauf einlassen können.«

»Und das kannst du nicht?«

»Irgendwie nicht. Das Seltsame ist, ist er bei mir, fühl ich mich absolut wohl mit ihm. Ist er nicht bei mir, vermisse ich ihn ab und zu, bin aber im Prinzip froh, für mich zu sein. Ach, im Grunde genommen ist alles gut, so wie es ist.«

»Hm, wie ist es denn?« Anna ahnte etwas, aber das jetzt zu sagen, hätte nicht den Effekt, als wenn Nina von selbst draufkam.

»Gute Frage. Tja, er hat seine Wohnung, ich hab meine Wohnung, wir haben beide hervorragend bezahlte Jobs, er ist mittlerweile Bereichsleiter und ich übernehme bald die Schulungsabteilung.

Wir treffen uns meistens am Wochenende, mal bei ihm, mal bei mir. Wir sporteln zusammen und unter der Woche macht jeder Seins. Ist entspannter so. Wir arbeiten beide viel und kommen stellenweise nicht vor zwanzig Uhr aus dem Büro, und ...«

»Das sind dann die Momente, in denen du froh bist, deine Ruhe zu haben?«

»Genau.« Jetzt zog Nina schon viel energischer an der Zigarette und blickte sie offen an.

»Und das willst du nicht aufgeben.«

»Ja, scheint so.«

»Und nun? Liebst du ihn jetzt oder nicht? Ich meine, Büro, Sport, Abteilungsleitung, Überstunden, Pipapo. Das hat ja alles nix mit Gefühlen zu einem Menschen zu tun, oder?«

»Stimmt, hat es nicht, darf es nicht haben ...« Nina griff zur Flasche und schenkte erst ihr, dann sich selbst nach. »Lecker Stöffchen.«

»Danke. Ist ein Ciró. Ich mag zwar Trockenen lieber, halbtrocken ist aber auch okay«, sagte Anna.

Plötzlich schlug Nina auf den Tisch. »Das ist es!«

»Was ist was?«

»Jan ist mein trockener Rotwein.«

»Hä?«

»Liegt doch klar auf der Hand. Alle anderen Männer vor Jan waren halbtrocken. Sie waren eben da und irgendwie auch okay. Aber eben nur okay, sie waren ein Kompromiss. Bei Jan passt alles. Es stört mich nichts an ihm. Er ist mein trockener Rotwein.«

»Tolle Erkenntnis, Nina. Und deswegen behandelst du ihn auch wie Essigwasser.«

»Ja«, lachte Nina. »Tatsächlich. Kaum zu glauben, hm?«

Insgeheim wusste Anna, was Nina erkannt hatte, hielt sich aber zurück. Du liebe Güte, die Menschen hatten verlernt, auf ihre Instinkte zu hören, schalteten immer wieder ihr Hirn ein.

»Wie du vorhin sagtest, Anna. Ich will mich vor einer Entscheidung drücken, weil ich nicht weiß, was ich tun soll. Er sollte mich verlassen, damit ich sagen kann: Schicksal. Shit happens. Er hat einen Schlussstrich gezogen, nicht ich. Er ist der Buhmann.«

»Und jetzt verlässt du ihn?«

»Nö. Ich heirate ihn.«

Das kam jetzt dann doch etwas plötzlich. Die Frau war irgendwie unheimlich. Eben noch hopp, jetzt top. Oder aber sie war extrem clever, ausgesprochen selbstkritisch und bereit, aus Fehlern zu lernen und das Ruder herumzureißen. Anna sah zum Strand hinunter. Leonardo saß mittlerweile am Wasser und hielt seine Knie umschlungen. Hach, am liebsten würde sie jetzt zu ihm gehen.

»Euer Schild«, fuhr Nina fort, »Der Spruch hat mich nachdenklich gemacht. Sei, wie du bist. Hm, war ich die letzten Jahre, wie ich bin? Will ich Karriere machen, täglich zwölf Stunden arbeiten, nur um mir ein Penthouse leisten zu können, ein Cabriolet und exklusive Urlaube? Wie lange will ich das tun?

Ich hetze von einem Meeting zum anderen, von einer Gehaltserhöhung zur nächsten Gewinnbeteiligung, das Blackberry immer im Anschlag. Ich habe bald Verantwortung für fünfzehn Mitarbeiter. Das macht mich stolz. Und an fünf bis sechs Tagen die Woche falle ich abends todmüde ins Bett. Mittlerweile bin ich ein MOF, ein Mensch ohne Freunde, weil ich nie Zeit habe. Und aktuell war ich vermutlich dabei, meine große Liebe zu verleugnen. Und warum? Damit ich noch mehr Überstunden machen kann und mich in meine Höhle zurückziehen kann, wann ich will. Der Mann bringt meine Planung durcheinander. So ist es. Und die ganze Zeit dachte ich wohl, der darf das nicht, ich will das nicht. Es soll alles so bleiben, wie es ist, die nächste Stufe auf der Karriereplanung wollte erreicht werden. Mein Gott, wie verbohrt und engstirnig. Das bin nicht ich, auf keinen Fall.« Sie schlug sich an den Kopf, zückte ihr Handy und lachte auf, als sie auf das Display sah. »Neunundzwanzig entgangene Anrufe. Der arme Jan. Du entschuldigst mich, Anna? Ich muss mal eben telefonieren.«

Anna lächelte und trug die leeren Flaschen ins Haus. Ein Handy klingelte. Aber es war viel zu weit weg, um ihres zu sein. Sie trat zu Nina auf die Terrasse. Ihre Blicke trafen sich.

Schnell lief Anna zur Treppe und sah zum Strand hinunter. Leonardo kam auf das Haus zu und neben ihm lief Jan, der in diesem Moment sein Handy ans Ohr hielt.

»Du bist wo?«, hörte sie Nina sagen, die sie dabei

mit großen Augen ansah. »Ja, ich komme runter. Verzeih mir, Jan. Bis gleich.« Sie legte auf und steckte das Handy in die Hosentasche.

»Anna, ich gehe jetzt.« Sie kam auf sie zu und umarmte sie sehr lange. Als sie die Arme von ihr löste, sah Anna Tränen auf ihren Wangen. »Danke. Ich würde gerne noch bleiben, aber ich denke, dass ich jetzt mit Jan alleine sein muss. Du verstehst das, oder? Und wir reisen morgen früh schon ab. Leider. Wie bescheuert. Erst wollte ich gar nicht in diesen Urlaub fahren und jetzt möchte ich nicht mehr weg. Dürfen wir euch irgendwann mal wieder besuchen? Nach unserer Hochzeit?« Jetzt strahlte und heulte Nina gleichzeitig.

Anna versicherte ihr, dass sie jederzeit willkommen seien, und sah Nina hinterher, wie sie eilig die Stufen zum Strand hinunter eilte.

Kurz darauf erschien ein lachender Leonardo. »Er hat mich gefragt, ob ich seine Freundin gesehen hab. Du hättest mal sein Gesicht sehen sollen, als ich ihm erklärte, dass sie gerade ein intensives Frauengespräch mit meiner Frau auf unserer Terrasse führt.« Die letzten Worte hauchte er in ihr Haar und drückte sie dabei fest an sich.

»Mit deiner Frau? Ist das ansteckend?«

»Haha, glaub nicht, dass das ein Heiratsantrag war. Da lass ich mir dann schon etwas Besonderes einfallen. Oh, es ist noch Wein da. Kieselwerfen macht durstig.« Er zwinkerte und holte ein zusätzliches Glas.

Inzwischen neigte sich der Tag dem Ende zu und

die Sonne hatte sich in einen orangefarbenen Ball verwandelt.

Nebeneinander setzten sie sich auf die Bank, legten die Füße auf den Tisch und prosteten sich zu.

»Nimmt sie seinen Antrag jetzt an? Sie hat glücklich ausgesehen. Und gar nicht mehr so verkrampft und mürrisch«, fragte er.

»Ja, schätze schon.«

»Was war denn mit ihr los?«

»Der Mann hat es fertiggebracht, ihr einen Antrag zu machen. Das hatte sie nicht geplant.«

»Und? Nimmt sie ihn jetzt an?«

»Denke schon. Tja, wo die Liebe eben hinfällt. Und was die mit einem macht, weiß man im Vorfeld nie. Das kann einen Kontrollfreak schon ganz schön aus der Bahn werfen.«

»Wenn wir schon bei Gesprächen sind«, begann Leonardo und Anna spürte, das jetzt etwas Unangenehmes kommen könnte. Sie verkrampfte sich innerlich.

»Ich wollte dir schon lange etwas erzählen.«

»Du meinst das mit deiner Ex?«, sagte sie ins Glas.

»Ja ...«

Endlich! Sie nickte und ihr Herz klopfte und sie schwieg. Worte unterbrachen jetzt nur seine Gedankengänge. Sie brannte darauf, zu erfahren, wieso die Frau Leonardo verlassen hatte. Es war etwas Unausgesprochenes und das tat einer Beziehung nie gut. Nichts sollte zwischen ihnen stehen.

Salzige Luft legte sich wie beruhigender Balsam auf ihre Seele und der warme Wind strich sanft und in wohltuender Gleichmäßigkeit über ihre nackten Füße. Neben ihr atmete Leonardo und schien nach den richtigen Worten zu suchen. Schließlich begann er, langsam, stockend. Nicht nur für sie, auch für ihn bedeute dieser Moment etwas Großes. Und sie nahm es ruhig an.

»Ich dachte zu der Zeit, ich hätte alles erlebt, was es zu erleben gab. Ich dachte, sie wäre meine große Liebe.« Jetzt blickte er sie an. »Da wusste ich noch nicht, dass ich für dich bestimmt war, Anna.«

Anna griff nach seiner Hand und drückte sie sanft. Sprich weiter, dachte sie.

»Wir haben recht schnell geheiratet, Tess und ich. Es war alles so klar, so einfach, so, als gäbe es gar keinen anderen Weg. Das war vor fünf Jahren. Vor zwei und einem halben Jahr hatte ich sie dann auch schon verloren. Unumkehrbar. Es war in einem Urlaub in England, in Highcliffe. Ich stand vor dem Ferienhaus und sie hatte sich aufs Fahrrad geschwungen, wollte Brötchen zum Frühstück holen.« Er machte eine kurze Pause und fuhr ihr sanft mit den Fingern durch ihr kurzes Haar. Dabei blickte er sie so liebevoll an, dass sie ihm am liebsten gesagt hätte, er solle nicht weiterreden, er soll diesen Schmerz nicht mehr hervorholen. Sie öffnete den Mund. Er legte einen Finger auf ihre Lippen.

»Schon gut. Es macht mir nichts mehr aus. Das ist lange vorbei. Ich weiß selbst nicht, warum ich es dir nicht schon längst erzählt habe. Es ist nicht meine Erinnerung, es ist mehr die Angst vor deiner Reaktion, ich ..., ich möchte nicht, dass du glaubst, dass ich ...«

»Mau?« Eine Katze schlich auf die Terrasse, schlug kurz mit dem Schwanz und sprang auf Leonardos Schoß, rollte sich ein und schnurrte.

»Ach wie süß. Das ist aber eine hübsche Katze. Und so zutraulich.« Anna griff hinüber und kraulte ihr das Fell. Das veranlasste das Tier, sich auf den Rücken zu drehen und ihr den Bauch anzubieten.

»Äh«, sagte Leonardo und hob die Hände mit gespreizten Fingern.

»Haha, stimmt. Du bist ja allergisch.« Anna hörte auf zu kraulen und die Katze kuschelte sich wieder tief in den Schoß und schloss die Augen. »Du wirst sie jetzt nicht wegjagen, oder? Sie ist so niedlich. Fass sie einfach nicht an, vielleicht reagierst du dann nicht, hm?«

Umständlich angelte Leonardo nach seinem Glas und seufzte gespielt auf. Sie wusste, er liebte Katzen, trotz seiner Allergie.

»Okay«, flüsterte sie, »erzähl weiter, ja?«

Er holte tief Luft und drehte dabei den Kopf von der Katze weg. »Du musst wissen, Anna, sie hat mich nicht verlassen, sie ist gestorben. So ein bekloppter Amokläufer hat sie einfach abgeknallt. Sie und das ungeborene Kind.«

»Sie war schwanger? Sie ist ermordet worden?« In Annas Herz krampfte sich etwas zusammen. Undenkbar die Vorstellung, Leonardo würde nur mal eben ..., und dann ... Nein, nicht darüber nachdenken. Was musste er durchgemacht haben.

»Ja. Oder eher mehr eine Verkettung unglückseliger Ereignisse. Irgendein Psychopath hat in dem kleinen Ort aus seinem Auto heraus wild um sich geballert. Er fuhr einfach an Tess vorbei, schoss und traf. Nicht nur sie, er hat noch viele andere getötet, am Ende sich selbst. Ach Anna, es war - ohne dass wir es auch nur ahnten - ein letzter Urlaub zu zweit. Ein idyllisches Häuschen, ein verträumter Garten mit Blick auf das Meer. Ein kleines großes Glück. Und dann? Peng. Tot. Einfach so. So schnell kann es gehen. Und dann war zwei Jahre nichts. Nur düsterer Dunst um mich herum. Ich ging durchs Leben wie eine Marionette. Arbeiten, Essen, Schlafen. Kurz bevor ich dich traf, habe ich wieder begonnen, etwas für mich zu tun. Aber nur, weil mein Arzt meinte, wenn ich so weitermache, halte ich das nicht mehr lange durch und er würde mir so eine hübsche weiße Jacke besorgen, in der man sich selbst umarmen kann. Gut, ich gebe zu, auch die Zeit hatte ihr Übriges dazugetan. Ich zog also die Vorhänge auf und ging wieder in die Sonne, zum Sport, traf mich mit Freunden. Dann hast du da im Fitness-Studio auf dieser Bank gesessen und geheult und mir war, als würde in diesem Moment etwas anderes in den Vordergrund gerückt. Und jetzt bin ich hier. Mit dir. Ich will bis zu unserem letzten Tag unseres Lebens mit der Frau zusammen sein, die für mich bestimmt ist, die ich liebe, wie ich noch nie einen Menschen zuvor geliebt habe.«

Anna liefen die Tränen über das Gesicht. Er sah sie lange und zärtlich an, umfasste ihr Gesicht mit beiden Händen und küsste ihr jede einzelne Träne weg. »Du bist für mich bestimmt, Anna. Ich wusste es, als ich dich zum ersten Mal sah. Ab da hatte alles seinen Sinn. Es scheint fast so, als fügen sich die Dinge, sobald der vom Schicksal vorgesehene Weg eingeschlagen wird.«

»Und du hast keinen Schmerz mehr wegen Tess und dem ..., dem Kind? Das ist so furchtbar, so furchtbar ...«

»Nein. Heute bin ich dankbar, diese Zeit erlebt zu haben. Es war ein kurzer, aber sehr glücklicher Abschnitt. Wahrscheinlich musste er sein. Wer weiß schon, was das Schicksal mit einem vorhat. Vielleicht wäre ich nicht reif für dich gewesen, wenn ich dieses Unglück nicht durchlebt hätte. Vielleicht hätten wir uns niemals kennengelernt und ich wäre möglicherweise glücklich, und du unglücklich.« Er beugte sich zu ihr vor und wollte sie in den Arm nehmen, vergaß jedoch die Katze, die sich in diesem Moment auf ihre Füße begab und mit einem freundlichen *Mau* von seinem Schoß sprang und in den Büschen verschwand.

»Komisch.« Er blickte der Katze hinterher. »Ich musste nicht einmal niesen.«

»Unter Umständen reagierst du nur auf deutsche Katzen?«, warf Anna ein.

Er zuckte die Schultern und nahm sie fest in den Arm. Sie legte ihren Kopf an seiner Schulter ab. Es hatte doch etwas Praktisches, nebeneinanderzusitzen.

Sie überlegte, warum er vor ihrer Reaktion auf die Geschichte Angst hatte. Fürchtete er, sie würde auf ewig eifersüchtig auf Tess sein? Auf das Kind, das nie zur Welt kommen durfte? Warum sollte sie das tun? Sie wünschte, Leonardo hätte niemals dieses Leid durchleben müssen.

»Es ist ein Wunder«, sagte sie leise, »wie viel Platz in so einem kleinen Herzen ist. Ich glaube auch, dass wir dankbar für alles sein sollten, was uns widerfährt. Wie du sagst, wer weiß, wozu es notwendig ist.«

Er hauchte ihr einen sehr zarten Kuss auf die Stirn und umgriff sie fester. »Es ist gut zu wissen, einen Menschen an seiner Seite zu haben, den ich nicht nur mit jeder Faser meines Körpers anbete, sondern auch begehre, verehre und über alle Maßen schätze. Dieses Wissen ist unbezahlbar und verdammt selten, weißt du das Anna? Solch eine Liebe ist ergreifender als jeder Liebesroman, besser als Erdbeeren mit Zucker.«

»Aber nicht besser als Adolfas Torrone?«

»Sogar millionenfach besser.«

In der Ferne hörten sie ein leises *Miau*, und Anna war, als lache in der Ferne eine Frau. Weit weg und glockenhell.

Überraschung

Anna stand in Shorts und Shirt auf der Terrasse und streckte sich, Arme und Nase gen Himmel gerichtet, lang aus und atmete tief und wohlig ein.

Wie spät war es eigentlich? Wie? Schon zehn Uhr morgens? Zu Hause - nein, nicht zu Hause, denn das war ja jetzt hier in Strongoli - also in Heidelberg hatte sie am Wochenende bis in die Puppen schlafen können, und sich anschließend trotzdem müde durch den Tag geschleppt. Seit sie hier war, schlug sie morgens die Augen auf und war hellwach, gleich, ob es sieben oder zehn Uhr sein mochte.

Kaum zu glauben, dachte sie, wir haben gestern tatsächlich den ganzen Tag im Bett verbracht. Nun, zumindest mehr oder weniger. Okay, eher mehr. Aber, alter Fischkutter, was ein Tag!

Tatsächlich hatte es am Vortag ununterbrochen geregnet und sie, Anna Wahlberg - diplomierte Sauwetterhasserin - hatte diesen Tag in vollen Zügen genossen. Nicht ein einziges Mal hatte sie den Fuß vor die Haustüre gesetzt. Nur Leonardo hatte sich kurz entschuldigt, um Brötchen und ein paar Kleinigkeiten zum Mittagessen zu besorgen. Zurückgekehrt war er mit Ciabatta, rohem Schinken, Käse, Knoblauch, Wein und eingelegten Tomaten. Nach dem Frühstück im Bett waren sie gleich dort geblieben und nur aufgestanden, als der Hunger übermächtig wurde.

Anna barst vor Energie und Lebensfreude. Noch niemals in ihrem Leben hatte sie sich so frei und frisch gefühlt. Und das lag nicht nur an Leonardo. Es lag an dem wunderbaren Licht hier an der Spitze Kalabriens, an den mediterranen Düften, an dem blauen Meer, das stetig und gleichmäßig mit zarten Finger über den Sand streichelte. Und es lag am Regen, der die Natur hat aufblühen lassen und der immer noch in der Luft zu riechen war, wenn auch nur leicht.

Anna ließ ihren Blick an der stolzen Palme vorbei über den menschenleeren Strand schweifen. Diese Weite tat ihr gut, und erst jetzt merkte sie, dass auch dies eines der Fragmente war, die sie zum Wohlfühlen benötigte. Einfach nur den Blick in eine sich endlos ausstreckende Natur fließen lassen, weit über das Meer hinweg, bis hin zu den von hier winzig anmutenden Klippen, ein ganzes Stück hinter der Marina di Strongoli. Wie lange man wohl zu Fuß bis zu diesen Klippen unterwegs sein mochte?

Ach, manchmal begriff man erst, was man brauchte, wenn man es bekam, und zwar nicht nur für die Dauer eines kurzen Urlaubes. Diesen Blick würde sie für immer in ihrer Seele behalten. Allein dieser Gedanke durchströmte sie gemeinsam mit einer Welle von Freude. Und Anna war jetzt, in diesem Moment, so von Glück erfüllt, dass ihr beinahe die Tränen kamen.

Wo warst du nur die ganze Zeit, Strongoli, seufzte sie leise, und gab sich selbst die Antwort:

wahrscheinlich nur ein paar unscheinbar aneinandergereihte Buchstaben auf einer Landkarte.

Ach, wenn jeder von Beginn an wüsste, welchen Namen sein ganz persönliches Glück trug, gäbe es vermutlich keine Kriege und keinen Hunger auf der Welt.

Sie atmete noch einmal tief durch und ging dann hinein, Kaffee aufsetzen. In diesem Moment meldete sich ihr Handy mit einem kurzen *Pling*. Wahrscheinlich hatte ihre Mutter wieder eine Nachricht geschickt. Seit Anna in Italien lebte, hatte sie deutlich mehr Verbindung zu ihr als früher, denn ihre Mutter meldete sich beinahe täglich.

Anna schüttelte lächelnd den Kopf. Früher ..., dachte sie, das war gerade mal fünf Tage her. Schon seltsam, dass ein Kontakt, der sich auf fünf- bis sechsmal im Jahr beschränkte, mit einem Male enger wurde.

Sie füllte Kaffeepulver in das dafür vorgesehene Sieb und drückte - ganz wie Sofia es ihr gezeigt hatte - drei kleine Löcher hinein, schloss den Deckel und stellte die Kanne auf die Herdplatte. Während das Wasser in der Kanne sich erwärmte, griff sie zum Handy.

Vier Nachrichten. Vier?

Geh ans Telefon, bitte. Dein Marc.
Warum ignorierst Du mich, Anna?
Was hab ich Dir getan, dass Du mich so schnell vergisst?
Bitte, wie du willst. Dann eben anders.

In Annas Hals verfestigte sich ein Kloß. Mühsam schluckte sie ihn hinunter. Was meinte er mit »Okay, dann eben anders«?

Wahrscheinlich würde er wieder einen Brief schreiben, vielleicht sogar mehrere. Sie traute ihm sogar zu, sie täglich mit Post und SMS zu bombardieren. Das war so seine Art, mit der er meistens Erfolg hatte. Steter Tropfen höhlt den Stein, pflegte er zu sagen, und er handelte auch danach. Das hatte sie am eigenen Leibe zu spüren bekommen. Warum konnte er nicht einfach akzeptieren, dass sie ihn nicht mehr liebte? Man konnte doch nichts erzwingen?

Anna legte das Handy ab und zog hastig die Kanne von der Herdplatte. Das Wasser blubberte bereits.

»Mmh, *caffè*. Guten Morgen, mein Herz. Hab gar nicht gemerkt, wie du aufgestanden bist.«

Leonardo hielt sich mit beiden Händen am oberen Falz des Türrahmens fest und streckte sich. Automatisch glitt ihr Blick auf seine nackte Brust, die glatt und makellos nach ihren Lippen schrie, auf seine Körpermitte, dort, wo perfekt modellierte Muskeln sich unter der straffen Haut spannten und mit den Schmetterlingen in ihrem Bauch zu spielen begannen.

»Hör gefälligst auf, dich so lasziv im Türrahmen zu räkeln und zieh dir zumindest einen Slip an. Außer, du willst, dass der Kaffee kalt wird.« Sie hielt die Kanne demonstrativ hoch, und war sich in dem Moment unschlüssig, welcher Duft sie mehr anzog: das würzige Aroma des Kaffees oder die noch nachtwarme Mixtur aus Männerhaut und Sex.

Leonardo löste die Finger vom Türrahmen und fuhr sich durch die Haare. »Kalter *caffè* ..., bewahre. Außerdem will ich wissen, ob du ihn alleine genauso gut hinbekommen hast.« Er zwinkerte, holte zwei Tassen und Zucker aus dem Schrank und setzte sich, wie Gott ihn schuf, an den Tisch.

»Ich bekomm noch ganz andere Sachen alleine hin, mein Herr.«

»Ach ja ...?«

»Soll ich es dir nochmal zeigen?« Sie goss den heißen Kaffee in die Tassen und stellte die Kanne ab. Leonardo gab den Zucker dazu.

»Nach dem Kaffee gerne. Einer Wiederholung von gestern wäre ich nicht abgeneigt. Ich hatte zwar nicht genügend Schlaf, aber nach dieser Koffeindosis hier dürfte ich wohl wieder einsatzbereit sein.« Er nahm einen vorsichtigen Schluck, setzte die Tasse ab und bildete mit Daumen und Zeigefinger ein »O«. »Perfetto!«

Das war zu viel. Der Mann saß unverhüllt vor ihr und hauchte ihr ein erotisches *Perfetto* über den Tisch. Wie sollte sie da in aller Seelenruhe Kaffee trinken? Schnell sprang sie auf, holte seine Jeans aus dem Schlafzimmer und warf sie ihm zu. »Hier, ich kann unmöglich entspannt am Tisch sitzen, wenn du nichts anhast. Wer soll denn da entspannt Kaffee trinken können? Außerdem, ... stell dir vor, es kommt jemand.« Sie setzte sich ihm gegenüber und nippte an der Tasse.

Kurz überlegte sie, die Tischseite zu wechseln. Jetzt, nachdem der Teil mit dem *caffè* erledigt war, konnte man eigentlich getrost zum Wesentlichen übergehen, oder? Mit leisem Bedauern stellte sie fest, dass er bereits mit einem Bein in der Jeans steckte und munter drauflos redete.

»Hast du Lust, heute eine Wanderung zu den Klippen zu unternehmen? Die Sicht von dort ist traumhaft. Wir könnten uns ein paar Dinge mitnehmen, wic Wein, Brot, Oliven und so«, unterbrach er ihr Vorhaben, während er die Jeans überstreifte.

»Buon giorno! Leonardo? Anna?« Abrupt wurde die Tür aufgestoßen und herein schob sich der alte Fabrizio. Seine Arme umklammerten einen alten Flechtkorb, der bis zum Rand gefüllt war mit Orangen. Mit einem Fuß beförderte er die Tür wieder zurück ins Schloss. »Habe gepflückt. Viel zu viel Arancione. Hier.« Er stellte den Korb auf dem Boden ab, plumpste auf den Stuhl und wischte sich mit einem Stofftaschentuch, das schon bessere Zeiten gesehen hatte, über die Stirn. »Regen ist gut für Natur, eh? Aber ist schwul.«

Anna lachte, stand auf und holte eine weitere Tasse und einen Löffel. »Schwül meinst du.« Sie goss dem alten Baldo *caffè* ein, setzte sich wieder und stützte ihr Kinn auf die Hände.

Sie mochte Fabrizio Baldini. Ein Mann des Meeres, die Haut gebräunt und ledern, jahrelang der Sonne und der salzigen Meeresluft ausgesetzt.

Tausend Lachfältchen unterstrichen das sonnige Gemüt dieses alten Mannes. Man brauchte ihn nur ansehen, um zu begreifen, wie wohl er sich in seiner Heimat fühlte und dass ihn bis zu seinem letzten Atemzug nichts, aber auch gar nichts hier wegbekommen würde. Früher musste er ein unglaublich attraktiver Mann gewesen sein.

»Schwül? Nicht schwul?« Er blickte fragend von einem zum anderen und steckte sein Tuch in die Hemdtasche zurück. »Isse komplisiert, die deutsche Sprache.«

»Haha, nein, Fabrizio.« Leonardo reichte ihm Zucker. »Schwul ist, wenn zwei Männer sich ... ähm, nun ja, lieben.«

Mamma mia! Porco dio!« Fabrizio weitete die Augen und hob die Hände wie zur Abwehr hoch.

Anna lachte. »Ist mittlerweile völlig normal. Aber du hast recht, Fabrizio, es ist schwül draußen. Ich finde das Klima hier allerdings einsame Spitze, besser als kalter Regen und eisiger Wind.«

Leonardo holte eine Orange und begann, sie zu schälen. »Wir wollen heute zu den Klippen, Baldo. Gibt es den alten Pfad noch? Du weißt, den geheimen Weg, der etwas steiler, aber viel schöner zu gehen ist.«

Der alte Baldo nickte, brummte, trank seine Tasse in einem Zug leer und öffnete den Mund zu einer Antwort. Da klopfte es an der Tür.

»Wer kann das sein?« Leonardo runzelte die Stirn. »Keiner von hier klopft. Und schon gar nicht so zart.«

»Musse eine fremde Mensch sein ...«

Es klopfte erneut, diesmal noch leiser. Als wäre der Mensch vor der Tür sich nicht sicher, ob er überhaupt klopfen wollte.

»Ich geh ...«, sagte Anna und wollte aufstehen, doch Leonardo hatte sich bereits erhoben, ging zur Tür und öffnete sie.

Sein Rücken verdeckte die Person, die vor der Tür stand. Anna hörte nur zwei Worte und verschluckte sich beinahe am Kaffee.

»Frau Wahlberg?«

»Guten Tag, Leonardo. Schön, dass du mich erkennst. Du hast sicher ein Foto von mir gesehen.«

»Mama?« Anna hatte die Stimme ihrer Mutter sofort erkannt und sprang so schnell auf, dass der Stuhl umgekippt wäre, hätte Fabrizio ihn nicht rechtzeitig daran gehindert. Sie eilte zur Tür. Wenn sie mit allem gerechnet hätte, aber nicht mit ihrer Mutter. Dass die alte Dame eine so lange Reise auf sich nehmen könnte, war ihr so unwahrscheinlich wie eine falsche Antwort bei Fernseh-Telefonspielen erschienen.

Was ist die Zutat für Pfannkuchen? A: Mehl oder B: Fugenmörtel.

»Hallo Anna.« Die kleine Frau stand in einem graumelierten Wollmantel vor ihnen und hielt eine große Lederhandtasche verkrampft auf Brusthöhe umschlungen. Unsicher und mit einem entschuldigenden Lächeln blickte sie hoch. »Darf ich eintreten? Die Anreise war etwas ..., nun ja, ... strapaziös.«

Aufgeregt schob Anna sich an dem verdutzten Leonardo, der immer noch mit einer Hand die Tür aufhielt, vorbei und nahm ihrer Mutter die Handtasche ab. »Komm rein. Was machst du denn hier? Oh Gott, zieh den Mantel aus. Leonardo, kannst du mal bitte Mama aus dem Mantel helfen? Komm, hier entlang. Was hast du nur in dieser Handtasche? Ne Bowlingkugel?« Aufgeregt hörte sie sich selbst plappern wie ein Wasserfall und legte die Tasche ächzend auf dem Sessel ab.

Ihre Mutter trippelte ihr hinterher. »Nur das, was man so braucht, sollte der Koffer verloren gehen. Man weiß ja nie.«

In der Zwischenzeit hatte Leonardo den Mantel an die Garderobe gehängt und stand mit den Händen in den Hosentaschen und leicht hochgezogen Schultern wie verloren mitten in seinem eigenen Haus.

Fabrizio hatte sich eine Zigarette zwischen die Lippen gesteckt, zündete sie aber nicht an. Und ihre Mutter? Die ließ sich auf einen freien Stuhl an dem kleinen Tisch plumpsen, legte die Hände in den Schoß und sah sie an.

»Ja«, sagte sie und reckte das Kinn etwas vor. Anna bemerkte, wie ihre Mutter versuchte, dem starren Blick Fabrizios auszuweichen. Musste er so gucken? »Also, da bin ich nun. Ich mach hier Urlaub, wenn es euch nicht unpassend kommt. Das war zugegebenermaßen etwas ... spontan.«

Als Erster fand Leonardo die Worte wieder. »Darf ich Ihnen etwas zu trinken anbieten, Frau Wahlberg?

Ein Wasser vielleicht, Kaffee, Tee?«

Annas Mutter nickte kurz lächelnd in Leonardos Richtung: »Wasser bitte. Und einen Kaffee, wenn es keine Mühe macht. Herrje, Anna, jetzt starr mich nicht so an und setz dich zu mir. Und hör auf, an deinem Daumennagel herumzunagen, hast du diese blöde Angewohnheit immer noch nicht abgelegt?«

Ein Ruck lief durch Anna. Tatsächlich, sie hatte nicht mal bemerkt, dass sie am Nagel geknabbert hatte. Schnell zog sie die Hand zurück und nestelte an ihrem Shirt herum. Wie peinlich. Hastig zog sie sich den Stuhl heran und setzte sich. Wo sollte sie nur mit ihren Händen hin? Ah, die Orange. Hastig griff sie danach und schälte sie fertig. Essen konnte sie jetzt allerdings nicht.

Leonardo entsorgte die Schale und legte das Fruchtfleisch auf einen Teller. Fabrizio zog ein Feuerzeug aus der Hemdtasche.

»Sie wollen sich doch hier drinnen keine Zigarette anzünden?«, sagte ihre Mutter entrüstet und funkelte den alten Baldo an.

Der hob die Hand, winkte ab, schüttelte verlegen den Kopf und steckte das Feuerzeug wieder zurück.

Anna lachte, als Fabrizio Baldini gehorsam die Zigarette von den Lippen pflückte und hastig in einer Schachtel verstaute. Offenbar war er von der Präsenz ihrer Mutter etwas überrollt. Statt zur Zigarette griff er zu einem Orangenscheibchen und lutschte darauf herum. Dabei betrachtete er fasziniert die Frau, die sich demonstrativ leicht von ihm wegdrehte und wohl in diesem Moment ihre Betriebstemperatur erreicht hatte.

Anna konnte ihn verstehen, ihre Mutter war schon etwas gewöhnungsbedürftig. Von ihr aus konnte er sitzen bleiben. Sie war sogar froh, dass außer ihr und Leonardo sich noch ein neutraler Mensch im Raum befand.

Der erste Schreck hatte sich gesetzt, der Daumennagel war ab, und Anna erlangte wieder ihre vertraute Fassung.

»Du willst hier also Urlaub machen. Kannst du das nochmal wiederholen? Ich glaub nämlich nicht, was ich gerade sehe und höre. Und überhaupt, Mama, hättest du dich nicht vorher melden können? Wir haben hier nur ein Schlafzimmer. Okay, du kannst es haben. Bitte versteh mich nicht falsch, ich freue mich total, bin aber ... schon überrascht. So plötzlich ... Das passt gar nicht zu Dir, Mama. Ähm, Leonardo, wir könnten auf dem Sofa schlafen, oder draußen am Strand. Was meinst du?« Wie die Gedanken in ihrem Kopf sprudelten, waren sie auch schon draußen. Welch ein Durcheinander.

Leonardo hatte indessen eine weitere Kanne *caffè* zubereitet und stellte sie zusammen mit einer frischen Tasse auf den Tisch. »Kein Problem«, antwortete er und warf ihr einen leicht verzweifelten Blick zu.

»Das wäre dann schon mal geklärt«, sagte Anna. »Und jetzt sag mir bitte, was um Himmels willen hat dich dazu gebracht, den langen Weg einfach hierher zu fahren? So kenn ich dich gar nicht.«

Ihre Mutter nickte und probierte den Kaffee in einer Seelenruhe, die Anna beinahe zur Weißglut trieb. Die anfängliche Unsicherheit ihrer Mutter hatte sich verflüchtigt.

Leonardo stellte eine Karaffe Wasser mit Limetten und vier Gläser in die Mitte des Tisches und zog sich einen Stuhl herbei.

»Der Kaffee ist gut, schmeckt mir«, begann Annas Mutter. »Nun, ich habe dich vermisst, Anna. Und ich bin eine Mutter. Eine Mutter möchte ihr Kind immer gut aufgehoben wissen, und ich wollte sehen, wie du wohnst und ...«

»Ich bin seit fünf Tagen hier, nicht fünf Jahre. Das nehm ich dir nicht ab«, grätschte Anna dazwischen.

Ihre Mutter hob die Hand und seufzte. »Okay, erwischt. Nachdem du mir dieses Foto gesendet hast, du erinnerst dich, das von dem Haus.«

»Ja, ich erinnere mich, das war vorgestern. Ist also noch nicht so lange her.«

»Unterbrich mich nicht! Also, ich habe das Foto gesehen und dieses Haus hat mich an etwas erinnert. Dazu muss ich kurz ausholen.« Sie machte eine Pause. Leonardo schenkte Wasser ein und Frau Wahlberg nahm einen großen Schluck.

Verdammt, die machte es aber spannend. Anna rutschte ungeduldig auf dem Stuhl hin und her.

»Vor vielen Jahren - du warst noch nicht auf der Welt, Anna - haben dein Vater und ich Urlaub gemacht, Gott hab ihn selig. Es war irgendwo in

Italien, aber nicht hier. Wir hatten ein kleines Ferienhaus ...«

Das Weitersprechen schien ihr schwerzufallen und sie hielt einen Moment inne, gerade so, als wolle sie aufsteigende Tränen hinunterschlucken. Dann sprach sie weiter.

»Es war unser erster gemeinsamer Urlaub und das Haus war günstig und alt, und es hat ähnlich ausgesehen wie dieses hier und es war die schönste Zeit mit Franz, unsere erste Zeit und ...« jetzt tupfte sie sich tatsächlich eine Träne weg.

Anna ergriff über die Stuhllehne hinweg ihre Hand und drückte sie kurz. Die in diesem Moment aufsteigenden Tränen schluckte sie hinunter, gleichzeitig jedoch musste sie lächeln, denn da waren sie wieder, die vielen Unds. Immer, wenn ihre Mutter aufgeregt war, fabrizierte sie unendlich lange Sätze.

»Oh«, hörte sie Fabrizio raunen, »meine Beleidigung wegen Ehemann. Auch meine Frau ist eingeschlafen vor viele Jahre. È un pezzo«.

»Lange ist es her«, murmelte Leonardo und nickte.

»Sie meinen - mein Beileid - will ich doch hoffen.« Annas Mutter blickte ihn stirnrunzelnd an.

»Das heißt so? Scusi.« Fabrizio legte eine Hand an die Brust und zwinkerte.

Anna gluckste.

»Schon gut.« Frau Wahlberg winkte ab und sprach weiter. »Also ich wollte unbedingt hierher und dieses Haus sehen und dich sehen und Leonardo kennenlernen. Und überhaupt, meine Tochter so weit weg zu wissen und ..., tja, da bin ich nun. Vielleicht auch wegen Marc ...«

Bitte? Hatte sie sich gerade verhört? Was hatte der denn damit zu tun?

»Was hat Marc damit zu tun?«

Einer kommt

Selten allein

Es klopfte. Annas Mutter griff erneut nach dem Wasserglas, blickte nach links oben und schwieg.

Die Tür schwang mit einem Ruck nach innen auf.

»Hey, jemand da?« Eine blonde Frau schob sich umständlich mit einem großen Paket durch die Tür.

»Paula?« Anna und Leonardo sprachen es gleichzeitig aus. Irgendwie hatte Anna mit Marc gerechnet. Ein ganzes Gebirge fiel ihr vom Herzen.

»Höchstpersönlich«, sagte Paula fröhlich. »Entschuldigt das spontane Aufkreuzen, aber ich hab nicht viel Zeit.« Sie stellte das Paket auf der Küchenarbeitsplatte ab und drehte sich um. »Nicht mal zum Kaffeetrinken. Wolltest du doch gerade fragen, Leonardo, richtig? Ach, was bin ich unhöflich ...« Sie streckte Annas Mutter die Hand hin. »Wir kennen uns nicht, ich bin Paula Poletti, die Postbotin. Also die ab heute ehemalige Postbotin. Freut mich, Sie kennenzulernen, Frau ...?«

»Wahlberg. Angenehm. Ich bin Annas Mutter.«

Sie schüttelten sich kurz die Hände und lächelten sich höflich an.

Gut sieht Paula aus, dachte Anna. Frisch, jung und voller Lebensfreude. Kein Vergleich zu der griesgrämigen Postbotin von vor noch wenigen Tagen.

Was war geschehen? Einer so einschneidenden Veränderung in so kurzer Zeit musste ein besonderes Ereignis vorausgegangen sein.

»Ich hab einen neuen Job« Paula strahlte. »In Köln. Was sagt ihr jetzt?«

»So schnell?« Anna konnte es nicht glauben.

»Ja, gestern erreichte mich ein Anruf. Ich kann schon nächste Woche anfangen. Nachher reise ich ab. Ist alles gepackt und hier ...«, sie klopfte mit der flachen Hand auf das Paket neben sich, »sind ein paar Dinge, die ich euch geben möchte. Kleinzeug wie Krüge, ich hab davon so viel, bisschen Kaffee und ein paar Teelichthalter. Ich hoffe, ihr könnt es brauchen?«

»Ja, sicher. Kleinzeug kann man nie genug haben. Aber, Paula, was ist mit deinem Mann?«, wollte Anna wissen.

»Der bleibt hier.« Sie zuckte die Schultern. »Ich liebe ihn nicht mehr, das ist mir mit einem Male klar geworden. Und er mich auch nicht, es bleibt also kein gebrochenes Herz zurück. Tja, schon seltsam, wie schnell sich die Dinge manchmal entwickeln und man Umwege einlegen muss, um zum Ziel zu kommen, nicht wahr? Mein Umweg war Italien. So, jetzt muss ich aber los.« Sie trat an den Tisch und breitete die Arme aus.

Anna stand auf und nahm sie in den Arm. »Mach´s gut, Paula. Ich freu mich für dich, dass du deinen Weg gefunden hast. Melde dich bitte, wenn du in Köln angekommen bist.«

»Sowieso, Anna. Und ich komm euch irgendwann besuchen. Du weißt ja, wer einmal in Strongoli war, kommt immer wieder.«

»Das will ich meinen.« Leonardo löste Anna ab und drückte Paula kurz. »Ich wünsch dir nur das Beste.«

Fabrizio brummte etwas Unverständliches auf Italienisch und griff nach einer Zigarette, legte sie aber schnell wieder zurück, als ihm Annas Mutter einen scharfen Blick zuwarf.

Na, die beiden haben sich ja gefressen, dachte Anna amüsiert, und begleitete Paula zum Ausgang. Dann setzte sie sich wieder an den Tisch. Einer fehlte. Wo war der alte Baldo?

»Der Mann ist ja hochgradig süchtig«, sagte ihre Mutter und deutete mit dem Kinn zur Terrasse. Dort stand Fabrizio und rauchte seine Zigarette.

Anna beschloss, das Thema Marc wieder aufzugreifen.

»Also, was hat Marc damit zu tun, dass du hier bist, Mama?«

»Bitte? Marc? Ach ja, Marc. Lass mich erklären, mein Kind. Gestern saß ich bei meinem Frühstück - allein, wie immer - als plötzlich Marc vor der Tür stand. Du kannst dir nicht vorstellen, wie er aussah, der arme Junge. Verhärmt, fahl im Gesicht, rote Augen, als hätte er tagelang ...«

»Durchgesoffen«, ergänzte Anna und schnaubte. »Und? Soll er doch.« Abrupt stand sie auf und holte eine Packung Schokoladenkekse aus dem Schrank, öffnete die Packung und steckte sich einen in den Mund. Die restlichen Kekse gab sie in eine Schale und stellte sie unsanft auf den Tisch.

»Und weiter?« Sie setzte sich wieder und starrte ihre Mutter an. Ein Seitenblick auf Leonardo verriet ihr, dass er ebenso angespannt war wie sie. Er hatte sich im Stuhl zurückgelehnt und hielt sich mit beiden Händen an der Kaffeetasse fest, den Blick unverwandt auf ihre Mutter gerichtet. Draußen drückte Fabrizio seine Zigarette im Aschenbecher aus, hauchte in die Hand und verzog das Gesicht.

»Was sollte ich tun? Ich bat ihn natürlich herein. Im Übrigen kenn ich dich so nicht, Anna. Du bist so ..., so forsch geworden. Ein ganz neuer Zug.« Sie griff zum Wasserglas, und Anna war sich sicher, ihre Mutter erwartete jetzt eine Reaktion von ihr. Gegenworte, ein kritisches Nachfragen, eine Rechtfertigung, irgendwas in der Art. Besser, sie sagte jetzt nichts, sonst würde ihre Mutter das Gespräch endgültig auf sie lenken, und das wollte sie unbedingt vermeiden.

Das Schweigen wurde unterbrochen von Fabrizio, der hüstelnd eintrat, sich, wie selbstverständlich wieder an den Tisch setzte, und ebenfalls nach seinem Wasserglas griff. Er öffnete kurz den Mund, sah von einem zum anderen, und schloss ihn wieder. Dann trank er und behielt sein Glas in den Händen, so wie Leonardo die Tasse.

Anna steckte sich einen weiteren Keks in den Mund. Das war immer noch besser als ein Fingernagel.

»Verzeihen Sie, aber Sie riechen unangenehm

nach Rauch!« Frau Wahlberg richtete sie sich gerade und warf dem alten Baldo einen vernichtenden Blick zu. Der verschluckte sich vor Schreck an seinem Wasser. »Scusi, tutte mir leid«, stotterte er und ihre Mutter wandte sich naserümpfend von ihm ab.

»Also, bei uns zuhause raucht ja schon lange niemand mehr in geschlossenen Räumen ...«

»MAMA!« Jetzt wurde es Anna zu bunt. »Komm zur Sache und lenk nicht ab.«

»Gut, wie du willst.« Sie seufzte deutlich und für Anna eine Spur zu theatralisch auf und faltete die Hände im Schoß. Ihr Blick heftete sich fest auf Anna. »Er bat mich, dich zu besuchen und nach dem Rechten zu sehen. Und, nun ja, es passte ganz gut, weil ich ja eben auch zu dir wollte und so habe ich, haben wir eben beschlossen, hierher zu fahren. Also, zu fliegen. Mein erster Flug, du liebe Güte, und das in meinem Alter, ich kann dir sagen ...«

»Isse nicht alt, isse schöne Frau. Interessante, wenn ich sagen darf«.

Anna hörte Fabrizio wie aus der Ferne. In ihrem Kopf rauschte es. Was hatte sie gerade gehört. Wir? Sie musste sich getäuscht haben.

»Unverschämtheit!«, hörte sie ihre Mutter sagen.

Anna brachte keinen Ton raus und registrierte, wie Leonardo sich vorbeugte, die Tasse abstellte und ihre Mutter ungläubig anstarrte. »Marc ist hier?«

Anna hatte das Gefühl, etwas tun zu müssen.

Ah ja, atmen. Sie holte Luft.

»Marc? Hier? Das ist jetzt nicht wahr. Sag, dass das nicht wahr ist, Mama!«

»Doch.«

»Wo?«

»Er sitzt im Mietwagen etwas weiter die Straße runter und wartet, dass er hereinkommen darf. Ich soll ihn dann anrufen, wenn ...«

»Die Luft rein ist?« Anna lachte laut auf. »In tausend kalten Wintern setzt der hier keinen Fuß rein, nicht mal den großen Zeh. Ich fasse es nicht.« Sie stand auf. Es war ihr unmöglich, still sitzen zu bleiben. So lief sie im Zimmer auf und ab und ballte die Fäuste. »Mit Marc hierher fliegen, sowas Bescheuertes! Seid ihr von Sinnen? Was fällt dir ein? Ach, ich mach *caffè*.« Sofort begann sie, die Kanne auszuspülen und frisches Wasser einzufüllen. Sie musste ihre Hände beschäftigen, bevor sie sich noch um den Hals ihrer Mutter legten.

»Also soll ich ihn jetzt an ...«

»NEIN! Untersteh dich!« Anna schlug mit der flachen Hand auf die Holzplatte und funkelte ihre Mutter an. Spontan reifte in Anna ein Entschluss. Sie würde jetzt raus zu Marc gehen und ihn auf der Stelle zur Minna machen. Das hätte sie schon längst tun sollen. Und dann sollte er ihre Mutter nehmen und von hier verschwinden. Ach nein, alleine sollte er zurückfahren. Oder doch nicht? Egal. Etwas musste sie tun, sonst würde sie platzen. Schon schossen ihr heiße Tränen in die Augen.

Sie spürte, wie sie bebte.

Leonardo stand auf, trat zu ihr und nahm sie in den Arm.

»Hey, das kriegen wir gelöst, ganz ruhig, mein Herz.« Seine Lippen berührten sanft ihre Wange und er flüsterte die Worte so leise, dass nur sie sie hören konnte. Dabei streichelte er ihr beruhigend über den Rücken.

Anna schloss die Augen. Das Beben ließ nach. Sie nickte.

Ja, sie würden es gemeinsam lösen. Wie gut Leonardo ihr doch tat. Wie gut, ihn an ihrer Seite zu wissen. Im Hintergrund bekam sie mit, wie Fabrizio ruhig auf ihre Mutter einredete und diese hochnäsig antwortete. Aber was sie sagten, konnte sie nicht ganz verstehen. Nur Bruchstücke schwappten zu ihr herüber.

» ... nicht gute Idee ...«

»Ach, halten Sie doch ...«

» ... erkenne, wenn ...«

»Also, in Ihrem Alter würde ich ... Was denken Sie sich eigentlich, Sie ...«

Anna legte ihre Stirn auf Leonardos Brust. »Ich geh da jetzt raus, Leonardo. Und ich schicke ihn weg. Ich will nicht, dass er dieses Haus betritt.«

»Ich gehe mit dir.«

»Nein, das muss ich alleine tun.« Sie hob den Kopf. »Was, wenn er auf dich losgeht? Nein, nein. Lieber nicht.«

»Na, mit so einem Pimpf werde ich locker fertig.« Er lächelte ihr aufmunternd zu, hob einen Arm und spannte den Bizeps an.

Damit vertrieb er Annas Anspannung endgültig. Und sie war sogar in der Lage, zu lachen. Aber nur kurz, die Situation erschien ihr unwirklich, fast surreal. Sie musste da raus, musste sehen, dass Marc wirklich da war, und dann ... Ja, was dann?

»In diesem Fall muss eine Frau tun, was eine Frau tun muss. Ich geh alleine, Leonardo.«

»Ich hab den Spruch anders in Erinnerung«, schmunzelte er, und fuhr ernster fort: »Gut, aber ich halte mich bereit, falls du mich brauchst.«

Sie streckte ihr Rücken gerade und gab ihm einen Kuss auf die Wange. »Das ist lieb von dir, aber mit dem - wie sagtest du? Pimpf? - werde ich schon alleine fertig.« Nur ungern löste sie sich aus Leonardos Armen und ging zur Tür.

»Wo willst du hin?«, hörte sie ihre Mutter mit hoher Stimme rufen.

»Ein Arschloch nach Hause schicken«, sagte sie mit fester Stimme und ohne sich umzudrehen.

»Schritt fest, Kopf hoch, Schultern gerade, du schaffst das«, sagte sie sich in Gedanken, als sie das Gartentor passierte und sofort den Wagen entdeckte, der einige Meter weiter weg parkte. Ein parkendes Auto bedeutete weiter nichts Ungewöhnliches, doch außer Leonardos Wagen stand nur dieser in Sichtweite, und der hatte einen Aufkleber einer bekannten Mietwagenfirma auf dem Heck. Aus dem Wagen drangen die Klänge von Queens *Bohemian Rhapsody* und ein Ellenbogen hing aus dem Fenster.

Kurz hielt sie inne. Sollte sie das wirklich tun? Andererseits, was blieb ihr übrig? Wie würde er reagieren, wenn er auf sie traf? Er erwartete aller Wahrscheinlichkeit immer noch die verschüchterte Anna. Eine Anna, wie er sie kannte, die sich seiner Arroganz beugte und zu ihm aufsah, nichts infrage stellte, was er tat und sagte.

Sie hatte gedacht, dass es die alte Anna nicht mehr gab, und jetzt spürte sie, dass die nur geschlummert hatte und schon noch da war. Sie wollte aber nicht mehr die alte Anna sein, und klammerte sich an die neue. Und die hatte Marc definitiv von seiner Position als Supermann in ihrem Kopf vertrieben. Den Platz in ihrem Herzen hatte er sowieso schon lange verlassen, sogar noch vor dem ersten Zusammentreffen mit Leonardo.

Die Anna, die jetzt hier stand, vor einem weiß gekalkten Haus, an dessen Fassade sich Äste einer wunderbar blühenden Bougainvillea verzweigten, war eine andere.

Dieser Gedanke gab ihr Kraft. Sie richtete sich auf, reckte das Kinn vor und setzte sich in Bewegung. Ihr Herz klopfte und ihre Hände wurden feucht. Offenbar reagierte ihr Körper in jahrelang erlernter Weise. Sie ignorierte es. Dicht trat sie an das geöffnete Fenster heran. Und mit einem Male wurde sie ruhig. Sehr ruhig.

Nervös lief Leonardo im Zimmer auf und ab.

Unter keinen Umständen konnte er Anna mit diesem Typen alleine lassen, er traute ihm sogar zu, sie zu entführen. Was war das nur für ein Mensch, der sogar eine Mutter benutzte, um an sein Ziel zu kommen? Keine Frage, nur ein sehr egoistischer und skrupelloser Zeitgenosse wäre zu so etwas fähig. Oder ein sehr verzweifelter Mann.

»Ich geh raus zu Anna, ihr könnt gerne hier bleiben.« Er wand sich zu Fabrizio und Frau Wahlberg und schob ein »Bitte« hinterher.

»Ich leiste Mama von Anna Firma«, bestimmte Fabrizio lautstark und hob den Zeigefinger. Dann blickte er nach links oben, als überlege er. »Falsches Wort, oder?«

»Gesellschaft, Fabrizio, du meintest, du leistest ihr Gesellschaft.«

»Si, das ich meinte.«

»Gnade mir Gott.« Frau Wahlberg verdrehte die Augen und hielt die Handtasche auf ihrem Schoß mit beiden Händen fest, als warte Fabrizio nur darauf, sie ihr zu entreißen.

Leonardo seufzte. Na, die konnten sich ja gut leiden. Er trat vor die Tür und zog sie leise hinter sich zu.

Entgegen seinem Drang, Anna sofort zu Hilfe zu eilen, blieb er stehen und beobachtete seine Freundin, wie sie entschlossen auf ein schwarzes Auto zuschritt.

In Leonardo spannte sich jeder Muskel. Er war bereit, beim kleinsten Anzeichen von Ärger loszuspurten. Bereits jetzt dazuzustoßen hielt er jedoch nicht für geschickt. Zudem hatte Anna ihn gebeten, sie alleine gehen zu lassen. Also stand er einfach nur steif da, eine Hand auf das niedrige Gartentor gelegt, und ließ seine Anna nicht aus den Augen. Seine Stirn zog sich in Falten.

Wenn der Typ ihr auch nur ein Haar krümmte, ...

ηγ

Anna musste sich leicht vornüber beugen, um in den Wageninnenraum sehen zu können.

Der Mann hatte den Kopf zurückgelehnt und die Augen geschlossen. Eine Hand lag auf dem Lenkrad und die Finger tippten zum Takt der Musik.

Offenbar hatte er sie noch nicht bemerkt. Der Überraschungseffekt war also auf ihrer Seite. Ruhig ließ sie seinen Anblick auf sich wirken, gespannt, welche Emotionen er in ihr auslöste. Hatte sie etwa Angst vor ihren eigenen Gefühlen? Wieso eigentlich? Saß Marc ihr so fest in den Knochen?

Sie betrachtete sein glattrasiertes Gesicht. Sogar seine Augenbrauen bildeten einen perfekten, in Form gezupften Schwung. Nur der oberste Knopf seines wie immer perfekt gebügelten Hemdes war geöffnet, und aus dem Wagen strömte ihr der bekannte Duft seines Rasierwassers entgegen. Vor etwas mehr als einem halben Jahr wäre sie diesem Duft erlegen.

Jetzt verursachte er latente Übelkeit. Der Mann in dem Wagen war ihr ein Fremder geworden. Sie fühlte weder ein Bedauern, noch Sehnen nach einem Kuss von ihm, aber auch keine Wut mehr.

Er war ihr schlichtweg egal.

Nur, dass er ihre Mutter mit hineingezogen hatte, machte sie zornig. Sie liebte ihre Mutter, auch wenn sie nicht immer einer Meinung waren. Gut, die alte Dame reizte mit ihren Eigenarten Annas Nervenkostüm stellenweise bis zum Anschlag, aber Mütter und Töchter hörten eben nie auf, sich zu lieben.

Anders sah die Sache mit Männern aus, insbesondere mit Marc. Wann kapierte er endlich, dass es vorbei war?

»Anna?«

Mist.

»Allerdings!« Sie fing sich sofort wieder. »Steig aus, ich hab dir was zu sagen.« Schnell richtete sie sich auf und trat einen Schritt zurück.

»Setz dich, wir fahren eine Runde«, hörte sie ihn in dem bekannt autoritären Tonfall sagen, der keine Widerrede zuließ.

Zugelassen hatte. Zumindest bei ihr.

»Steig aus oder schwirr ab. Ich werde einen Teufel tun und zu dir ins Auto steigen.«

Schweigen.

Plötzlich wurde die Fahrertür mit einem Ruck geöffnet und Marc stieg aus.

Nicht ohne eine gewisse Erheiterung bemerkte

sie, wie eine leichte Wutröte seinen makellosen Teint flutete.

Er knallte die Wagentür zu, lehnte sich betont lässig an den Kotflügel und verschränkte die Arme. Aus seinem Gesicht sprang Anna Geringschätzung entgegen und sein linker Mundwinkel zuckte. Es musste ihn ziemlich viel Kraft kosten, sich zusammenzureißen.

»Was ist denn das für eine Ausdrucksweise?«, begann er und zog dabei seine Augenbrauen hoch. »Ahnte ich es doch«, sagte er, »Der hiesige Umgang ist nichts für dich. Deshalb will ich ..., nein, ich habe ...« Er räusperte sich, löste die Arme und streckte ihr eine Hand entgegen.

Anna steckte die Hände in die Hosentaschen und hob leicht das Kinn an. Früher hätte sie unter seinem scharfen Blick den Kopf gesenkt. Es kam ihr vor, als wäre das in einem anderen Leben gewesen.

Noch bevor er weiterreden konnte, brach es aus Anna heraus.

»... diese übermenschliche Reise an den Arsch von Europa angetreten. Nicht wahr, Marc? Das wolltest du doch sagen. Wahrscheinlich sogar noch, um mich zu erlösen, was?« Anna trat einen Schritt vor, wischte seine Hand beiseite und hob ihren Zeigefinger unter seine Nase.

Marc wich leicht mit dem Oberkörper zurück. Diese minimale Bewegung machte sie vollends frei und gab ihr für einen winzigen Augenblick ein Gefühl der Macht.

Anna registrierte, wie sich Marcs Augen verdunkelten und kurz glaubte sie, Schmerz darin zu erkennen. Scheinbar war er doch nicht der mentale Hochkaräter, der stets alles im Griff hatte und nur sich selbst liebte.

Mit einem Male verzog aller Zorn, alle Wut, als hätte der kleine Windhauch, der eben durch ihr Haar gestrichen war, alle üblen Gefühle mitgenommen. Einfach so. Peng. Weg.

Plötzlich packte Marc sie am Arm und drückte fester als nötig zu. »Verdammt, Anna, benimm dich gefälligst wie eine erwachsene Frau.«

Ohne zu zögern, hob sie die Hand und wollte ihm eine Ohrfeige verpassen, kam jedoch nicht mehr dazu. Genauso schnell, wie er zugepackt hatte, ließ er sie wieder los, wich leicht zurück und hob beide Hände. »Entschuldige, ich weiß nicht ..., der Flug und die Fahrt hierher waren anstrengend und deine Mutter war noch viel anstrengender. Ich ...«

»Marc! Spinnst du jetzt total?« Sie senkte die Hand.

Was war denn in ihn gefahren? Er hatte sich ja mal so gar nicht im Griff.

»Du erwartest nicht wirklich, dass ich Freudensprünge mache, nur weil du hier auftauchst und meine Mutter mitbringst, oder? Was ist das überhaupt für eine bekloppte Idee?« Sie tippte an ihre Schläfe.

Marc adaptierte ihre Geste und rieb sich die Stirn. Dabei blickte er auf den Boden vor sich.

Schweigen.

So langsam wurde es Anna zu heiß in der prallen Sonne und sie wollte dieses unleidliche Thema endlich für alle Zeit aus der Welt schaffen. Aber wie? Das Einfachste wäre, auf dem Absatz kehrt zu machen. Sollte er bleiben, wo er wollte, aber definitiv nicht bei ihr und Leonardo. Er sollte abschwirren und sie gefälligst in Ruhe lassen.

Ja, das wäre das Bequemste. Es wäre aber auch sehr unhöflich. Schließlich hatte er einen Grund, auch wenn sie den nun wirklich nicht spannend fand, und er hatte wegen ihr - naja, wohl mehr für sich selbst - diese weite Reise angetreten. Er sollte wenigstens eine kurze Pause machen dürfen. Das wäre nur fair.

Marc blickte immer noch unter sich. Noch so ein neuer Zug. Konnte er so gut schauspielern? Egal. Ein Getränk und ciao, Marc. Sie legte ihm eine Hand auf den Arm.

»Komm Marc, Schwamm drüber. Trink einen Kaffee oder etwas Kühles oder beides und mach dich frisch, bevor du zurückfliegst. Einverstanden?«

Ungläubig hob er den Kopf. »Du lädst mich ein? Was sagt denn dein neuer Ty ..., Leopold, oder wie er heißt, dazu?«

»Leonardo. Ich denke, er würde genauso handeln. Also, was ist?«

Das Schweigen der Männer

Leonardos Finger krallten sich in das Holz des alten Gartenzaunes.

Wenn der Arsch nicht sofort die Hand von seiner Anna nähme, dann würde er ihm mal zeigen, wie man sowas hier in Kalabrien regelte. Der Pimpf könnte sich dann die Korallen aus unmittelbarer Nähe ansehen, bis er ..., bis er ... Ach!

Kraftvoll stieß er sich ab, schlug mit der Faust in seine offene Hand und ... hielt inne.

Die Lage schien sich zu entspannen. Der Typ hatte Anna losgelassen.

Wart ab, Leonardo, nur keinen Mord im Affekt begehen, ganz ruhig. Anna würde das schon machen. Und gleich würde sich diese Nulpe in seine schwarze Schwanzverlängerung setzen und abdüsen. Recht so.

Um Lässigkeit bemüht, lehnte er sich mit verschränkten Armen gegen den Zaun und kaute auf einem Grashalm herum, den er sich eben kurzerhand aus der Ritze zwischen Holzzaun und Boden gezogen hatte. Dabei wandte er sich von Anna und Marc seitlich ab und tat so, als beobachtete er wenig Faszinierendes auf der anderen Straßenseite. Nämlich nichts, weil da bis auf einen grasbewachsenen Hügel und eine streunende Katze nichts war. Zugegebenermaßen entspannte er sich keineswegs, auch wenn es für Außenstehende so aussehen mochte.

Und selbst der stärkste Wille nützte nicht das kleinste bisschen, wenn man seine Frau nebst deren Ex locker plaudernd auf sich zugehen sah.

Leonardo verschluckte sich beinahe am Grashalm. Es kostete ihn alle Kraft, die betont saloppe Haltung zu bewahren. Dabei hätte er dem Schnösel am liebsten ...

»Leonardo? Das ist Marc. Ist es okay für Dich, dass er bei uns noch einen Kaffee trinkt und sich frisch macht, bevor er wieder nach Deutschland zurückfliegt?«

»Hallo Leonardo, freut mich ... ähm, dich kennenzulernen.«

Leonardo starrte auf die manikürte Männerhand, die sich ihm entgegenstreckte, und schwieg. Er spürte Annas nervöse Anspannung. Er hörte Marcs geheucheltes »Freut mich« in seinem Kopf nachhallen. Und er sah im Geiste seine Faust die Nase dieses Womanizers zertrümmern.

Seine Arme dachten jedoch nicht daran, sich aus ihrer Position zu lösen, und blieben verschränkt an Ort und Stelle. Stattdessen spuckte er den Grashalm aus und blickte Anna an. Die Hand des Kotzbrockens war mittlerweile in dessen Hosentasche verschwunden.

»Du willst ihn tatsächlich in unser Haus bitten? Hab ich das richtig verstanden?«

Geflissentlich ignorierte er diesen Marc, der hatte hier nichts zu suchen. Und schon gar nichts zu finden, dieser Lackaffe.

Von nebenan meldete sich eine Stimme. »Nicht nötig, ich gehe. Und ich komme dann wieder, wenn ...«

»Könnt ihr euch jetzt bitte mal wie erwachsene Menschen benehmen?«, sagte Anna und Leonardo fühlte sich einen Moment wie bei Adolfa. Unwillkürlich musste er schmunzeln. Niedlich, seine Anna, wenn sich eine kleine süße Zornesfalte zwischen ihre Augenbrauen grub.

»Marc, du kommst jetzt mit rein«, bestimmte sie, »und Leonardo, du auch. Komm, rein mit dir.«

Sie gab ihm einen Schubs. Zum Glück stand die Tür offen.

»Mama, Fabrizio? Wir sind wieder da und haben ...« Anna trat ins Wohnzimmer und blickte sich verwundert um. »Leonardo, haben sie irgendwas gesagt, dass sie weggehen?«

»Nein, kann ich mir auch nicht vorstellen, dass die beiden gemeinsam unterwegs sind. Ich meine, sie haben sich nicht gerade angehimmelt.« Er ging an den Kühlschrank und zog eine Flasche Bier heraus. Wie spät war es? Mittag? Ach, eigentlich egal, solche Situationen erlaubten durchaus auch mal ein Bier vor dem Nachmittag.

Er drehte sich um und Annas missbilligender Blick auf die Flasche in seiner Hand veranlasste ihn dazu, diese hastig wieder zurückzustellen.

Dann eben kein Bier. Sei es drum.

»Nein, das meinte ich nicht«, sagte Anna, »Gib Marc auch eine.«

»Der trinkt Bier? Ich hätte jetzt auf Martini ge-
tippt, gerührt, nicht geschüttelt, mit Olive.«

»Danke«, ertönte Marcs Stimme vom Küchentisch. Er hatte sich gesetzt und funkelte Leonardo
mit zusammengekniffenen Augen an. »Das wäre
mir in der Tat lieber gewesen. Aber ich trinke gene-
rell nicht vor Sonnenuntergang.«

»Wasser?«

»Gerne.«

»Bitte«. Leonardo fühlte ein Glas mit kaltem
Wasser und stellte es Marc unsanft hin. Dann öff-
nete er das Bier mit den Zähnen und spuckte den
Deckel in die Spüle. Anschließend trat er zum
Tisch, drehte den Stuhl um und setzte sich wie ein
Cowboy breitbeinig darauf. Das fühlte sich cool an.
Genau, er, Leonardo, die coole Socke, die sich stets
im Griff hatte ...

... und dem Sitzpinkler am liebsten die Kopfhaut
übers Kinn gezogen hätte.

Er nahm einen tiefen Schluck aus der Flasche
und die eiskalte, leicht bittere Flüssigkeit rann
ihm wohltuend die Kehle hinab. Anschließend
legte er die Ellenbogen auf die Lehne und hielt
dabei die Flasche in einer Hand. Marc saß ihm
gesittet gegenüber und nippte am Wasserglas.

»Im Bad ist sie nicht, im Schlafzimmer auch
nicht.« Anna stand im Raum und blickte skeptisch von einem zum anderen. »Ich geh auf die
Terrasse und gucke mal zum Strand runter.« Sie
hob den Finger. »Und ihr bleibt sitzen und geht

nicht aufeinander los. Kapiert?«

Da war sie wieder, diese niedliche Kerbe über ihrer Nasenwurzel. Er hob die Flasche. »Kapiert«, sagte er und nahm noch einen tiefen Schluck.

Schnösel nickte nur und nippte vornehm am Glas. Der Typ hatte nicht mal einen männlichen Zug am Hals.

Leonardo blickte Anna hinterher, wie sie mit leichtem Schritt über die Terrasse, vorbei an der Palme, zur Treppe ging. Dort blieb sie stehen und hob die Hand an die Stirn, wahrscheinlich um gegen die Sonne blicken zu können.

»Wer ist Fabrizio?«

»Ein Freund.«

Wo blieb nur Anna? Er blickte zur Terrasse und sah sie winken. Offenbar war Annas Mutter unten am Strand. Genau dort wäre er jetzt auch gerne. Mit Anna. Und sonst niemandem.

Sein Blick glitt zurück auf die Flasche in seiner Hand.

»Es tut mir leid, Leonardo.«

»Das ist okay, Fabrizio ist ein guter Freund.«

Vordergründig interessiert studierte Leonardo das Flaschenetikett. Was hatte der Depp gerade gesagt? Es täte ihm leid? Leonardo blickte auf.

»Das meine ich nicht, ich ...« Marc hob die Hand und blickte zur Seite.

Konnte er ihm nicht in die Augen sehen, oder was? Nee, natürlich nicht. Warum sollte Schnösel das schaffen, war Leonardo selbst nicht hinbekam.

Und das Etikett würde er bald auswendig kennen, wenn er weiter darauf starrte.

»Aha.« Leonardo stellte energischer als nötig die Flasche auf dem wackeligen Tisch ab. »Und was tut dir dann leid? Dass du dachtest, Anna würde einfach mit dir gehen? Dass du Annas Mutter zu dieser Reise überredest hast? Dass du einfach hier auftauchst und meinst, alles springt nach deiner Pfeife? Was genau von diesen drei Dingen tut dir also leid?« Er ballte die Faust so fest, dass es wehtat. Ciao, Coolness, war schön mit dir.

»Naja, irgendwie alles. Auf der ...«

»Alles? So?« Herrgott, wo blieb Anna? Er blickte nach draußen. Keine Anna. Auch das noch. Wahrscheinlich war sie zu ihrer Mutter an den Strand runter gelaufen.

Leonardo zuckte zusammen, als Marc heftig auf die Tischplatte schlug. Das wackelige Tischbein, das Leonardo längst hätte reparieren sollen, gab nach und der ganze Tisch sackte schneller zur Seite weg, als Leonardo das Wort *Kacke* aussprechen konnte.

Geistesgegenwärtig hatte Leonardo zur Flasche gegriffen und hielt sie hoch. Marcs Glas, die Schale mit den Orangen, die Wassergläser und Kaffeetassen jedoch rutschten ungehemmt zu Boden und gingen größtenteils zu Bruch.

»Na super«, brummte Leonardo. »Da hast du jetzt noch was, was dir leidtun kann.«

»Fuck ...« Marc sprang auf und untersuchte seine

Kleidung hektisch nach vermeintlichen Flecken von Bier, Kaffeeresten oder Ähnlichem.

»Ist das jetzt deine einzige Sorge, dass dein Outfit was abbekommen hat?« Leonardo stand auf, holte zwei Eimer und drückte einen davon dem verdutzten Marc in die Hände. »Hier, mach dich nützlich und sammle die Scherben auf.«

Zu seiner Verwunderung ging Marc nach einem kurzen Zögern in die Hocke und begann, mit spitzen Fingern die Bruchstücke aufzuheben. Leonardo ließ Wasser in den Eimer laufen.

»Tut mir leid ...«, hörte er Marc sagen.

»Du wiederholst dich.«

Leonardo stellte den Eimer ab und half Marc beim Aufsammeln.

»Ich vermute«, sagte Leonardo und hielt eine Glasscherbe gegen das Licht, »dein Vater war genauso ein Scheißkerl.«

»Bitte?«

»Wie hat dein Vater seine Frau behandelt?«

»Das gehört jetzt nicht hierher.« Marc pfefferte eine zerbrochene Tasse in den Eimer.

»Du auch nicht und ich tu es mir trotzdem an. Also?«

»Wie Männer eben ihre Frauen behandeln. Er hatte seine Firma, sie hat den Haushalt geführt. Normal eben.«

Leonardo registrierte, wie Marc seine Tätigkeit unterbrach, die Ellenbogen auf den Knien abstützte und ihn angriffslustig ansah.

»So, und wie ist *normal eben*? Übrigens, da liegt ne halbe Tasse zwischen deinen Füßen.«

Marc blickte irritiert unter sich und hob sie auf. »Nachgiebigkeit gegenüber Frauen und Angestellten hat zur Folge, dass sie einen nicht mehr ernst nehmen. Das sind seine Worte, solange ich denken kann.« Er warf die Tasse in den Eimer. »Und der Erfolg gab ihm Recht.«

»Der Erfolg bei seiner Frau?«

»Mit der Firma.«

»Und deine Mutter?«

»Liebt ihn. Was sonst?«

»Ah, okay. Du sagtest: Der Erfolg *gab* ihm recht. Ist dein Vater in Rente? Wenn ja, leitest du die Firma jetzt?«

Zwischenzeitig hatte sie alle zerbrochenen Teile aufgesammelt und Marc stellte den Eimer in die Spüle. Er drehte sich aber nicht um.

»Nein. Also ja, er ist in Rente. Und nein, ich leite sie ... nicht mehr. Sie ist verkauft.«

Leonardo hatte das Gefühl, jetzt nichts sagen zu dürfen und wischte die Brühe aus Kaffeeresten, Wasser und Bier auf.

Wie erwartet fuhr Marc fort. »Ich hab die Firma an die Wand gefahren.« Er fuhr sich mit beiden Händen durch die Haare. »Einfach blöd spekuliert, gute Leute entlassen, zu billig eingekauft. Typische Anfängerfehler. Jetzt«, er drehte sich um, ging zum Tisch und hob ihn hoch, »bin ich Bereichsleiter bei Hooter & Hooter und es läuft.«

Er legte den Tisch auf der Kopfseite ab. »Hast du Werkzeug da?«

Leonardo nickte und kramte aus einer Schublade zwei Schraubenzieher und ein Paket mit Holzschrauben hervor. Holzleim fand er leider nicht. Praktischerweise entdeckte er jedoch zwei Metallwinkel und einen Satz Kabelbinder im hinteren Teil der Schublade. Damit müsste das Tischbein die nächsten Jahre halten.

»Du hältst das Bein, ich schraube«, sagte Leonardo, hielt das Tischbein an seine Stelle und setzte einen Metallwinkel an.

»Du hältst, ich schraube.« Marc griff nach dem Schraubenzieher und fuhr dann etwas versöhnlicher fort. »Du hältst ja schon, da liegt das nahe.«

Marc versenkte die erste von vier Schrauben und griff sich eine zweite. Leonardo hielt das Tischbein gerade und beobachtete interessiert, wie Marc verbissen und mit viel zu großem Druck die Schraube bearbeitete.

»Läuft also gut im Job, hm? Die Angestellten hast du im Griff?«

»Jap.«

»So, wie du glaubtest, Anna im Griff zu haben?«

Marc hielt kurz inne, dann schraubte er energisch weiter, sagte jedoch nichts.

»So wie dein Vater seine Angestellten und seine Frau im Griff hatte? Und du hast ihn enttäuscht, tippe ich mal.«

Abrupt richtete Marc sich auf und hielt den

Schraubenzieher hoch, sodass Leonardo befürchtete, er würde ihm das Teil gleich ins Auge rammen. »Verdammt, ja! Genau das habe ich. Ich habe ihn enttäuscht.«

Marc schraubte weiter. Und redete weiter. Eine beherzte Umdrehung mit dem Schraubenzieher, ein Wort. »Es ist ein Fehler, wenn man sich von einer Frau die Macht aus den Händen nehmen lässt.«

»Nicht dein Ernst?«

Als ob er ihn nicht gehört hatte, griff Marc zur dritten Schraube. »Frauen fühlen sich nicht von Weicheiern angezogen, sondern von Männern. Das ist wie bei meinen Mitarbeitern, wenn du ihnen nicht genau sagst, was sie tun sollen, tanzen sie dir auf der Nase rum.«

Das wurde ja immer übler. Leonardo konnte diese Denkweise nicht nachvollziehen.

»Anna ist dir auf der Nase herumgetanzt?«

»Nein, aber ...«

Jetzt kam Leonardo in Fahrt und wäre das Bein nicht schon so festgeschraubt, er hätte Lust gehabt, es über Marcs Schädel zu ziehen.

»Es ist also ein Zeichen von Männlichkeit, wenn der Mann seine Frau im Griff hat? Wie verkorkst bist du eigentlich? Ich für meinen Teil bin fest davon überzeugt, dass Werte wie Vertrauen, Nähe, Geborgenheit, Wahrhaftigkeit, Treue und Zärtlichkeit wichtig für eine gut funktionierende Beziehung sind. Abfällige oder tyrannische und autoritäre

Verhaltensweisen sind die besten Mittel, um eine Liebe zu zerstören. «

»Ich habe sie geliebt.«

Jetzt war Schraube Nr. 4 dran.

»Ist das Liebe, wenn ein Mann die Probleme seiner Partnerin nicht ernst nimmt und sie auf die Rolle der Putze, des Betthäschens und der Vorzeigefrau minimiert? Ist das Liebe, wenn er ihr ständig aus der Luft gegriffene Unzulänglichkeiten vorhält?«

Mit einer letzten kraftvollen Bewegung war Schraube Nr. 4 versenkt.

»Was sagst du mir da gerade? Dass ich ein Scheißkerl bin?«

Leonardo stand auf und deutete ihm an, den Tisch an der anderen Seite zu packen. Gemeinsam stellten sie ihn auf die Füße.

Bombenfest. Und sogar ganz ohne Kabelbinder.

»So drastisch würde ich das nicht formulieren«, sagte Leonardo. »Du hast das Bad-Boy-Syndrom, du kannst nicht anders. Dein Vater war schon ein Sch ..., Verzeihung. Dein Vater war schon so gestrickt und wahrscheinlich auch dir gegenüber. Dann noch der Druck, in seinen Augen zu bestehen und so weiter. Nicht gut. Das konnte ja nix werden.« Leonardo stellte die Stühle an den Tisch. »Schätze, dein Verhalten hat sich die ganzen Jahre nicht wirklich gut, aber wenigstens vertraut angefühlt. Wasser?«

Marc nickte und ließ sich auf einen Stuhl fallen.

Wortlos stellte Leonardo eine Flasche Wasser und zwei Gläser auf den Tisch und schenkte ein. Dann setzte er sich. Marc wirkte seltsam nachdenklich.

»Vor was hast du eigentlich Angst? Nicht gut genug, schnell genug, überhaupt nicht genug zu sein? Befürchtest du, die anderen könnten dich für einen Schattenparker halten?«

Marc lachte auf und schüttelte den Kopf. »Irgendwie glaub ich das alles nicht. Ich sitze hier in Italien und der Freund meiner Exfreundin gibt mir ne Psychostunde und ich hab ihn noch nicht zu Brei geschlagen. Und warum? Weil er verdammt nochmal recht hat. Ja, ich behandle meine Angestellten von oben herab und lasse ihnen keinen Spielraum. Ja, sie tuscheln hinter meinem Rücken und keiner kann mich leiden. Aber man muss mich nicht leiden können, sondern respektieren. Schließlich bin ich der Chef. Aber die Stimmung im Büro könnte besser sein, stimmt schon. Und ja, ich hatte immer Frauen, die mich vergötterten und mir alles Recht machen wollten.« Er blickte ihm in die Augen. »Allerdings bin ich mir nicht sicher, ob ich je eine von ihnen geliebt habe. Und ich glaube nicht, dass ich das gerade alles sage. Heilige Scheiße, das klingt echt strange.«

»Also ich finde, es klingt einleuchtend. Und was machst du jetzt?«

»Gute Frage. Nach Hause fahren, denke ich. Mir eine andere Frau suchen und ..., mit meinem Vater reden. Ja, das ist vermutlich schon lange überfällig.

Weißt du was? Schon auf der Fahrt vom Flughafen hierher hatte ich so ein blödes Gefühl und war beinahe davor, umzudrehen. Aber ich hatte ja Annas Mutter dabei. Nun, jetzt bin ich froh, es nicht getan zu haben.« Er wischte sich mit dem Handrücken über die Stirn. »Mir wird eben erst klar, was für ein Scheißkerl ich bin.«

»Das hast jetzt aber du gesagt. Ich hol mir doch noch ein Bier. Auch eins?«

»Ja.«

Eine schon beinahe skurrile Situation, wie er Marc das Bier wie einem guten Freund in die Hand drückte und sich ihm wieder gegenübersetzte.

»Danke«, sagte Marc, setzte die Flasche an und trank sie bis zur Hälfte leer. Dann redete er weiter, den Blick wie zuvor Leonardo auf die Flasche geheftet. »Schätze, ich hab´s verbockt.«

»Das mit Anna oder dein Leben?«

»Alles.«

»Kann mal wohl sagen ...«, sagte Leonardo und hob die Flasche.

»Und dass mir einer so unverblümt die Meinung sagt ..., das wagen nur wenige. Und die ...«

»Werden verklagt?«

»Richtig.« Marc nahm einen Schluck. »Aber du hast recht. In allem. Und ich muss zugestehen, dass Anna verändert ist. Sie ist ungewohnt ... selbstsicher. Und das in dieser kurzen Zeit. Unglaublich. Und ...«, er holte tief Luft und legte beide Hände auf den Tisch, »sie scheint dich zu lieben.«

»Aha, und an was machst du diese plötzliche Erkenntnis fest?«

»Vor der Tür vorhin. Sie hat dich angesehen, wie sie mich noch niemals angesehen hat. Okay, ich gebe zu, ich bin weder der feinfühlige Typ noch der freiwillige Verlierer, aber dieser kurze Blick ... Selbst ein totes Stück Holz hätte erkannt, dass ihr harmoniert.«

Leonardo blieb die Spucke weg. Solche Sätze von einem Arschloch zu hören, brachte sein mühsam und über Monate hinweg aufgebautes Bild zum Wanken.

Schnell nahm er einen Schluck aus der Flasche, um die Zeit zu überbrücken, in der er nicht wusste, was er sagen sollte. Er wusste es auch jetzt nicht. Er nickte nur.

»Puh«, sagte Marc.

»Puh«, sagte Leonardo.

Sie prosteten sich zu und nickten.

»Puh was?« Anna betrat den Raum keine Minute zu früh.

ηγ

Anna sah irritiert von einem zum anderen. Beide hielten sich an ihren Bierflaschen fest und glotzten sie an.

»Puh, es ist heiß? Puh, das Bier schmeckt nicht? Puh, endlich ist Anna wieder da?« Sie ließ sich auf den Stuhl plumpsen und wollte nach einem

Orangenschnitz greifen. Aber offenbar hatten die Männer alles verputzt.

»Das Bier schmeckt«, löste Marc das Schweigen der Männer. »Allerdings sollte ich es bei dem einen lassen, ich muss noch fahren.«

»Wo warst du?«, fragte Leonardo. »Bei deiner Mutter? Ist sie unten am Strand?«

Anna registrierte, dass Marc unerwartet entspannt am Tisch saß. Genauso wie Leonardo. Was hatten die beiden geredet, während sie unten war.

»Ja, sie steht mit den Füßen im Wasser und findet es toll. Und Fabrizio quasselt sie voll. Sie fährt ihm zwar immer über den Mund, aber dem alten Baldo scheint das zu gefallen. Das verstehe, wer will.«

Unbewusst hatte sie Marc aus dem Gespräch ausgeklammert, das fiel ihr jetzt auf. Wie unhöflich von ihr.

»Entschuldige Marc, möchtest du noch einen Kaffee? Einen italienischen, er schmeckt hervorragend. Du kannst dich auch frisch machen, das Bad ist neben dem Eingang. Oder darf ich dir etwas zu essen anbieten? Du musst Hunger haben.« Sie erhob sich, doch Marc winkte ab.

»Nein, ich denke, ich werde mich jetzt auf den Weg machen. Und Anna, nicht du solltest dich entschuldigen, sondern ich.« Er war ebenfalls aufgestanden und nahm ihre Hand in seine.

Sie ließ es geschehen, und blickte dabei zu Leonardo.

In Ordnung für dich?, fragte ihr Blick.

Kein Problem, antwortete seine Mimik.

»Anna«, fuhr Marc fort und sah ihr fest in die Augen, »ich bin, nein, ich war ein Idiot. Es wollte einfach nicht in meinen Kopf rein, dass du dich für einen anderen Mann entschieden hast. Du kennst mich, ich bin ein schlechter Verlierer, und wenn ich es verhindern kann, verhindere ich es. Frei nach dem Motto: was nicht sein kann, das nicht sein darf. Verzeihst du mir, bevor ich jetzt gehe?«

Anna stellte fest, dass sie ihn ungläubig anglotzte. Sie sah sicher aus wie eine Hochgebirgsziege, die plötzlich vor einem Kleefeld stand, das eigentlich nicht da sein dürfte. Hatte der siegreiche Marc sich eben entschuldigt und eine Niederlage akzeptiert? Wenn sie mit allem gerechnet hätte - einer Prügelei zwischen Männern, einer theatralischen Szene von Marc mitsamt eindrucksvollem Abgang, dem spontanen Sprießen von Bockshornklee in den peruanischen Anden -, aber nicht damit.

»Marc, ich weiß gar nicht, was ich sagen soll.« Vorsichtig zog Anna ihre Hand aus seiner. »Ich ..., ähm, Schwamm drüber. Gewiss trage ich dir nichts nach, und ...«

»Und jetzt werde ich gehen.« Er streckte Leonardo, der sich ebenfalls erhob, die Hand hin. »Pass gut auf sie auf, ja?«

»Ehrensache.«

Anna bekam den Mund nicht mehr zu. Ihr Ex und Leonardo schüttelten sich wie zwei alte

Kumpels die Hände. Dann trat Marc auch noch zu ihr und nahm sie ohne Vorwarnung in den Arm. Uff!

Kurz und fest drückte er sie an sich und schob sie dann von sich weg, wobei seine Hände auf ihren Schultern ruhten.

»Du gehörst hierher, Anna, auch wenn es mir verdammt schwerfällt, das zu sagen.«

Anna konnte nur nicken.

»Gut. Also dann.« Marc löste die Hände von ihr und zog den Autoschlüssel aus seiner Hosentasche. »Ach so, was ist mit deiner Mutter, Anna? Das Rückflugticket ist auf übermorgen ausgestellt. Allerdings würde ich ihr natürlich ein neues Ticket ...«

»Ich denke, sie bleibt so lange hier«, unterbrach Anna und lächelte. Sie freute sich, ihrer Mutter Strongoli zu zeigen, sie mit Adolfa und Davide und Sofia bekannt zu machen. Auch wenn sie ein paar Tage auf dem Boden schlafen mussten. Mit Leonardo gab es keine unangenehmen Plätze, und vielleicht könnten sie am Strand kampieren. Welch ein wunderbarer Gedanke.

»Aber dein Flug geht ja auch erst übermorgen. Was machst du jetzt?«

»Ein neues Ticket kaufen, was sonst?«

Hinter ihnen fiel die Terrassentür zu und eine resolute Stimme wurde laut. »Wollte da jemand gehen, ohne sich bei mir zu verabschieden?«

»Mama, hast du mich erschreckt.« Anna zuckte zusammen und drehte sich dabei gleichzeitig um.

»Verzeihung, Frau Wahlberg. Richtig, das war äußerst unhöflich. Ich hoffe, es ist nicht zu spät, dies nachzuholen.«

Wie zuvor Anna, nahm er jetzt ihre Mutter in den Arm, drückte sie kurz, sagte irgendwas mit »Ex-Schwiegermama« im Mittelteil und strebte zur Tür.

So schnell, wie Marc über sie gekommen war, so schnell verschwand er wieder.

Und alles war anders. Und wenn Anna dachte, alles, dann meinte sie auch alles. Innerhalb weniger Tage hatte sich ihr Leben gedreht. Einfach so. Jetzt war Marc fort und würde sie für immer in Ruhe lassen. Und ihre Mutter war da. So toll das alles auch sein durfte, es wollte erst mal verkraftet werden.

»Grappa?«, fragte sie in die kleine Runde und erhielt zustimmendes Nicken. Dass ihre Mutter im Grunde genommen keinen Alkohol trank, hatte sie schlichtweg vergessen. Frau Wahlberg offensichtlich auch, sie stimmte freudig zu.

In Kalabrien galten scheinbar andere Gesetzmäßigkeiten.

Im Stehen prosteten sie sich zu.

»Wo ist eigentlich Fabrizio?«, fragte Leonardo. »Also, nicht dass ich dachte, er käme nochmal mit hierher, aber ...«

»Er hat mich bis zu den Stufen begleitet und sich dann verabschiedet«, sagte Annas Mutter. »Keine Ahnung, wo er ist. Vielleicht einkaufen, ein Nickerchen machen oder das tun, was er sonst tut?

Er hat sich diesbezüglich nicht geäußert, aber ... was mich interessieren würde: Was ist eigentlich ein *Coccolone*?«

Leonardo spuckte fast den Grappa aus. »Wer hat das gesagt?«

»Fabrizio.«

»Öhm ...« Leonardo versuchte wohl auszuweichen.

Es musste ein sehr schlimmes Wort sein, dachte Anna.

»Sag schon, was ist ein oder eine *Coccolone*, Leonardo? Etwas Versautes?«

»Nein, gar nicht. Es heißt ..., naja, es ist eine Art Kosename. Was hat er genau gesagt, Frau Wahlberg?«

»Weiß nicht, ich bin der Sprache nicht mächtig. Irgendwas mit diesem Wort und *Copo di fulminant* oder so ähnlich.«

»Colpo di fulmine?«

»Ja, das war´s«, freute sich Frau Wahlberg.

»Oha. Jetzt brauch ich Frischluft.« Leonardo ging Richtung Terrasse.

Anna tauschte mit ihrer Mutter verwunderte Blicke aus. Sie folgten ihm.

»Und was heißt das jetzt?«, fragte Anna.

Nebeneinander standen sie auf der Terrasse, jeder hielt sein Grappaglas in der Hand und sie starrten gemeinsam auf das Meer.

Anna fragte sich, was an *Coccolone* oder den anderen

Worten so schlimm oder so lustig sein konnte, dass Leonardo sich augenscheinlich das Lachen verkniff.

»Also«, begann er, »Fabrizio hat sowas gesagt wie, es hätte ihn der Schlag getroffen.«

»Na, wundert mich nicht bei dieser Lebensweise«, bemerkte Annas Mutter ungerührt.

»Ich schätze, er meinte eher, dass er sich auf den ersten Blick in Sie verliebt hat, Frau Wahlberg. Und *Coccolone* heißt ... ähm ... Kuschelbär.«

Ihre Mutter stand mit betoniertem Blick da und hielt das Grappaglas wie eine Konfirmationskerze.

Anna presste die Lippen aufeinander, um nicht laut lachen zu müssen, dann brach es doch aus ihr heraus. Vielleicht war diese Situation auch nur der Tropfen, der das Fass der Anspannung zum Bersten brachte. Alles löste sich in diesem Moment.

Kichernd wischte sie sich eine Träne von der Wange.

»Frau Wahlberg«, sagte Leonardo, »wie es aussieht, haben Sie unseren Baldo im Handumdrehen erobert.«

»Greta«, sagte Frau Wahlberg, ihren Blick immer noch auf das Meer gerichtet. »Sag Greta zu mir.«

»Danke, das freut mich jetzt. Dann nochmal so: Greta, Fabrizio ist verknallt in dich.«

»Das ist lächerlich! In unserem Alter *verknallt* man sich nicht mehr.«

»Wieso? Hat Liebe eine Altersgrenze?«

Der Lachanfall hatte sich nun endgültig zurückgezogen und Anna konnte wieder durchatmen, ohne zu gickern. Sie spürte, dass ihre Mutter ein Gespräch unter Frauen jetzt dringend notwendig hatte. Ohne zu überlegen, nahm sie ihr das Glas aus der Hand und stellte es, wie auch ihr eigenes, auf dem Boden ab.

»Mama, was hältst du davon, mit mir ein bisschen am Strand spazieren zu gehen?«

»Das, mein Kind, ist eine blendende Idee.«

Anna zog ihre Schuhe aus. Verblüffenderweise tat es ihre Mutter ihr gleich.

Nur Meer ...

Anna fühlte sich hier zu Hause.

Hier in Kalabrien, in diesem kleinen, verschlafenen Küstenort, war ihre neue Heimat.

Barfüßig schlenderten sie am Strand entlang, als hätten sie das schon immer getan. Und es fühlte sich richtig und gut an, ihre Mutter an ihrer Seite zu haben und gemeinsam mit ihr Spuren im nassen Sand zu hinterlassen.

Mit einem Male wünschte sie, sie wäre hier aufgewachsen und hätte ihre ganze Familie noch um sich. Viele waren es ja nicht, genau genommen nur drei. Sicher hätte es ihrem Vater in Strongoli gefallen.

In jeder Hand einen Schuh hob sie die Arme, legte den Kopf in den Nacken und schloss die Augen. Die wohltuende Kühle des Wassers an ihren nackten Füßen breitete sich bis zum Nacken aus.

»Ist das nicht herrlich, Mama? Stell dir vor, in Deutschland ist es ungemütlich kalt und hier ...«, sie spritzte mit einem Fuß Wasser in die Höhe, „... hier ist es Frühling. Und es duftet nach Blumen, nach Salz, nach Kräutern. Die Palmen wachsen im Freien und ...«

»Das reduziert die Heizkosten deutlich, sehr erstrebenswert. Wahrlich, es ist ein ausgesprochen angenehmes Klima hier.«

»Sag ich doch. Komm, wir gehen ein Stück weiter rein.«

Anna trug Shorts, ihre Mutter einen knielangen Rock.

»Und was, wenn ich auf was trete? Eine scharfe Muschel? Ein Steinfisch? Eine Glasscherbe?«

»Ach Quatsch, komm. Steinfische gibt es hier keine. Und Scherben auch nicht. Und wenn es welche gegeben hätte, hat Fabrizio die morgens schon gefunden und beseitigt. Also keine Sorge.«

»Er ist ein Müllmann?« Ihre Mutter blieb stehen und sah sie mit leicht angewiderter Mimik an.

»Du sagst das, als wäre das was Geringwertiges.« Sie zog ihre Mutter mit sich, bis sie beide bis zum Knie im Wasser standen. Anna benetzte sich die Arme. Ah, das tat verdammt gut.

Ihre Mutter stand vor ihr und hob mit spitzen Fingern den Rock etwas an. »Das ist es ja auch. Er macht den Müll von anderen weg.«

»Na und?« Anna bückte sich, griff ins Wasser und hob eine kleine Muschel auf. »Hier, für dich. Sieh mal, sie ist total schön. Sie glitzert ein bisschen.«

Ihre Mutter drehte sie in der Hand. »Das ist Perlmutt, Kindchen. Und Müll bleibt eben Müll.«

»Wie man es sieht ...« Anna deutete ihrer Mutter, ihr zu folgen und watete weiter durch das Wasser. Ohne sich umzudrehen, redete sie weiter. »Der alte Baldo macht das bereits sein Leben lang. Er gehört zu Strongoli wie diese Muschel, wie das Meer hier, wie die Hügel um uns herum. Jeder kennt ihn und jeder liebt ihn. Früh morgens geht er fröhlich singend und pfeifend am Strand entlang, sammelt Papier und sonstiges Liegengebliebenes auf und hält Schwätzchen. Er hat ein gutes Herz, Mama. Und das ist wichtiger als alles andere.«

Sie blieb stehen und wartete, bis Greta aufgeholt hatte.

»Mag sein«, sagte ihre Mutter verhalten. »Nur den Strand?«

»Nur den Strand.«

Langsam gingen sie weiter, die Beine wie Störche hebend, durch das Wasser.

Sie erreichten den Abschnitt der Strandpromenade. Etwas weiter vor ihnen lagen Pärchen im Sand und tummelten sich ganze Familien mit Kleinkindern nebst Tanten und Großeltern unter Sonnenschirmen. Kinder stürmten mit Luftmatratzen ins Wasser und von der Promenade zog der köstliche Duft von Spaghetti und Meeresfrüchten herüber. Der Wind trug die melodischen Klänge irgendeiner italienischen Liebesschnulze bis zu ihnen.

Anna beschloss, dass es besser wäre, auf der Promenade weiterzugehen. Vielleicht konnte sie ihrer Mutter einen schicken Sonnenhut in einem der wenigen Shops besorgen, bevor sie noch einen Sonnenstich bekäme. Ja, eine gute Idee.

Halt. Hatte sie Geld dabei? Ihre Finger suchten die Hosentaschen ab. Mist. Keinen Cent. Der Hut würde warten müssen. Besser, sie machten sich auf den Rückweg.

»Mama, ich denke, wir ...« Huch, wo war sie denn? »Mama?«

Greta war stehengeblieben. Mit angehobenem Rock hatte sie Anna den Rücken und ihr Gesicht dem Meer zugewandt. Stocksteif stand sie da, wie eine Statue.

Anna watete zu ihr. »Alles Okay?«

»Alles wunderbar, Kindchen. Es ist schön hier, hätte ich nicht gedacht. Fast wie damals im Urlaub mit deinem Vater.«

Anna stellte sich neben sie und schwieg. Das hielt sie jetzt irgendwie für angemessen.

»Tut mir leid, das mit den Spaghettifressern. Das waren die Worte einer Mutter, die ihr Kind nicht fortlassen wollte. Nimmst du es mir noch übel?«

»Schon in Ordnung. Hab mir fast sowas gedacht, als du es am Telefon sagtest.«

Greta nickte und lächelte.

Dieses Mutter-Tochter-Gespräch bekam gefühlsmäßig eine Qualität, die Anna nicht erwartet hätte. Fast schon unheimlich.

Ihre Mutter stieß einen tiefen Seufzer aus. Dabei glitt ihr Blick lange über den Horizont. Dann sagte sie leise: »Wenn man ans Meer kommt, soll man zu schweigen beginnen.«

Mit einem Schlag schob sich ein Bild vor Annas inneres Auge. Sie war sieben oder acht Jahre alt gewesen. Ein Urlaub an irgendeinem Meer. Sie hatte neben ihrem Vater im Sand gesessen und aus Sand und Wasser Matschkuchen gebacken.

Dieses Gedicht hatte ihr Vater geliebt und er hatte es oft aufgesagt.

Anna fiel es jetzt - nach so vielen Jahren - wieder ein.

»Bei den letzten Grashalmen soll man den Faden verlieren«, sagte sie ebenso leise wie zuvor ihre Mutter.

Diese warf ihr einen Blick zu. In diesem Blick lag Schmerz, aber auch tiefe Liebe und etwas, das auf Anna wirkte, wie ein Wendepunkt. Sie wusste nur nicht, ob in ihrem oder in Gretas Leben.

Greta lächelte und die Träne in ihrem Augenwinkel glitzerte im Sonnenlicht.

Als ihre Mutter weitersprach, schluckte Anna den Kloß in ihrem Hals hinunter.

»Und den Salzschaum, und das scharfe Zischen des Windes einatmen.«

»Und ausatmen ...«, flüsterte Anna.

»Und wieder einatmen.«

»Das war Papas Gedicht. Ich hatte es vergessen.«

»Na ja«, sagte ihre Mutter, »Eigentlich ist es von Erich Fried, aber dein Vater hat es geliebt.« Sie machte eine Pause und sah wieder aufs Meer hinaus. »Es passt hierher. Es passt zu Dir. Ich denke, du hast die richtige Entscheidung getroffen. Damals wäre ich deinem Vater auch überallhin gefolgt. So ist das eben mit der Liebe.« Sie drehte sich um und watete ans Ufer zurück. »In der Tat, es gibt deutlich ungastlichere Plätze als hier. Komm. Ich hab Hunger. Habt ihr in der alten Hütte überhaupt was zu essen?«

»Mama!«

»Scherz, Anna. Hach, ich merke, die italienische Leichtigkeit färbt im Moment auf mich ab.«

Keine dreißig Minuten darauf saßen sie zu dritt auf der Terrasse. Anna hatte alles auf den Tisch gestellt, was der Kühlschrank hergab. Auf dem alten Holztisch arrangierte sich eine bunte Mischung aus Kühlschrankresten zu einer kalabrischen Geschmacksexplosion. Neben getrockneten Tomaten aus eigenem Anbau und von Adolfa höchstselbst eingelegten Peperoncini auf handbemalten Tellern, stand eine kleine, aus dunklem Ton geformte Schale mit gewürfelten Cipolla Rossa - den roten Zwiebeln -, dahinter ein Teller mit Butirri - einem kleinen Caciocavallokäse mit einem Herzen aus Butter -, sowie eine kleine Schüssel mit Sardiglia, einer unglaublich leckeren Pastete aus gehackten Sardellen, Pfeffer und Olivenöl. Frische Orangen, Zitronenschnitze und eine Schale mit grünen und schwarzen Oliven vollendeten die kulinarische Farbenpracht.

Fasziniert beobachtete Anna, wie Greta Adolfas Ciabatta mit Sardiglia bestrich und mit geschlossenen Augen hineinbiss.

»Köschdlisch.« Sie kaute fertig, schluckte hinunter und spülte mit einem Schluck Rotwein nach. »Das ist delikat, Kinder. Superb, fantastisch. Aber ...«, sie legte das Brot zur Seite und griff nach einem Stückchen Käse, »Ich darf jetzt nicht so viel zu mir nehmen, schließlich bin ich heute Abend zum Essen eingeladen.«

Als sie dies sagte, registrierte Anna, dass ihre Mutter verschmitzt lächelte, bevor sie den Käse genüsslich zwischen die Lippen schob.

»Du bist zum Essen eingeladen ...« Anna zog die Brauen hoch. »Doch nicht von ...«

»Doch. Genau von dem. Er kocht für mich. Ist das nicht ..., wie sagt ihr, ... cool? Für mich hat nämlich noch nie ein Mann gekocht. Ich finde das ausgesprochen freundlich.«

Leonardo räusperte sich und öffnete den Mund, als wolle er etwas sagen. Stattdessen biss er in eine getrocknete Tomate.

Anna gluckste, als ihre Mutter Leonardo die Hand tätschelte. »Schon gut, meine Junge, ich weiß. Ich mach schon keine Dummheiten.«

»Also ich hatte den Eindruck, du kannst ihn nicht ausstehen«, platzte es aus Anna heraus.

»Kann ich auch nicht. Er raucht und stinkt. Aber er hat mir versprochen, heute Abend nicht zu rauchen, zu duschen und ein sauberes Hemd ohne diese schrecklichen bunten Muster anzuziehen. Auf diese Metamorphose bin ich äußerst gespannt.«

Anna klappte den Mund wieder zu. War das ihre Mutter, die so sprach? Wo war die stets jammernde Bedenkenträgerin hin? Noch bevor sie den Gedanken zu Ende gedacht hatte, rutschte er auch schon über ihre Lippen. Leonardo zog hörbar die Luft ein und hielt das Weinglas zum Schutz vor sich. Doch ihre Mutter lachte nur.

»Obwohl ich dir das jetzt übelnehmen müsste,

was ich nicht tue, frage ich mich genau das allerdings auch. Finde jedoch keine Antwort. Das heißt, ich weiß es nicht, Kindchen. Möglich wäre, dass hier alles anders ist. Es ist bunt hier. Es riecht nach den Farben der herrlichen violett blühenden Pflanze an eurem Haus, deren Namen ich nicht aussprechen kann. Die salzhaltige Luft ist Balsam für meine alten Bronchien, ich atme hier ganz anders, tatsächlich, ich kann es selbst kaum glauben. Und außerdem regt die Sonne ja bekanntlich die Vitamin-D-Produktion an und Vitamin D ist meiner Meinung nach der am meisten bagatellisierte Vitalstoff überhaupt. Mir geht es gut und irgendwie ..., ach, ich nehme noch ein bisschen von diesem Käse. Wie spät ist es eigentlich? Ich würde mich gerne noch einen Moment hinlegen, wenn es keine Umstände macht.«

Anna schnappte nach Luft. Da waren sie wieder, diese endlosen Sätze. Allerdings mit weniger »Und´s« als gewöhnlich in den Mittelteilen.

»Wir richten dir das Schlafzimmer, Greta«, sagte Leonardo. »Deine Tasche und dein kleiner Koffer - Marc hat ihn noch gebracht - steht bereits drin. Für frische Bettwäsche ist ebenfalls gesorgt. Fühl dich also wie zu Hause. Ach ja, im Bad findest du zwei hellblaue Handtücher, ein großes und ein kleineres. Das sind deine. Und auf der Ablage hab ich ein bisschen Platz für dich gemacht.«

»Also wirklich, Leonardo, wäre ich zwanzig Jahre jünger, würde ich dich meiner Tochter wegschnappen. Wohlan, dann geh ich jetzt ins Bad und wasche mir den Tag runter, bevor ich ein Nickerchen mache.« Sie stand auf, tätschelte ganz in Adolfamanier Leonardo die Wange und drückte Anna einen Kuss auf den Haaransatz. »Bis später, meine Kinder.«

Vor der Tür zum Wohnzimmer drehte sie sich noch einmal um. »Danke euch. Ich bin nach einigen Bedenken zu Anfang nun doch froh, diese Reise angetreten zu haben. Und dieses Schild über eurer Tür, Leonardo, das ist wirklich ganz bezaubernd.«

Dann ging Greta hinein und Anna kam es vor, als wäre ihr Schritt beschwingter als sonst.

Sie sah zu Leonardo. Er hatte sich zurückgelehnt und die Hände im Nacken verschränkt. Sein Blick war nach innen gerichtet. Irgendwas schien er zu überlegen. Und dabei sah er absolut süß aus. Normalerweise würde sie ihn jetzt ins Schlafzimmer ziehen, aber das musste wohl warten, bis sie wieder unter sich waren.

Ein zärtliches Gefühl für Leonardo kroch in Anna hoch. Hatte er alle diese Dinge während ihres Strandspazierganges erledigt? War er nicht wunderbar?

»Da muss ich meiner Mutter recht geben, das Schild ist einzigartig. Wollen wir es jetzt eigentlich hängen lassen, oder abnehmen?«

»Hm.«

»Hm, ja? Hm, doch lieber nicht. Hm, ich überlege noch?«

»Die Worte darauf sind ja für dich gedacht, Anna, aber irgendwie hab ich den Eindruck, dass jeder sie für bare Münze nimmt. Und zwar für sich selbst. Oder auch nicht. Ach, ich habe keine Ahnung, wie ich das finden soll.«

Anna runzelte die Stirn. Gut, seit sie hier war, und das war weiß Gott noch nicht lange, war so Einiges geschehen. Aber hier schien ja sowieso alles anders zu laufen.

»Ich bin dafür, es dort zu lassen, wo es ist. Es hat irgendetwas ... Magisches. Klingt blöd, doch es fühlt sich so an.« Sie griff nach seiner Hand und schob die Unterlippe vor. Na bitte, jetzt musste er schmunzeln. Ging doch. »Bitte. Ich liebe dieses Schild und diesen Spruch darauf. Es wird mich immer an meine Ankunft hier erinnern. Außerdem wäre die Stelle über der Tür dann so nackt ...«.

Apropos nackt, wo würden sie heute Nacht eigentlich schlafen?

»Einverstanden, mein kleiner Pumuckl.« Er lächelte verschmitzt und gab ihr einen Nasenstupser. »Und jetzt geh mal duschen, du müffelst.«

»Ähm ...«

»Ja, du müffelst so stark nach Anna, dass ich kaum an mich halten kann. Und da deine Mutter noch nicht schläft, wäre das etwas unpassend.«

So ein Schlingel. Sie boxte ihm auf den Arm. »Und ich dachte schon, ich stinke ...«

»Das kriegst du gar nicht hin, zumindest nicht für mich.«

»Ich wollte sowieso duschen, sobald meine Mutter im Bad fertig ist. Bleibt nur noch die Frage, wo wir unser Nachtlager aufschlagen. Wir machen es uns auf dem Sofa gemütlich, schätze ich?« Sie begann seufzend, den Tisch abzuräumen. Der Gedanke, eng umschlungen auf der kleinen Couch mit Leonardo zu kuscheln, hatte zum einen etwas sehr verlockendes, zum anderen war das Teil definitiv zu schmal für zwei. Außerdem war an Sex nicht zu denken. Eine Mutter im Nebenzimmer war nun mal immer noch das beste Verhütungsmittel.

»Mal sehen. Lass dich überraschen.«

ηγ

»Augen zu«, sagte er und freute sich diebisch auf Annas Reaktion, wenn sie sehen würde, was er vorbereitet hatte.

Ohne Gretas Überraschungsbesuch wäre er möglicherweise niemals auf diese unkonventionelle Idee gekommen. Und das wiederum hatte er zu einem großen Teil Marc zu verdanken. Wer hätte das gedacht? Und dann auch noch Greta mit Fabrizio … Ob die beiden wohl einen schönen Abend hatten? Er war da zugegebenermaßen etwas skeptisch.

»Autsch, nicht so fest.« Annas Hände zuckten hoch zu dem Baumwolltuch, das ihm beim Joggen als Stirnband diente und jetzt über Annas Augen lag. Schnell lockerte er es etwas.

»So besser?«

Sie nickte und tastete nach seiner Hand.

Behutsam schob er sie vor sich, legte seine Hände an ihre Hüften und dirigierte sie zur Treppe.

»Jetzt kommt die erste Stufe, vorsichtig. Ja, so ist es gut. Es sind neun.«

»Ich weiß«, sagte sie und setzte einen zierlichen Fuß zögerlich auf die Natursteintreppe, die vom Haus hinunter zum Strand führte.

Als er Anna kennengelernt hatte, steckten diese süßen Füße, an denen der zweite Zeh ein kleines Stückchen länger war als der erste, in Sportschuhen. Und heute hätte er schwören können, wenn er zuerst Annas bezaubernde Füße gesehen hätte, dann hätte er sich eben von unten nach oben in sie verliebt. Es gab keine einzige Stelle an Anna, die er nicht vergötterte. Und er wusste es genau, er hatte sie alle eingehend studiert. Bis hin zu der kleinen Narbe in ihrer Kniekehle, die sie sich als Kind bei einem Sturz vom Fahrrad zugezogen hatte.

Vor wenigen Minuten hatte die Sonne den Horizont berührt und allmählich versanken die Stufen im Halbdunkel. Aber nur die Oberen. Ab der vorletzten Stufe wurden ihre Schritte von einem weichen, honiggelben Licht begleitet. Die Idee, sich von Davide acht fußballgroße Kugelleuchten zu leihen, indes Anna unter der Dusche stand und Greta ihr Schläfchen hielt, zahlte sich jetzt aus. Ein bisschen bedauerte er, Anna die Augen verbunden zu haben, die Aussicht von hier oben auf das, was er vorbereitet hatte, war zu traumhaft. Das durfte er ihr auf keinen Fall vorenthalten.

»Warte«, sagte er kurzentschlossen und nahm ihr das Tuch ab. Spontan küsste er ihren Nacken. Verdammt roch die Frau gut. Nach Anna eben. Es gab keinen betörenderen Duft für ihn. Leonardo spürte ein Ziehen in seinem Inneren und die Sehnsucht nach ihrer Umarmung wurde übermächtig. War es nicht langsam an der Zeit, mindestens eine volle Stunde zu überleben, ohne Anna zu begehren?

Er umschlang sie und legte sein Kinn auf ihre Schulter. Ihre Brust hob und senkte sich im Rhythmus ihres Atems. Er würde sich zusammenreißen müssen, wenigstens, bis sie den Strand erreicht hatten.

Wie erhofft machte sie der Anblick sprachlos. Anna schlug die Hände vor den Mund.

»Oh«, hauchte sie zwischen den Fingern hindurch. »Oh, mein Gott, ist das wundervoll!«

Rasch drehte sie sich in seinen Armen zu ihm um und nahm sein Gesicht in ihre Hände. Dabei war sie eigentümlich klein. Ah, ja, sie stand ja eine Stufe tiefer. Ohne lange zu überlegen packte er sie und hob sie hoch. Sogleich schlang sie die Beine um seine Mitte und umklammerte ihn wie ein kleines Äffchen.

»Leonardo, du bist ja verrückt. Ach, was sag ich, fantastisch bist du. Du bist ..., du bist ...«, dazwischen küsste sie ihn atemlos.

»... verliebt in dich? Verliebt in deine Stupsnase, verliebt in dein Lachen, verliebt in alles das, was dich ausmacht? Ja, wenn das verrückt ist, dann bin nicht mehr therapierbar und du musst mit mir jetzt da runter gehen und noch viel mehr verrückte Dinge tun.«

Statt einer Antwort jauchzte sie und sprang auf den Boden. Lachend zog sie ihn durch die warmgelb eingehüllte Nacht hinunter an den Strand.

ηγ

Er *war* verrückt, zweifellos. Und dafür liebte sie ihn über alle Maßen.

Wo hatte er nur all diese Lichter aufgetrieben? Staunend blieb sie stehen, konnte ihre Empfindungen nicht in Worte fassen.

Wenn eine Frau von etwas träumte, dann unter anderem davon, dass ihr ein Traumprinz eine kleine, romantische Liebesoase direkt ans Meer zauberte. Und genau das hatte Leonardo getan. Es war so ... perfekt.

Der Strand war zu dieser Stunde menschenleer, das Mondlicht streckte seine silbrigen Finger über die Meeresoberfläche und spielte sanft mit den Wellen. Vor ihr rauschte das Meer, von hinten vernahm sie das leise Flüstern der Palmenwedel, die sich im warmen Windhauch liebkosten. Und dazwischen sie, Leonardo und eine herzförmige Myriade gelb schimmernder Kugeln und kleiner Kerzen in roten Gläsern. Inmitten der Beleuchtung luden Decken und unzählige bunte Kissen zum Verweilen ein. Darüber spannte sich ein naturfarbenes Segeltuch, an dessen Enden luftige Tücher aus zarter Spitze an einer Seite beinahe den Boden berührten. An den anderen Seiten hatte Leonardo sie hochgebunden. Heruntergelassen boten sie ein bisschen Schutz vor fremden Blicken. Er hatte einfach an alles gedacht. Sogar an einen Korb, in dem sich sicher etwas Köstliches befand, an Wein, Gläser und ... Musik? Tatsächlich.

Am liebsten wollte sie ewig vor dieser Kulisse stehenbleiben, um diesen Augenblick für immer festzuhalten, ihn in ihr Herz einzubrennen und für alle Zeit zu bewahren.

Und während sie so dastand und nicht glauben konnte, was sie sah, nahm er wortlos und zart ihre Hand in seine und streichelte mit dem Daumen ihren Handrücken.

Und sie? Sie konnte sich nicht bewegen, wollte es auch nicht. Die halbe Nacht hier herumstehen wie ein verblüfftes Erdmännchen wollte sie allerdings auch nicht. Sie wollte jetzt sofort mit Leonardo in diese Kissen fallen, die Vorhänge runterlassen und das tun, wofür diese kleine Oase geschaffen war. Und das bitteschön stundenlang unter gelegentlicher Zuführung von Nahrung und Flüssigkeit.

Plötzlich verlor sie den Boden unter den Füßen.

Leonardo hob sie hoch. Sie lag in seinen Armen wie eine Braut. Und er legte sie sanft in die Kissen und beugte sich über sie, berührte mit seinen Lippen, die sich leicht trocken und trotzdem weich wie Wattebällchen anfühlten, zärtlich ihre Nasenspitze.

Anna zog ihn zu sich und vergrub ihr Gesicht an seinem Hals.

»Wir haben die Nacht für uns«, flüsterte er und verursachte mit behutsamen Berührungen seiner Fingerspitzen überall auf ihrer Haut tausende von kleinen elektrischen Schlägen.

»Und Greta?«

»Hat einen Schlüssel. Sie weiß, wo wir sind.«

»Oh ...«

Und dieses *Oh* galt mehr seinen Lippen, die sich langsam, begleitet von dem Spiel seiner Finger hinunter tasteten. Und es war kein Raum mehr für Worte. Nur für ihre Liebe, die sich so unsagbar gut anfühlte. Selbst ein einziger Finger von ihm auf ihrer Haut genügte, sie trunken vor Lust aufstöhnen zu lassen. Und sie fügten sich ineinander, als wären sie eins.

Liebevoll umschlungen lagen sie einige Stunden später da, todmüde und hellwach. Von den Kissen gestützt, blickten sie zum Meer, das nur wenige Schritte von ihnen entfernt im Mondlicht funkelte. Diese Umarmung hatte weit mehr als rein Körperliches, hier umschlangen sich zwei Seelen.

Nie wieder würde sie diesen wunderbaren Mann loslassen.

Grün auf Grün.
Seele auf Seele.

Kontakt

Hat Ihnen der Roman gefallen? Dann empfehlen Sie mich weiter und wenn Sie möchten, würde ich mich über eine Bewertung zu dem Roman von Ihnen sehr freuen.

www.jo-berger.com
www.facebook.com/JoBergerAutorin

Bisher erschienen:

New Spring Love – Highland Dreamboy (Mrz 18)
New Year Love – Nottingham Bad Boy
Zwei Herzen im Regen
Schneeflockenküsschen
Himmelreich mit Herzklopfen
Himmelreich und Honigduft
Mit Mandelkuss und Liebe
Ein Engel für Jule
Hummeln im Bauch
Manhattan Milllionär – Luxus oder Liebe
Kick Off – Fünf Ladies auf Abwegen